U0524105

THE TV WRITER'S WORKBOOK
A Creative Approach To Television Scripts

美剧编剧
入行手册

Ellen Sandler
[英] 埃伦·桑德勒 著
洪帆 译

中国友谊出版公司

所有旅途，
都有行者未知的秘密终点站。

——哲学家马丁·布伯（Martin Buber，1878—1965）

推荐语

埃伦这本编剧书里表现的智慧与幽默,丝毫不逊色于她编剧的《人人都爱雷蒙德》(Everybody Loves Raymond)剧本。那个全程笑点不断的剧本,演起来实在太有趣了。

——多丽丝·罗伯茨(Doris Roberts)
美国艾美奖(Emmy Awards)最佳女演员

埃伦·桑德勒激励编剧们磨炼手艺从而施展才华,并指导读者做到以及做好。这本书将助你成为一名更出色、更自信的作家。不仅如此,书还写得相当有趣!

——帕梅拉·杰伊·史密斯(Pamela Jaye Smith)
《内部驱动力》(Inner Drivers)作者

这是一本奇书!它令我向往成为一名电视编剧,并让我相信我真能做到。《美剧编剧入行手册》不仅是电视写作方面技巧全面而深入、内容翔实的专业书,并且行文风趣、激励人心,循序渐进地指导读者如何创作出一部了不起的剧本，并开创一番辉煌的电视写作事业。

——迈克尔·豪格（Michael Hauge）
《编剧有章法》（*Writing Screenplays That Sell*）作者

埃伦·桑德勒是电视编剧们的好朋友。有了她这本书，便好像有个剧本编审时时刻刻伴你左右，帮你分析剧本，甚至指导你的整个职业生涯。

——西涅·奥利尼克（Signe Olynyk）
美国电影创投节（the Great American PitchFest）主席/首席执行官

埃伦·桑德勒是一位风趣的作家！这本书也很有趣。书中充满了对写作和电视工业的种种细致描述。这可是每一位有志投身编剧的从业者的必备宝典！

——琳达·西格博士（Dr. Linda Seger）
《编剧点金术》（*Making a Good Script Great*）作者

资深掌剧人埃伦·桑德勒创造了一套高妙的方法去帮助野心勃勃的编剧，告诉他们如何驾驭疯狂——电视故事运转必需的驱动力。桑德勒女士的这本书充满了风趣幽默、清晰直率的文风，是指导读者建构他们第一集剧本重要且有趣的指南。作为艾美奖获奖经典剧集《人人都爱雷蒙德》的制片人，她的书不会让你失望。

——乔治亚·杰弗里斯（Georgia Jeffries）
美国南加州大学电影艺术学院剧作系副教授

这是一部完整、简洁又全面的电视编剧指南，给读者以温暖、动人、真诚和愉悦的阅读体验。对于那些立志为电视剧写作的学习者来说，这种基于丰富创作经验的指导堪为最佳途径。

——谢尔登·布尔（Sheldon Bull），著名编剧、导演、制片人
《大象美元：电视情景喜剧写作专业指南》（Elephant Bucks）作者

如果你渴望为电视写作却不知从何下手，那么赶快去买埃伦·桑德勒的《美剧编剧入行手册》吧。埃伦将以诚实的实战技巧，教授你如何在激烈竞争的电视编剧行当里披荆斩棘。这本书将是你写作生涯的一笔划算的投资。

——凯茜·方·米田（Kathie Fong Yoneda）
《畅销剧本游戏》（The Script-Selling Game）作者

为什么埃伦·桑德勒花了那么长时间才写完这本奇书？要是我刚入行就有幸读到，现在肯定住进更加无敌的观景豪宅了！

——鲍勃·洛特施泰因（Bob Lotterstein）
福斯电视剧《家庭战争》（The War at Home）创剧人／行政制片人

目 录
Contents

前言 ·· 1

"我如何进入电视界" ·· 3

第一部分 你需要知道的

第1章 投销剧本 ·· 3
什么是投销剧本 ·· 4
为什么要做电视编剧 ··· 5
形式 vs 公式 ·· 7
该选什么样的剧写投销剧本 ································ 9

第2章 从读到写 ·· 15
我如何学会阅读 ·· 16
有目的性地阅读 ·· 17
三次法则 ··· 24

找出范围规律 ··· 25
为什么我需要知道这个 ······························ 26

第二部分　你应该做的

第3章　什么是故事 ··· 29
　　一个投销剧本故事的三要素 ······················ 30
　　故事中应避免的 ······································· 34
　　更多要尽量避免的 ···································· 38

第4章　找到你的故事 ······································ 43
　　卖故事和讲故事 ······································· 43
　　个人化的情感联系 ···································· 45
　　练习——你从哪里获得创意 ······················ 47
　　练习——导图 ·· 49
　　开采导图 ··· 53

第5章　主题/情节 ·· 57
　　主题和情节的区别是什么 ·························· 57
　　前提概要——每一次选择的终级指引 ········· 59
　　前提概要的要素 ······································· 61
　　练习——为前提概要热身 ·························· 63

第6章　故事梗概 ··· 65
　　具体和细节 ·· 66
　　热身练习 ··· 68

第7章 把想法变为故事 ········· 69
由谁主导 ········· 69
什么是中心人物想要的 ········· 71
为什么他在意这个目标 ········· 72
谁在反对或阻碍这件事 ········· 73
有什么风险 ········· 73
有什么害怕的 ········· 74
结局时你的中心人物有什么变化 ········· 74

第8章 强化情节 ········· 77
设 定 ········· 77
让故事人物引导你的情节 ········· 79
情感动作 ········· 80
障 碍 ········· 81

第9章 剧本大纲 ········· 85
剧本大纲是什么 ········· 85
ABC 故事 ········· 87
不要对白 ········· 88
节拍表 ········· 89
练习——去现场 ········· 91

第10章 故事结构 ········· 93
"噢" ········· 95
"故事为何发生在今天" ········· 96
"(小声)啊哦!" ········· 96
练习——10 种备选方案 ········· 96
"哎呀!" ········· 99

"（大声）哇哦！" ……………………… 100
　　　"天呐，不！" …………………………… 100
　　　"怎么会这样" …………………………… 101
　　　"啊" ……………………………………… 102

第 11 章　**改写你的剧本大纲** ………………… 103
　　　一个新的视角 …………………………… 104
　　　最重要的问题 …………………………… 105
　　　意料之外 ………………………………… 107
　　　避坑信号 ………………………………… 108
　　　回到起点 ………………………………… 116

第 12 章　**分场大纲** …………………………… 117
　　　分场大纲的格式 ………………………… 117
　　　本场概要 ………………………………… 119
　　　引　子 …………………………………… 120
　　　场景设定 ………………………………… 122
　　　一场戏的结构 …………………………… 124
　　　建　置 …………………………………… 125
　　　能量开关 ………………………………… 125
　　　箭　头 …………………………………… 126
　　　副线故事 ………………………………… 126
　　　练习——跷跷板 ………………………… 127
　　　时间是现在时 …………………………… 130
　　　反　馈 …………………………………… 132
　　　改　写 …………………………………… 133

第 13 章 剧本初稿 · 137
格　式 · 137
废话剧情提示 · 138
规避废话剧情提示的八种途径 · 139
有力收场 · 145

第 14 章 改写，改写，再改写 · 149
时间合理吗 · 151
更多场景上的改变 · 152
对手怎么样 · 153
回到开头 · 154
正中下怀的台词 · 154
尝试一下谎言 · 157
时间顺序 vs 内在逻辑顺序 · 157
逃　避 · 158
省　语 · 159
角色的标志性台词 · 161
把名字去掉 · 161
方便的进场和退场 · 162
数台词 · 163
练习——回去查看表格 · 164
剧本第一页 · 166

第 15 章 试　读 · 169
大声朗读 · 169
录音还是不录音 · 173
是的，再改写一遍 · 174

第 16 章　最后润色 ································· 175
　　删　除 ······································· 176
　　锤　炼 ······································· 176

第 17 章　格式外观也很重要 ························· 179
　　封　面 ······································· 181
　　页　码 ······································· 185
　　纸　张 ······································· 185
　　装　订 ······································· 186

第 18 章　克服拖延症 ······························· 189
　　克服拖延症的工具 ····························· 190

第三部分　当你有了一部剧本后，你应该知道的

第 19 章　提案演说 ································· 199
　　短为上策 ····································· 200
　　也别过短 ····································· 201
　　提案内容 ····································· 202
　　练　习 ······································· 203
　　不要评价自己的故事，无论褒贬 ················· 205
　　倾　听 ······································· 206
　　练习——禅与格劳乔 ··························· 207
　　会　面 ······································· 208
　　说"茄子"（保持微笑）······················· 212
　　用"是"来回答 ······························· 214

　　　　恐惧与战栗 ································· 215
　　　　签约编剧仍要做提案 ······················· 216

第20章　生　　意 ······································· 217
　　　　关键在于你认识谁 ·························· 218
　　　　公共社交法 ································· 218
　　　　拉里·科恩的反常规公共社交法 ··········· 219
　　　　没有人单枪匹马就能成功 ·················· 223

第21章　现在你认识一些电视人了 ····················· 225
　　　　打没有预约的电话 ························· 225
　　　　书面沟通技巧 ······························ 227

第22章　经纪人和经理人 ······························· 237
　　　　他们的区别是什么 ························· 237
　　　　谁能让你获得工作 ························· 238
　　　　当你有了一位经纪人或经理人后 ··········· 239
　　　　另一种门路 ································· 241
　　　　自我掌控 ··································· 242

第23章　在洛杉矶的成与败 ···························· 249

第24章　如果不想在洛杉矶一败涂地的话，怎么办 ······· 253

第25章　技术支持 ······································· 255

第26章　电视剧需要多少位制片人 ····················· 257
　　　　署名头衔的定义 ···························· 257

第 27 章　服务与保护 ····· 263
诉　讼 ····· 263
你是自己最好的保护 ····· 264

第 28 章　还有一些注意事项 ····· 267
任何情况下都绝对不能违反的规则 ····· 267
不必完全遵守但尽量不要违反的规则 ····· 268
现在做什么 ····· 268
你还有其他剧本吗 ····· 269

第 29 章　最后的话 ····· 273
矛　盾 ····· 273
不要相信一夜成名 ····· 274

美剧圈行话 ····· 277
附录 I　一部情景喜剧剧本的蜕变 ····· 283
附录 II　投销剧本大赛 ····· 291
附录 III　相关资源 ····· 300
致　谢 ····· 311
出版后记 ····· 315

前　言

我写这本书的目的是告诉你为电视写作的真相。

那么，第一个真相便是：成为电视编剧的唯一途径并不是找到一个好的经纪人，而是写出一些新鲜、美妙、能令人兴奋的东西。

就是这么简单。

但简单并不等于容易。

没有人能教会你怎么写，你只有去写才能学会。这就是我把这本书称为"入行手册"的原因。你必须真正去写才行。

在你看电视的时候，一定知道什么是一部好剧，但如果你阅读这本书，我猜你更想知道如何写出一部好剧。本书主要着墨于如何完成写作这个过程。它给你提供一个可因循的创作程序、若干条电视写作的指南，以及如何避免创作瓶颈的种种方法。这些不仅可以让你的完稿次数更多，还能让你以更专注、更有控制力的方式完成，即更有技巧地完成。

在过去的20多年里，我一直在跟电视剧本打交道，或是自己写作，或是大量阅读、评估、修改其他编剧写的电视剧本。我发现其实每个人都有写作才华，但如果不懂得运用技巧的话，才华也无用武之地。幸运的是，技巧是可学的。你可以通过练习不断提高技巧。更神奇的是，随着技巧的提高，你的才华也能呈几何级增长。

没有人知道你究竟有多少写作才华，包括你自己，直到有一天你提高了写作技术，让你的才华流露出来。技巧可以令你控制自如，而对才华控制自如又会增强你对直觉判断力的信心。每做一次写作练习——不需要别人评判的单纯写作——都可以提高直觉和信心，你会获得鼓舞。而勇气对于一个编剧学习者来说至关重要。

这本书提出的种种写作原则和方法练习并不是帮助你成为电视编剧的唯一路径，我更愿意认为它是路径之一。你可以在不同层面操作，可以使用它们、适应它们，甚至改变它们。你只有去实践，才能发现属于自己的修习之路。你将学会写作一部电视剧本。如果我能做到这件事，那么你也能做到。因为我并非天才，我甚至不认为自己是个优秀的编剧。我只是一个得到了很多人帮助，学会了电视写作形式并且在从事这份工作的人。于是，我成了一个还不错的编剧，并且靠写作挣了钱。你一样也能做到。

在大人物和穷哥们儿里都有朋友，有勇气抓住机会，以及永怀谦逊以感恩之心面对所得，你就会发现，做一名电视编剧既能有不错的收入，也能得到个人成就的满足。

在这本书里我希望给你鼓励以及给予你想要的帮助，同时我要让你知道为电视写作是一项多么令人兴奋、有高薪回报，但又处于激烈竞争和常常陷入创作困境的职业。换言之，我要告诉你至少是我看到的为电视写作的真相。如果这些是你乐于知道的，那我们就可以开始了。

"我如何进入电视界"

淡入:

内景　富丽堂皇的好莱坞家里　日
环境装饰浮华,这显然是拍摄布景,并不是真实生活居所。
醒目的镜框装裱的是"艾美奖提名证书"。一只俄罗斯猎狼犬闲卧在一旁。这些显示主人是位"重量级女作家"。电视剧编剧兼制片人埃伦·桑德勒身穿一身灰色的名牌阿玛尼套装,坐在一个宛若宝座的大椅子上读一部剧本。在她身后是《经典剧场》①里那样的巨大壁炉。壁炉里火焰闪动,尽管它其实是假的……

外景　洛杉矶　日　航拍城市
浓重脏雾遮蔽了摩天大楼的顶端,只有好莱坞的巨幅标志隐约可见。

---

① 《经典剧场》(*Masterpiece Theatre*),美国公共广播公司(PBS)长寿名牌节目之一。——译注

室外温度广告牌

显示为 87 华氏度①,数字还在上升。

就是这样一个雾气弥漫而炎热的天气。

切回:

富丽堂皇的好莱坞家里

埃伦从阅读的剧本中抬起头来。

埃伦

从《出租车》②在电视台播出起,我
就一直在为电视写作了。事实上,
那是我编剧的第一个电视剧本。

剧本上"出租车"的标题。

闪回——纽约市(20世纪80年代初)

埃伦(画外音)
我在外外百老汇工作。

外景　恐怖店面剧院　日

夹在百吉饼店和打折假发店之间的一栋狭长建筑。许多

---

① 大约30摄氏度。——译注
② 畅销美剧,从1979年起连续三年获得美国金球奖最佳电视剧集(喜剧、音乐类),先后获得18项艾美奖。埃伦在1981年为其撰写了两集剧本。——译注

窗户上张贴着海报，上面的广告写着"剧作新人的新作品"。25岁的年轻埃伦——一头长发，穿着牛仔裤，正在努力打开铁门上的三把挂锁，而她的一只胳膊下还夹着一堆剧本，所以动作平衡起来不太容易。

    埃伦（画外音）
    外外百老汇路。你肯定没见过也没听说过这里。但相信我，这里的厕所已经失修20多年了。我并不在意，因为这里是我写戏、导戏的地方。

一只女性的手翻开剧本。

这是个明显的舞台剧剧本格式——大量对白、单行行距、窄页边距、没有场标和场景说明。

    埃伦（画外音）
    或者说，因为爱。

女性的手打开一只钱包。

钱包里没有钞票，只有一枚五分硬币和两枚一分硬币，以及一小截线头。

    埃伦（画外音）
    然后我创作的一部独幕戏上演了……在洛杉矶。

外景　蓝天　日

一架纸飞机飞过天空，背景是朵朵白云……

内景　公共机构的走廊

……纸飞机飘落在一块脏兮兮的米色油毡地上。同上面场景一样的女性，用手捡起纸飞机并把折纸展开，原来这是一份戏剧节目单。上面写着：

　　　　　　独幕剧节

　　　　　埃伦（画外音）
　　　演出①将在佛蒙特和梅尔罗斯大道一
　　　处鸟不生蛋的地方上演。

外景　洛杉矶城市学院　日

一座单层公共机构广场建筑，侧面是巨大的洛杉矶标志，再走几步便是佛蒙特大道廉租区永远川流不息的街道。

　　　　　埃伦（画外音）
　　　一开始剧本写得很不入流，不过改
　　　了20多稿之后情况大为改观……

内景　黑匣子剧场　夜

舞台布景是一面写着"洋基体育（场）"的背景板和一个代表体育场入口的光鲜镀铬转门。

---

① 上面提到的这部戏是《职棒热门赛》（*Pennant Fever*），由埃伦·桑德勒和丹尼斯·丹齐格（Dennis Danziger）合作创作。桑德勒女士署名为导演，丹齐格先生是编剧。

埃伦（画外音）

演员们简直太赞了……

雷亚·珀尔曼①坐在一张铺于舞台地板的毯子上。她穿着洋基队队衫和牛仔裤，头戴洋基棒球帽。她直接从盒子里抓一把"嘎吱嘎吱船长"牌麦脆片塞进嘴里。

这是25年前，那部令珀尔曼家喻户晓的电视剧《干杯酒吧》还没问世，所以这时候她还籍籍无名。

她在这出戏里饰演一个叫安吉拉的姑娘，她热爱棒球并且天不怕地不怕。

李·维尔科夫②从左侧舞台上场。

李个头不高，虽然那时候只有26岁，但已经开始秃顶了。日后他以参演百老汇复排剧《红男绿女》③提名托尼奖，但此时他还是一个无名小辈。在这出戏里他饰演乔尔，一个书呆子研究生，总是怕这怕那，尤其害怕棒球和姑娘。

雷亚饰演的安吉拉

站住！不许再向前一步。

李饰演的乔尔

（害怕地）

---

① 雷亚·珀尔曼（Rhea Perlman），美国女演员，代表作电视剧《干杯酒吧》为她赢得四个艾美奖。——译注
② 李·维尔科夫（Lee Wilkof），美国演员，活跃在百老汇、外百老汇戏剧舞台和电影电视剧界。——译注
③《红男绿女》（*Guys and Dolls*），百老汇经典音乐剧，首演于1950年。1955年米高梅公司曾将其翻拍为电影，由马龙·白兰度主演。——译注

>   该死，对……对不起，吓着你了。

观众发出笑声。很明显笑声来自现场而非事先录制的"罐头笑声"。

>   埃伦（画外音）
>   演出就从笑声中开始并且继续……

               叠化至：

晚一些之后
演员在观众的笑声和热烈掌声中鞠躬谢幕。

>   埃伦（画外音）
>   ……在轻松幽默和不知不觉中就度
>   过了39分钟。观众爱上了这出戏。

内景　大堂　接上场
事实上这里根本算不上大堂，只是一个砌着灰色煤渣砖墙的门厅，地上铺着肮脏的米色地板油毡。

>   埃伦（画外音）
>   大家一般都认为，谢纳加大道以东
>   根本不会是娱乐圈大腕出现的地
>   方，但这一回吉姆·布鲁克斯来了。
>   布鲁克斯曾一手打造《玛丽·泰
>   勒·摩尔秀》，现在是《出租车》的
>   执行制作人，日后他还将以编剧、
>   制片人、导演的身份推出一系列重

磅作品——电影《富贵浮云》《母女情深》《甜心先生》和电视动画剧集《辛普森一家》。换句话说,他简直是喜剧之神。

吉姆·布鲁克斯走进大堂,他边走边和年轻的丹尼·德维托①谈笑风生。

埃伦(画外音)

德维托那时候是雷亚的男友,我敢肯定你一定记得他在《出租车》里扮演路易。他这次带布鲁克斯来看雷亚演戏。

布鲁克斯跑到正被捧场朋友们和热情观众围绕着的25年前年轻的埃伦面前。

吉姆·布鲁克斯

(疯狂热情地)

你太棒了!我要请你来为《出租车》做编剧。

吉姆·布鲁克斯把自己的名片递给年轻的埃伦。

---

① 丹尼·德维托(Danny Devito),美国著名演员、制片人、导演。代表作有《玫瑰的战争》(*The War of the Roses*,1989)、《最后巨人》(*Hoffa*,1992,德维托自导自演)、《蝙蝠侠归来》(*Batman Returns*,1992)等。——译注

> 吉姆·布鲁克斯
>
> 周一给我打电话。

说完布鲁克斯走了。

> 埃伦（画外音）
>
> 这一切就像发生在电影中，不是吗？

年轻的埃伦一时还有点没反应过来，她傻傻地看着那张名片……

回到：富丽堂皇的好莱坞家里
埃伦侧身对着镜头，笑容灿烂。

> 埃伦（画外音）
>
> 就是从那时候起我可以靠写作挣钱了。

埃伦身后假景搭建的起居室开始塌落，当尘埃落定后，埃伦已转场置身于……

内景　埃伦的家庭办公室　日

一间阳光明媚的房间，里面陈设简单而实用。办公用品是装饰，有白色的福米卡办公桌、打开的笔记本电脑、大量的书和剧本。
一些纸板文件盒堆在红色的墨西哥瓷砖地上。
一只邋遢的棕色杂种狗睡在破旧的沙发上。
埃伦穿一身灰色卫衣坐在办公椅上，她转向镜头。

> 埃伦
> 关键是我不知道我是怎么进入电视界的,我只是写东西并完成它。我不挑不拣,什么小戏都只想努力完成。而且我与圈内大腕丝毫搭不上关系,至少我自认为是这样——我怎么会想到雷亚·珀尔曼这位自打我在那些厕所破旧失修的外外百老汇剧场里混日子就认识多年的女演员,她的朋友的朋友中竟然就有位大人物!

埃伦从桌上拿起一部剧本,然后迅速翻阅起来。

> 埃伦(继续)
> 我学习写作的办法就是一直在写,最后我写的东西变得不错了,并且好运垂青。终于有贵人发现我了。

埃伦直视镜头。

> 埃伦(继续)
> 但接下来,我不得不认真面对和学习如何在电视写作圈子里站稳脚跟。这就是本书要讨论的内容。比如,如何让害羞内向的你和别人打交道,

或者怎样写一封令对方印象深刻的求职信。我会教你那些我用来打败内心拖延症的奇招妙计——是的，我有拖延症，并且我敢打赌比你要严重得多。我还探索出一些有效的方法，可以让一个故事变得既个人化又很专业，并且我还要教会你认识那些意味着写作进步的标志。换句话说，我将告诉你我写作生涯中学到的种种经验，并希望其中有些也能对你有所帮助。

淡出

但不是……

结束

[第一部分]

你需要知道的

1 投销剧本

没有人会一直看电视（虽然我希望如此），但人人都有看电视的时候。电视在公共领域、私人空间都很常见和普遍，所有人都可以使用它。电视比现代生活中其他任何因素都更多地建立了我们的伦理、道德、社会和物质边界，这方面就连电影和政治都自愧不如——无怪乎你愿意投身为电视写作了。电视真的很强大！

一方面，因为电视太寻常了，所以常常被轻视，被认为不重要，不值得被尊重或关注；而另一方面，电视又无所不在，因此具有海量内容——它需要大量素材，然后像变形虫一样以不断分裂和自我复制的方式再生产，以填满无尽的电视节目时间。

电视总是需要更多的节目，并且迫在眉睫。这就是你进入的这个行业的现状。作为编剧，你的工作就是为电视提供内容，这会容易导致陷入粗制滥造和墨守成规的快速写作。

你一定会听到圈内人谈起制作电视节目时常常说"这可不是在做脑外科手术"，这种说法确实是消解电视人自我重要性的好办法，但千万不能把它当作降低标准的借口。因为在某种程度上，当你为电视创作时，你就是在对观众进行一种"脑外科手术"，你在塑造他们的观念并将进一步影响他们的现实生活。

在好莱坞做职业编剧首先得有优秀的写作能力（这里的优秀是以商业标准来衡量的，我们很快就会深入探讨）。接下来就需要恒心、韧性和一些运气了，或许你会觉得不止如此。这些都不是什么秘诀，规则人人知晓。秘诀就是坚持做下去。这正是进入编剧职业的要素。

为了成为电视编剧，你必须先得到一份编剧工作。而为了得到这份工作，你得拿出点东西来证明自己可以胜任。通常来说，它就是投销剧本（spec script）。

什么是投销剧本

电视投销剧本是指针对某一既定电视剧集而自发创作的一集原创剧本。写作的时候，既没有合同、稿费，也没有其他任何保障。大多数情况下，这样的投销剧本都不会被购买、投拍。它的命运只是被读过。这就是写作投销剧本的目的：让你能接触到的尽量多的业内人士读到它。每个读过剧本的人都很重要，因为谁都有可能认识一两位决定编剧和剧本命运的大人物。

投销剧本一般分两种，电视投销剧本和电影投销剧本。当你的资历还无法凭一个提案就能接到写电影剧本的活儿时，你就只能写投销剧本。你写了投销剧本，期待被某家制片公司看中、买下版权、拍成电影；或更常见的，剧本卖出去了，但被改得面目全非，到头来也没拍成。不过无论如何，你至少还是拿到了剧本费，没白干一场。所以，电影投销剧本是用来卖钱的。

电视投销剧本就不同了。写作这样的投销剧本不能指望一步到位，直接就把这集剧本卖给电视剧集制作方。当然，这种情况也并非完全不能发生，事实上它确实发生过一两次——毕竟在好莱坞，万事皆有可能。所以，若这种天大的好事落到你头上，那一定要大大地恭喜你了！这时一定要请律师帮你确保除了合同签订后公司立刻支付你的稿费之外，你还拥有"后继报酬"（back end）（这可不仅是句漂亮话，它会真真实实给你带来意想不到的惊喜；关于"后继报酬"概念请参见第277页"美剧圈行话"）。但在绝大多数情况下，写作电视投销剧本旨在凭借你所写的这集能展现写作能力和风格特色的试写样本令剧方聘用你。这也是本书主要探讨的问题。因此不难看出电影投销剧本和电视投销剧本的不同——从电影制作方角度出发，人们是在寻找好的剧本，而剧集制作方则是在寻找好的编剧。

✏️ 为什么要做电视编剧

在我教授剧本写作课程，于课堂上问学生们为什么你们要写投销剧本时，听到的回答大多是"因为很有意思呀！"。首先我要大力表扬这种对写作的兴趣和热情，不过仅有此动机恐怕很难撑到剧本完成，因为事实上，写作并非如想象的那么有趣。剧本写作大部分时间里是焦虑、沮丧、不知所措的混乱和几不可逾的困难。

听我说了这些，学生们又想了一会儿，然后有了新的回答：

"因为想讲一个故事""为了让观众发笑",甚至有的说"因为我真的真的真的太想写了"。我想说,这些听起来都是不错的动机,确实能促使我们去写点什么,但它们都不必是一部电视投销剧本。

那么我来告诉大家吧,写作一集电视投销剧本的唯一动机应该是:金钱!当我这么讲的同时,我会在教室白板上画一个大大的美元符号,这惹得全班都笑了。大家为什么都笑了呢?我想是因为其实人人都这么想,只不过羞于启齿,或仅仅不敢这样去想。但我要告诉你们事实:电视是一个商业媒体,而我们为其写作就是为了钱。

行业小故事

这是一个关于乔治·萧伯纳(George Bernard Shaw)的故事。

20世纪30年代,萧伯纳来到好莱坞会见米高梅公司(MGM)的老板塞缪尔·高德温(Samuel Goldwyn)。高德温这次邀见萧伯纳是想购买他的剧本版权,但高德温显然希望把价钱压得越低越好。高德温滔滔不绝地称颂萧伯纳是一位了不起的天才,自己对他的剧本仰慕不已,他简直就是一位伟大的艺术家。高德温接着话锋一转,说自己其实也是一位大艺术家,并称事实上对自己来说,吃一顿饕餮盛宴不如去制作一部伟大的艺术电影。萧伯纳最后听完起身,对高德温这次热情邀约表示感谢,但对出卖剧本版权一事恭敬地拒绝了。高德温相当错愕地问他："为什么？"萧伯纳回答：
"先生，问题是你只关心艺术，而我只对钱感兴趣。"

✏️ 形式 vs 公式

　　为钱写作意味着当你坐下来创作的时候，你必须遵守那些规则（rules）。我说的守规则并不是指那种公式（formula）——公式令编剧沦为雇用文秘，令剧本变得无聊乏味、完全不出预料，那种剧本没人能坚持读完8页。我说的规则是指形式（form）方面，它与公式完全是两回事。电视剧本拥有特殊的形式，你必须遵守它。

　　或许你认为自己知道怎样写比正在播放的剧集更好或更有趣，但这对于正在写投销剧本的你来说并不重要，那不是你该关心的。你要做的恰恰是完全按照播出剧的方式来写，同时还要保证新颖、独创。如果你只是因循原剧的规则而没有创新，那么你的剧本也许并不差，但无法脱颖而出。

　　是的，你要为钱写作，但不仅仅是为钱写作，你也必须要在所写的商业电视产品中加入一些艺术创造。事实上，如果你不能把一些新鲜东西或自己投入到剧本中的话，那么指望这样写出的剧本就能挣到钱几乎是异想天开。我所知道的那些最有钱、最成功的编剧们无不是通过非常个性化的角度去创造精明的商业剧本的。那么是要在形式方面创新吗？不。在内容方面创新？是的。

假设任何一天在任何一个审读者的桌子上（或许更有可能在地上）有三摞剧本，这三摞大概摆成这样：

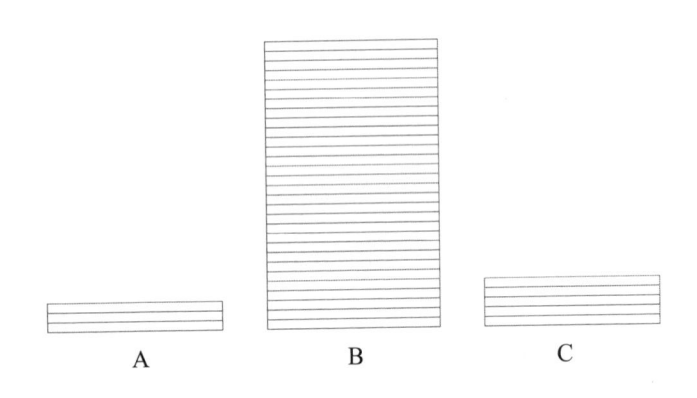

```
          ┌──────────┐
          │          │
          │          │
          │          │
          │          │
          │    B     │
          │          │
┌───┐     │          │      ┌─────┐
│ A │     │          │      │  C  │
└───┘     └──────────┘      └─────┘
```

标记为 A 的第一摞最薄，正如你猜到的那样，这里都是好剧本。这些剧本都有引人入胜的故事、生动而跃然纸上的台词和极其令人印象深刻的内容。这些是将被打上"推荐"评语获得通过的剧本。

标记为 C 的是那些无可救药的烂剧本——手写的、格式乱糟糟、无礼或趣味低下、抄袭剽窃的等等。

而标记为 B 的这摞都快堆到天花板了吧？这就是我所说的"中庸的大多数"（big pile of okay）。这些剧本看起来有剧本的模样，读起来也像那么回事儿，甚至还会有一些不错的笑点。你说不出这些剧本有什么完全错误的地方，但同时它们也毫无完全正确的地方。在我自己读剧本的经历里（说实话，我读过数以千计的剧本），以及我所认识的以审读剧本为生的那些人的阅读经验里，这样的中庸剧本是最常见的大多数。我想，我也不必告诉你这些剧本最后去了哪里，我只要对你说它们再也不可能传阅给下一个人了。

> **行业小故事**
>
> 有一回，在一个经纪人候客室里我想记点东西，就拿起了那里的便签本。当撕下一页便签时，我发现背面是一眼就能认出的 Courier 字体。那分明是成行的对白！这位经纪人把剧本裁剪制成了便签！我知道那都是来自 B 摞的剧本。

好消息是不少中庸的 B 摞剧本可以通过写作过程中的重要修改而变成 A 摞剧本。但如果你认为为电视写作是一件轻而易举的事，那我想这就该是坏消息了。

本书的各种练习是指导你的工具，让你在遵循电视写作形式的同时将自己的原创力融入其中。这将使你的剧本水平从"中庸的大多数"提升到"推荐通过"。

而如果能做到这些，你大概就拥有为电视写作而挣钱的本领了。

✏ 该选什么样的剧写投销剧本

写你自己爱看的剧，在我看来，这是选择为哪一部剧写投销剧本时压倒一切的要素。就算某个圈内人告诉你就得盯着热门剧写[1]，你也千万别写不喜欢的剧。当你要进行选择的时候，你得知道自己的投销剧本也许只有这么一次机会，所以怎么精挑细选都不为过。只有与你有联系、自己爱看并且剧中人都令你牵挂的剧才值得去写，这是第一和首要的标准，当然并非唯一。

以下是当你选择为什么样的剧写投销剧本时应牢记的其他三条原则：

1. 该剧应该正在播出

这是一条原则。别为《老友记》(*Friends*)写投销剧本，就算你对它每一集都烂熟于心并且为女主角瑞秋想出了一个绝好的故事。任何只要播完的剧就是老剧了，就算它昨天刚刚播完并且接下来每天都在复播也一样。

事实上，一部剧集如果在电视上连映超过五年，即使还有新的几季要播出，但对于投销剧本写作来说它都太陈旧了。如果你正要投稿的剧本是这样一部"旧剧"的，你就显得太陈腐、老旧、跟不上时代潮流了。在电视界，跟不上潮流就是死亡。

---

[1] "喜好因素"(liking factor)只有在有人付钱让你写戏或者给予机会让你进行提案的时候才失效。如果有人找你为某一特定的剧集写戏，他决定或者考虑向你付费，但你并不喜欢这部戏，那么你应该试图从这部戏中找出你的喜好点，然后去写作，尤其当你处于编剧职业生涯的起步阶段时。当你慢慢变得资深，有不止一部戏请你有偿创作，那时候你再挑选真正喜欢的来写。

> **行业小故事**
>
> 在好莱坞有一个流传好些年的故事，你也许也听说过，一个哥们儿为1961年的《范戴克摇滚音乐剧》(*Dick Van Dyke Show*) 写了一集精彩绝伦的投销剧本。大家都觉得他实在是太勇敢、太有创造性了，因此引起瞩目。
>
> 首先，我并不认为这事真的发生过，即便我相信真有这么个人写过这么个投销剧本，但我也不相信这剧本真的投拍了；其次，就算这故事千真万确，已经有人做过这件事了，那这样一种大胆、原创的举动就再没有任何价值了。
>
> 所以，请只为那些正在播出的电视剧写投销剧本吧！

2. 该剧应该是部热门剧

原因如下：

- ▶ 热门剧可以保证至少在完成投销剧本前不会被腰斩停播。
- ▶ 审阅你投销剧本的人会对这部剧和里面的人物都很熟悉。
- ▶ 热门剧之所以热门，就因为它成功了。一部成功的剧容易被写，也是一个学习写作的好样本。写作投销剧本的动机之一就是从创作出成功剧本的资深编剧那里学习、受益。
- ▶ 热门剧总是会引发跟风之作。一定会有不少模仿这部热门剧的新剧出现，而这些剧也在寻找编剧。如果你写的这集投销剧本正是他们复制的对象，那么这将是一个绝好的"自荐书",它将展示你是多么合适为他们的新剧写作。

如何定义热门剧呢?传统认为只有收视率前10位的剧才算热门剧,但情况有所改变了。如今观众有了更多选择,电视台收视率却大幅降低,因此构成一部热门剧的因素不再明显,但收视率数据仍然是第一参考。查阅一下"每周收视率榜单"①。商业电视网播出的剧要成为热门剧,它至少应该在这个榜单的前25或前30位以内。

你并不是只能在电视网黄金时段的节目中寻找可以写作的热播剧。另一个可供参考的依据是奖项。如果一部剧集提名了艾美奖、金球奖或其他行业工会奖②(Guild awards),那就表明这部剧得到了业内关注和尊敬。

有很多剧并非收视率排行榜上的大热门,比如《神探阿蒙》[Monk,美国电视网(USA Network)]、《美眉校探》[Veronica Mars,哥伦比亚及华纳兄弟联合电视网(CW)]、《单身毒妈》[Weeds,娱乐时间电视网(Showtime)]、《盾牌》[The Shield,福斯娱乐(FX)]、《罪案终结》[The Closer,特纳电视网(TNT)]和《办公室》[The Office,全国广播公司(NBC)],但是这些剧集因为剧本精彩和表演出众而获得多项提名。这也提高了剧集本

---

① 每周"尼尔森收视排行"(Nielsen rankings)刊登在每周三《洛杉矶时报》(Los Angeles Times)的"一览表"部分,此外在《综艺日报》(Daily Variety)和《好莱坞报道》(The Hollywood Reporter)上也能查到。

② 电影演员工会(The Screen Actors Guild,www.sagawards.com)、编剧工会(Writers Guild,www.wga.org)和导演工会(Directors Guild,www.dga.org)都颁发重要的电视奖项,你可以去它们的官网查询最新和过去几季的提名及获奖者名单。

身的声誉，使它们成为适合写作投销剧本的多样选择。

3. 你与该剧有人脉联系

或许这部剧演职员表上的某个人刚好与你在同一所表演学校，或许你同宿舍某人的哥们儿恰好是这部剧的助理剪辑师，又或者你表哥认识这剧制片助理的老婆或老公。只要你与这部剧集有确实的联系，不论多微小，都会大有帮助。首先，你将更容易找到这部剧的剧本来研读，读了下一章你就会明白这一点为何至关重要。如果这是一部在观众面前多机拍摄的现场录制的剧，那么你的人脉关系就有可能帮你搞到一个录影观众席位，甚至有机会在拍摄完帮你引荐。而如果这是一部单机拍摄的剧集，你则有可能获邀去摄制现场看看。

最重要的好处在于你将有机会让自己的投销剧本被该剧的某位编剧读到，并且可能得到他的专业反馈意见。要是足够幸运的话，他甚至可能把你推荐给编剧的经纪人或掌剧人（showrunner）①。但是别奢望这么多，去寻求反馈意见就好。

很多人会建议你不要为一部希望为其写作的剧集写投销剧本，因为你不可能写得和那些编剧一样好，并且会遭到他们严厉的批评。这话不是完全没有道理，但我认为不管怎样，只要你认识这部剧剧组的任何成员，都不该错过得到投销剧本专业反馈意见的

---

① 指全盘负责整部系列剧集的人，在演职员表中常被署名为行政制片人（executive producer）。在美剧创作中，编剧团队是比导演组地位更高的全盘统帅者，灵魂人物即创剧人（creator）、首席编剧（head writer）和掌剧人。有时候，这三者可以兼任。
——译注

好机会。你可能不会被这个剧组聘用,但很可能会获得一个修改后水平大幅提升的剧本,你可以把它拿给任何人看。

4. 再说一遍,为自己喜欢的剧写作

重要的事值得不厌其烦再说一遍。如果有一部剧,即使它恰好满足上述三个条件,但如果你不喜欢它,也不喜欢看它,那么你就绝不可能为它写出杰出的投销剧本。所以,去挑选一部既令你喜欢又能满足上述大多数标准的剧集吧,这就是你该为其写投销剧本的剧。

可是如果遇到一部你自己喜欢但完全不符合其他所有条件的剧,那该怎么办?我祖母总是对我说:"爱上富人和爱上穷人一样容易。"它同样适用于上述问题。喜欢上一部满足其他所有条件的剧难道不是一样容易吗?还是可能并非如此?我最好的朋友爱上了一个穷小子,他们结婚的时候小伙子还一无所有,但如今他已是千万富翁。他们有三套豪宅,她有一堆高尔夫球那么大的珍珠。所以,有的时候,当你抛开旁人的好建议而只听从于自己的内心,一样可能获得成功。不过,这个例子是真实的生活——它比电视剧更不可预测。

一旦你选中了一部剧,写作投销剧本这件事就已箭在弦上了。但是如何射出这支箭?下一步该怎么走?

2 从读到写

你已经选出一部喜爱的剧了,显然你已经看过它了。你可能认真看完了每一集,甚至可能把它录下来并反复观看了好几遍。这样做很棒,会对你有所帮助,但你还是不熟悉如何从编剧的视角来看这部剧。但这才是你需要做的,因为你不是在写"剧",而是在写"剧本"。这两者是不同的。

可以把剧比作装修好的房子,有人在这里摔门(可能是一部家庭剧)、有人跑上楼梯(警察剧),有人在冲厕所(喜剧)。而剧本则可被比作建筑蓝图,你可以用它建房子,建成的房子也要能够确保承受上述活动。假设你只是看了比如《建筑文摘》(Architectural Digest)[①]里的一张图片,根本没有建筑蓝图就开始造房子,你觉得它会有多牢固?这与你只靠看了电视上播出的剧就动手为它写投销剧本是同样的道理。

---

① 美国1920年创刊的全球著名建筑设计杂志。——编注

你需要阅读很多剧本，需要看你感兴趣的这部剧是如何用文字建构起来的。如果你完全基于在电视上看到的一部剧的模样来写这部剧，那么或许你模仿到它的一些风格，甚至是角色的声调，但你会发现自己错过了这部剧的本质。对于这部剧是如何讲故事的，你将不会有一种本能的理解。你的剧本即使写出来，也会成为对这部剧的一次空洞模仿。

✎ 我如何学会阅读

回想20世纪70年代，我正满怀对戏剧的热爱在条件捉襟见肘的"外外百老汇"剧院上班时，得到了一份为传说中的大神约瑟夫·帕普[①]（Joseph Papp）工作室审读剧本的工作。约瑟夫是著名的"公共剧院"（Public Theatre）创始人。当时他在戏剧界几乎无人不知，绝对算得上美国剧坛光芒万丈的人物。几乎所有用英文写作的新剧本都会到他的工作室走一遭。

约瑟夫对作家们十分尊重。他知道作家才是剧场得以立足的根本，因此他希望每一部送来的剧本都被仔细阅读、概述和评估。我的报酬是每审读一部剧本10美元，所以你可以想象为了付房租和买面包，我得读多少剧本。

[①] 约瑟夫·帕普为很多演员提供了饰演重要角色的第一次机会，包括梅丽尔·斯特里普（Meryl Streep）、劳尔·朱利亚（Raul Julia）、曼迪·帕廷金（Mandy Patinkin）、黛安娜·韦斯特（Dianne Wiest）等大明星。在20世纪60年代和70年代的美国剧坛，他创作了一批最杰出的剧本，并制作出许多非常有影响力的戏剧，如《毛发》（*Hair*）和获得普利策奖的《平步青云》（*A Chorus Line*）；他还为很多新兴编剧提供扶持帮助，包括萨姆·谢波德（Sam Shepard）、大卫·拉贝（David Rabe）和大卫·马梅（David Mamet）。

我并没有因这份工作而发财，但得到了一些终身受益的财富。我学会了带着目的阅读，学会为了人物和故事而阅读，学会概括情节、提炼主题，学会在一片模糊和混乱中看到剧本的潜力。我不能在评估报告里随随便便写上"我喜欢"或者情绪化的"我讨厌"几个字就交差，我必须好好思考，认真分析，然后把我的想法整理成文字写下来，评价文字还必须精炼，这样才能让约瑟夫更有效率地阅读。我学会了如何写得既清晰又能抓住要害。还有一个附加收获，就是我学会了如何写得更快（计件工资就是多劳多得）。

有目的性地阅读

阅读剧本是为商业电视写作所做的必不可少的功课，因为你的剧本必须遵循业界普遍认可的风格和形式。你有没有能力将创意概念用业界熟悉的形式表现出来，这将直接决定你是否会被聘用为电视编剧。

了解剧本形式的途径就是阅读剧本。不是只读一次就算了，而是尽可能多地读，并且带着目的去读。你需要分析剧本并且深入研究它的结构。本书附录Ⅲ"相关资源"部分会向你提供从哪里能找到这些剧本的建议。

> **行业小故事**
>
> 当我为电视连续剧《教练》新一季开始第一天写作的时候，掌剧人艾伦·科申鲍姆（Alan Kirschenbaum）就把所有编剧都召集到他的办公室，表达对我们的期望。他要求我们提出各种故事创意，从头到尾认真阅读正在制作的每一集剧本并做笔记，所有排练场景都要参与，改写剧本时要在一旁，夜戏也要参加。但最重要的，我们的工作是他几乎冲我们嚷起来的那句话："去写剧本吧！"

所有掌剧人都希望从你那里得到一部不错的初稿剧本，因为那意味着有一个好故事。编剧部门的其他成员可以把剧本改得台词更犀利、笑料更精彩、节奏更紧凑，但一个糟糕的故事谁也救不了。通过深入剧本的结构，你可以学会讲好故事。

如何来做呢？好吧，我现在就来告诉你：我做了一个表格，把我能想到的一切都计算进去。在接下来的几页里，我会举一些例子，让你看看我在表格里放了哪些东西。在这些示例表格中，我列举的项目绝非标准固件，因为根本不存在这样的标准表格。它们是帮助你开始写作的基础。根据要写的那部戏，你可以进行调整，增加一些必要的条目，把不适用的删掉。

举例来说，我的示例表格每页上由幕（act）和场（scene）来划分，采用的是情景喜剧（sitcom）常用的字符设定格式。但是单机拍摄的剧情类（drama）不止两幕戏，可能是四幕、五幕，甚至六幕，并且会有很多不同长度的场。对于电影格式来说，一场戏通常占 1/8 页的篇幅①。那么，让我们拿《实习医生格蕾》(*Grey's Anatomy*) 的剧本作例子来看看，它的第一幕有 14 5/8 页，16 场戏。当我把这些场戏划分开来，我发现有四场戏长 1/4 页，三场戏长 1/2 页，一场戏长 3/4 页，两场戏长 1 页，一场戏长 1 1/4 页，两场戏长 1 1/2 页，两场戏长 1 5/8 页，还有一场戏长 1 7/8 页。我会把这些数字填进我的表格里，而当我用这样的方法分析过三集剧本后，我就会对如何划分自己剧本的第一幕产生不错的想法。如果我发现自己剧本的第一幕只有 10 场戏，而且很多场都超过了 2 页，那么我就知道我的故事根本不是按照《实习医生格蕾》那样的叙事节奏来进行的，它会看起来完全不像这部戏的剧本。在以下的表格中，我还加入了单机拍摄的部分表格，帮助你配备单机场景②。

单集电视剧剧本分解表
多机拍摄的 30 分钟喜剧格式

	剧本 1	剧本 2	剧本 3
总幕数			
每集剧本总页数			
第一幕页数			
第二幕页数			
每集总场数			

---

① 1/8 页是制片经理在为"生产拍摄进度表"计算时间配给时所用的标准计量算法。而出于分析剧本的目的，你也可以自行简化为 1/4 页、1/2 页或 3/4 页。对于一个编剧来说，这些数字无关数学，而是一种划分剧本的基本模式。
② 如果你想出了另一种方式，请来此网站（www.sandlerink.com）写邮件告诉我你的建议。

（续表）

	剧本 1	剧本 2	剧本 3
第一幕场数			
第二幕场数			
片头页数			
场 A 页数			
场 B 页数			
场 C 页数			
场 D 页数			
场 E 页数			
场 H 页数[①]			
场 J 页数			
片尾页数			
角色 A 场数			
角色 B 场数			
角色 C 场数			
角色 D 场数			
角色 E 场数			
客串角色数			
客串角色场数			
客串角色台词数			
使用布景数			
固定场景 A 次数			

---

① 对于这些跳过字母的场景编号解释参见第 118 页"情景喜剧的场景编号"。

（续表）

	剧本 1	剧本 2	剧本 3
固定场景 B 次数			
固定场景 C 次数			
开场戏的景在哪里			
开场戏谁出现			
单集场景[①]数			
单集场景使用次数			
每页中的笑料数			
以主角台词结尾的场数			
以角色 B 台词结尾的场数			
以其他角色台词结尾的场数			
如果角色有句标志性台词，讲它的次数是几次			
主角和另一个角色同在的场数			
所有常驻角色同场的场数			
一集中的天数			
介绍故事问题的场数			
场景开始后主角才进入的场数			
主角与其他角色发生争执或冲突的场数			

[①] 参见书后附录"美剧圈行话"。

单集电视剧剧本分解表
单机拍摄的影片格式

	剧本 1	剧本 2	剧本 3
总幕数			
每部剧本总页数			
第一幕页数			
第二幕页数			
第三幕页数			
第四幕页数			
每集场数			
第一幕场数			
$1/8$ 页场数			
$1/4$ 页场数			
$1/2$ 页场数			
$3/4$ 页场数			
1 页场数			
$1\,1/8$ 页场数			
$1\,1/4$ 页场数			
$1\,1/2$ 页场数			
$1\,3/4$ 页场数			
2+ 页场数			
第二幕场数			
$1/8$ 页场数			
$1/4$ 页场数			
$1/2$ 页场数			
$3/4$ 页场数			

(续表)

	剧本 1	剧本 2	剧本 3
1 页场数			
1 $1/8$ 页场数			
1 $1/4$ 页场数			
1 $1/2$ 页场数			
1 $3/4$ 页场数			
2+ 页场数			
第三幕场数			
$1/8$ 页场数			
$1/4$ 页场数			
$1/2$ 页场数			
$3/4$ 页场数			
1 页场数			
1 $1/8$ 页场数			
1 $1/4$ 页场数			
1 $1/2$ 页场数			
1 $3/4$ 页场数			
2+ 页场数			
第四幕场数			
$1/8$ 页场数			
$1/4$ 页场数			
$1/2$ 页场数			
$3/4$ 页场数			
1 页场数			
1 $1/8$ 页场数			

（续表）

	剧本 1	剧本 2	剧本 3
1 1/4 页场数			
1 1/2 页场数			
1 3/4 页场数			
2+ 页场数			
像多机拍摄剧本分解表那样按照角色、场景等继续制表			

📝 三次法则

你至少得阅读和分析三集剧本才能有效完成表格。为什么是"三"这个数字？是因为喜剧的"三次法则"（The Rule of Three）[①]吗？还是因为三是我的幸运数字？又或是"三个臭皮匠顶个诸葛亮"？这些"三次法则"都没错，但和你必须要读三集剧本毫不相干。事实上，"三"这个数字构成了一种模式，而你要学习掌握的正是这种模式。

如果你只以一集剧本为模型，那么很可能你只能模仿到它的风格。你也不会愿意盲目复制一个精确量化的指标，那将限制你的创造力。如果真这么做的话，你的剧本或许也能写得像模像样，但不会有什么让人出乎意料的感觉。它可能还行，但还行的剧本不会为你赢得一次面试机会。还记得前文说过的"中庸的大多数"吧？

相比而言，读两集剧本显然比只读一集强，但当你要为这部

[①] 喜剧的"三次法则"是指重复三次动作或台词等便构成喜剧的这种说法。——译注

剧创作一集真正的剧本，同时既要遵循它的形式原则，又要兼具原创自由性时，参考两集剧本就不够用了。所以，去读三集吧！

✎ 找出范围规律

当你填好了表格，你就可以从要写的剧的内在构成开始研究它了。通过归纳模式规律，你能够培养起对于这部剧的直觉。譬如，一个角色在剧中出现多少次，整部剧共有多少场景合适，这些对于决定如何讲你的故事十分重要。如果你发现一个配角在一集样本剧本中只出现了两场，而在其他集中只出现了一场，那么你就会得到一个有效提示：别在故事线上花很多笔墨去写这个人物。你还会发现这部剧发展到"幕间"①的场景会越来越短，而接近结尾处总会有一场很长的戏，在这场戏里警察主人公会向观众展现罪犯是如何犯罪的，并解释犯罪动机。

找出每个类别剧集的范围规律，这将给予你为一部剧设计结构的直觉。无论是情节剧还是喜剧，结构正是使电视剧本运作起来的核心，而不是机智台词［《吉尔莫女孩》(*Gilmore Girls*)］、流行歌曲配乐［《铁证悬案》(*Cold Case*)］、妙语金句［《辛普森一家》(*The Simpsons*)］或怪异角色［《神探阿蒙》、《绝望主妇》(*Desperate Housewives*)］等，这些元素固然很有趣，并且在任何剧集里都极其重要，想必你也很渴望在剧本中加入它们，但一部成功剧集的真正基础是故事结构。了解一部剧是如何以文字形式

---

① 幕间（act break）指电视剧在播出时插入广告（前）的部分。——译注

呈现的，你将领悟到建构自己的故事结构的关键要素。稍后我将教你利用这份表格修改剧本的更多方法，但现在你只需要通过表格上的种种数字去认识你的剧。

✎ 为什么我需要知道这个

本章提供的分解表本身并不能产生故事甚至故事创意，这将是下一章讨论的内容，但当你有了一个故事时，它将对你如何讲述这个故事进行有力指导。

这些数字可以令剧本的风格和结构少一些虚无缥缈之感，而更容易触手可及；少些神秘莫测，而多一些可操作性。

如果你的投销剧本遵循了这些普遍模式，它读起来就会像一部真正的剧本。你的读者不需要知道为什么会这样，但他会感受到你已经抓住了这部剧。

那么，那些影视公司的签约编剧也需要这样分解剧本吗？不。因为他们每天都在那儿，日复一日沉浸在剧本里，已经和剧同生存、共呼吸了，并且他们的剧本会在行政制片人那里得到很多指导意见，会被统稿修改，以保证编剧们始终不会偏离轨道。签约编剧已经把剧内化了，并建立起直觉式剧感。通过对样例剧本进行这种详尽的分析，你会尽可能地接近这部剧，即使你不能亲身参与剧本创作。

无论如何，如果你确实得到了为一部剧集写作的工作，作为一名新编剧，用这种方式好好学习、研究一下试播集（pilot）和几集正片剧本是一个好办法。获取行政制片人改写过的完成剧本后，你越能接近他的风格，越可能成为一个具有价值的专业编剧。

[第二部分]

你应该做的

3 什么是故事

过了,下一场!在电视情景喜剧的晚间拍摄现场,观众、演员、摄制组及其他工作人员最爱听的就是 A.D.[①] 喊出的这句话:"下一场!"(Moving on!)这意味着正在拍摄的这场戏已经"过了",接下来继续拍"下一场"。这是表示拍摄进度的声音,也表示离收工回家的时间又近了一步。这实在是一种美妙的声音。

现在,我们来到"下一场",也就是创作投销剧本的重要一环:选择一个故事来写。对于故事来说,有趣、恐怖、粗野、疯狂,或它真实发生过,这些都不够。作为投销剧本来说,一个好故事必须具备以下三个要素(又是"三之法则")。

[①] A.D. 即 assistant director,副导演。——译注

✎ 一个投销剧本故事的三要素

1. 你的故事必须围绕中心人物展开

这或许让你觉得显而易见，我也希望如此，但强调这点的原因是我看过以及听过太多投销剧本的故事创意恰恰不是关于中心人物的。

中心人物就是那些名字出现在片名中的人——如《愚人善事》(My Name Is Earl)中的厄尔(Earl)、《神探阿蒙》中的阿蒙、《人人都恨克里斯》(Everybody Hates Chris)中的克里斯和《实习医生格蕾》中的格蕾。也有时候出现的不是名字，而是对角色的描述——如《灵媒缉凶》(Medium)和《恶搞之家》(Family Guy)。

如果中心人物的名字和扮演该角色的演员的名字是同一个，如《人人都爱雷蒙德》、《辣快妈妈瑞芭秀》(Reba)和《伯尼·麦克秀》(The Bernie Mac Show)，那么他不仅是中心人物，而且是这部戏的明星。当你拥有了一位明星，你就得完全围绕他来讲故事了。这当然有自我方面的原因，但绝非主因；最重要的是因为明星才是整部剧的驱动力。观众就是冲着这位明星①来看的。

一个围绕中心人物讲述的故事意味着：

- ▶ 这个故事必须有一个为中心人物而设计的情感冲突。
- ▶ 中心人物驱动动作，也就是说，他的选择推动情节进展。
- ▶ 中心人物解决问题。

---

① 固然一部电视剧里的演员在某种意义上都是明星，但他们是署名为"主演"的普通明星，而不是上文所说的整部剧都因他而构想的那种明星。

换言之，故事是以中心人物的视点讲述的。故事发生在他身上，甚至更重要的是，故事因他而发生。

如果你的剧名字里含有两个以上角色，比如《好汉两个半》（*Two and a Half Men*），那么这就是一部"伙伴"类型剧（buddy show），经典之作是《单身公寓》（*The Odd Couple*），所有伙伴类型电视剧都源于它。检视你的研究表格，你会发现，即使有两个主角，也必然是其中的一个更频繁地驱动故事发展。对于一部投销剧本来说，遵循这样的模式不失为一个好想法，并且聚焦于这部剧中戏份更多的角色来讲述故事。如果这两个主角确实不分伯仲，那你就得从中选出一个作为故事的中心人物，但同时另一个角色的戏份也基本上要和他相当。因为这是一部伙伴剧，就得用这种特殊写法。

而像《绝望主妇》和《明星伙伴》（*Entourage*）这样的剧集则属于"群像剧"（ensemble show），意味着剧中有一群角色，他们的地位几乎同等重要。在一部群像剧中，剧集往往围绕一个共同的主题展开不同角色的多条故事线。检视你的研究表格，找出每个角色被分配的故事时间。你会发现即使在群像剧中，往往也会有某一个角色比其他角色稍微突出一些。举例来说，假如你要为《绝望主妇》写一集投销剧本，你打算重点讲述利奈特这条故事线，但同时得确保苏珊的故事不能被削弱，因为她才是这部群像剧的中心人物。

也有一些剧的片名里根本没有角色的名字，比如《犯罪现场调查》（*CSI*）、《法律与秩序》（*Law & Order*）和《寻人密探组》（*Without a Trace*）。这些剧的主要内容是表现探案过程

(procedure)。它们甚至就被称为"探案剧"(procedurals)类型。然而这样的剧还是有中心人物的。查看你的研究表格,哪一个角色出现的场次最多?有多少次?哪一个角色破了案?每一集中都是同一个人吗?如果这些因素在不同集中转换到不同角色身上,那么你就可以选择其中一个作为剧本故事的中心。对于这些剧你要更加仔细,因为即使有时候客串角色(guest character)可能更抢眼,但常驻角色(regular character)依然是整部剧的中心人物,你必须以他们来建构故事线。

剧中最有权力的角色不一定是中心人物。中心人物是那些最挣扎的人。比如《人人都爱雷蒙德》中的玛丽,她是全剧中最强势的人,但从来没成为过中心人物。再如《实习医生风云》(Scrubs),剧中的医生、护士甚至守卫都比杰迪硬气,但杰迪才是中心人物。

确定你的中心人物,创造你的故事。无论是怎样的故事,一定要围绕那个中心人物展开。

2. 你的故事里必须用上所有常驻配角[①]

常驻角色是那些在片头演职员表上出现名字的人物。他们在每一集里都有戏份,所以你的投销剧本也不能例外。当你考虑可能的故事创意时,请记住除非你的中心人物卷入了一场涉及其他常驻角色的冲突,否则都不算为这部戏想出了一个可行的创意,必须将导致主人公被单独囚禁、迷失海上或独自在家之类的创意

[①] 常驻配角是指除了中心人物(主角)之外的所有常驻角色。——译注

想法统统摒弃。

而那些经常出现或偶尔出现的角色（出现频率取决于演员合同上约定的集数）都不是常驻角色，他们是"轮换角色"（recurring character），他们的名字出现在参演的那些集结尾的演职员表。在投销剧本中使用这些轮换角色也是可以的，但你不必非得写他们。

3. 你的故事必须要尊重这部剧的前提设定

举例来说，如果你选的剧所设定的主人公是一个父母就住在街对面的已婚男人，那么你就不能在投销剧本中编出他离了婚又搬到温哥华这种故事。一部剧中有些基本元素是作为故事前提设定而存在的，你在创造故事的时候得反映它们。违背这条原则意味着"打破设定"（testing the premise），你是在蓄意抛开前提设定写投销剧本。①

你的投销剧本不是为了展示这部剧如果另辟蹊径将会变得多么好，而是旨在表现你有能力写出与这部剧形神相似的剧本，同时兼具原创性。顺便说一句，这显然比前者更难做到。

---

① 有时编剧会写打破前提设定的戏。如果一部剧出现这样的情况，基本上可以断定它已经到最后一季了。譬如《我为卿狂》（Mad About You）中，杰米有了宝宝就突破基本设定了。这再也不是一部讲述一对年轻夫妇炽热爱情、浪漫常新的故事了，而转为三口之家的温情家庭伦理剧。不出预料，第二年这部剧也就终结了。当然，也许这种改变不是停播的唯一理由，但显然有一定影响。

🖉 故事中应避免的

引入一个新角色[①]

这是我看过的投销剧本中最常见的错误。编剧们可能觉得这样做更能彰显其原创性,但事实上表现出来的是他们对原来这部剧根本不太感兴趣。我以前说过这一点,但因为太重要了,所以值得再重复一遍:你的投销剧本必须围绕该剧已经建立起的中心人物以及其他常驻角色展开。

如果你引入了一个重要的新角色,你的投销剧本的价值将大打折扣。写投销剧本的目的就是展现你有能力写别人想要的东西,就像在已画好线条的图画内着色,同时让它显得新鲜。换言之(非常重要),你具有被雇用写作的能力!难道这不是重点吗?

如果你特别迷恋某一个故事创意并相信需要为之引入一个新角色,那么试着想想能否用一个常驻角色替代该全新人物来重新演绎这个故事。举例来说,我曾与一个委托人一起工作,她希望写一部《好汉两个半》的投销剧本,并且在这个剧本中讲述查理遇到了一个没有吸引力的女孩,当朋友的话,他挺喜欢这个姑娘,但丝毫不想跟她约会或者睡觉。

我的委托人设想的这个故事是围绕女孩展开的,她想勾引查理,然后被拒绝,接着恼羞成怒,最后对查理破口大骂……这些全都是关于女孩的故事。当然了,查理也在故事里,但出现问题并驱动故事的人是女孩——那个新角色。而查理所能做的只有退

[①] 指的是剧集中从未出现的一个新人物,并在你的故事中占据重要戏份。——译注

避三舍。

对于投销剧本来说，这不是一个有前景的故事，但其中有好点子，并包含了我委托人的私人情结。于是，我们开始审视这个创意的情感内核，然后发现这个点子归根结底是关于约会的不安全感。一旦认识到这点，那么她就很容易把它改成艾伦［乔恩·克莱尔（Jon Cryer）饰］的故事而不是那个外来角色的。我的委托人用上了艾伦的约会恐惧，并且把他塑造成常想与一位女性朋友发展性关系但那女人对他毫无"性趣"的角色。

如此一来，我的委托人便找到了方向，能围绕常驻角色以有意义的方式展开故事了。艾伦可以向查理学习如何变得更性感、大胆和不那么脆弱。艾伦的儿子可能会戳穿他的新"面具"，令他露怯。接下来艾伦将为自己辩护，并斥责那个女人，这样在一个讽刺性的戏剧翻转中，艾伦在她眼中反而变得更有吸引力了。

没错，这么一来故事还是引入了一个外来角色，但这个外来角色不再主导故事，主导故事的人变成了艾伦。这个女人可以在一整集戏里只出现一场，这对于一个外来角色来说是可以接受的。

重大例外：如果你在写的这部戏的基本设定就要求每周播出的剧集中都有新角色登场，比如医疗剧中要出现新的病人，警察剧里要有新的罪犯和受害者，那么无可非议，你的剧的模式就要求引入新角色。因此，你要创造新角色，但一定要特别注意，千万不能让这些新角色喧宾夺主，占据你的故事，要保证情感内核和情节依然落在常驻角色身上。

大牌明星客串

这被称为"噱头客串"①,而且我知道不少剧都喜欢用这一招,不过在你的投销剧本中应避免使用,因为这么做会显得你对演员选择的兴趣大于写作。

> ### 行业小故事
>
> 我曾经也为客串的大牌明星写过几集戏,因为这部剧本身已经有大把明星排队出演,需要为他们编写故事。那是我在为《别开生面》(*A Whole New Ballgame*)做编剧的时候,它是一部在 1995 年只播映了不到一年的短寿剧。我为重量级拳王乔·弗雷泽(Joe Frazier)写了一集戏,他在剧中扮演他自己。他对表演非常紧张,尤其要在现场观众面前进行表演。我们拍了好多条才终于完成。我问乔感觉怎么样,他紧握住我的胳膊(那真是有力的一握),然后说:"我宁愿和乔治·福尔曼打一场比赛,也别让我再拍一条了。"我没有追问他究竟是我写的问题,还是他表演的问题。

昔日恋人

请不要在投销剧本中写昔日恋人这个角色,尤其是他或她突然以一种奇怪的方式毫无征兆地出现在故事里。在我看过的投销

---

① "噱头客串"(stunt casting)指聘请著名演员或非演艺界的其他知名公众人物客串影视剧中戏份很少的角色,借此以较低的演员成本吸引观众或融资。——译注

剧本中，大约有 1/3 都会讲这种版本的故事。你能想办法把昔日恋人这个点子置换成一个常驻角色的故事吗？或者也许你的主人公偶遇昔日恋人，这完全可以在屏幕外发生，而故事的重点实际上是在讲这次偶遇对你的中心人物及其现在的恋人造成的影响。当然，这法子已经用烂了，要我说放弃它吧。你可以想出更好的。

外星人

别写外星人降落在后院、潜入办公室暖气管道或劫持小孩的戏，除非你写的这个剧很明确就是科幻类型，并且已经写到有来自其他星球的生物，否则别在你的角色表中引入外星人。

同学会重聚

有很多理由能证明写一帮老同学重聚的戏是一个糟糕的选择。这种设定已经是陈词滥调了，仅凭这一条就足以否决它，但不仅如此，所有涉及你主要角色前史部分的内容对于投销剧本来说都是很危险的。你将为角色们设计背景故事，这已经超出了投销剧本该处理的范围。事实上，只有这部剧的创剧人[①]才有资格创造背景故事，所以把这种同学会的戏交给他们吧。当一部剧的某集真的开始讲前史了（几乎所有剧集或多或少都会这么做，只是表现的方式不同），那么它就像在说"抱歉，我们这周想不出什么新点子了，所以就来场同学会重聚的戏吧"。这对于已经正式受聘的编剧来说尚可接受，但如果是投销剧本的话，就没戏了。

---

① 创剧人（creator），指一部剧集的初始作者和总编剧/制片人。——译注

互换角色

我把这称为"下厨房的瑞奇"（Ricky in the kitchen），这个梗来自经典剧集《我爱露西》（*I Love Lucy*）里的一集：瑞奇尝试去做露西的厨房工作，可是他弄得一团糟——锅里的东西溢出来、烤箱烤炸了、厨房里浓烟滚滚。这种桥段在当时的1954年也许非常了不起，甚至在今天的美国有线电视台家庭喜剧类节目（TV Land）中仍然有趣，但我建议你不要在剧本故事中为主角交换身份（trading places）。它会让人觉得花哨而做作。

被困在电梯、山中小屋、浴室、其他地方的戏

自从迪克·范·戴克出演了那场在雪中小屋被捕的戏后，几乎所有情景喜剧都喜欢效仿它而制作出一段不同版本的故事线。比如，《宋飞正传》（*Seinfeld*）中地下车库那一集就是一次精彩的重新演绎。如果你也能玩出这样的新花样，那就去做，否则忘掉这个主意，想个新点子吧。

✏ 更多要尽量避免的

动物和婴儿

除非你在写一部动画剧集，或者在你要写的剧中已经有成熟的动物角色［比如《欢乐一家亲》（*Frasier*）中的狗狗艾迪］，否则要避免写动物。对婴儿角色来说也是一样。即使要写的话，也一定要将戏份压缩在最小范围，而且绝不能把这集戏聚焦在他们

身上。原因何在？好吧，因为动物和婴儿都不说话，所以你那些光芒万丈的台词都无计可施。[如果他们开口说话了，那么这部戏肯定不同凡响。我有亲身经历，我参与编剧过《牙牙学语》(*Baby Talk*)。] 不仅如此，任何制片人一看见剧本里有婴儿和动物，都会立刻皱起眉头，因为他们是最难拍摄的对象。可以预料，有严格的工作时间限定，还不得不去和他们的父母或驯兽员打交道，这些都会带来太多额外的麻烦。即使你的投销剧本不是真正的投拍剧本，你也应当表现出很了解编剧在写剧本时对实拍的种种顾及，这会显得你很专业。

闪回、幻想、梦境段落

使用这些策略往往暴露出你在叙事技巧方面的某种无能。如果打算使用这些技巧，我强烈建议你先重新构思如何不使用这些手段讲述你的故事。这也许很不容易，但你的剧本将因此而变得更强大。当然也有例外，那就是当闪回或梦境段落是你这部剧不可分割的重要组成部分时，如《寻人密探组》、《迷失》(*Lost*)或《灵媒缉凶》，你就理所当然要这么写了。

如果你要写的这部剧已使用了闪回或梦境段落，那么用一张表格明确地将它们列出来：这些段落共出现了几次？每次各出现了哪些人物？每次的戏有多长？弄清楚它们在服务于讲故事时起到了什么作用。虽然这些段落发生在过去，但你必须以某种方式来使它们推动现在进行的故事。在《灵媒缉凶》中，这样的戏常常用来表现阿利森的内心恐惧。而在《寻人密探组》中，它们又用来展现那些掩藏在案件表面现实下人物的隐秘动机。

别出心裁的场景和异国拍摄地

别让你的角色去露营,或者写他们去巴黎,又或者写他们在邮轮上发生的故事。别在投销剧本里这么写。但凡出现这些场景,往往都得到某部热播剧的第七季了,并且行政制片人搞到了一笔额外的赞助。

研究你的表格,看看固定的拍摄地和场景有哪些。受限的场景是电视连续剧的构成之一。当制作周播剧的时候,你得在大部分戏中使用固定场景。避免新建场景,一是因为时间赶不及,二是摄影棚内空间有限,三是因为制作预算里没有这笔开销。同样地,在写剧本的时候尊重这些限制表明你很懂行。

使用相同场景同时也有情感方面的考虑。在一部电视连续剧中,"熟悉"并不会遭观众鄙视,反而能令他们感到舒心。观众希望看到他们熟悉的角色在熟悉的场景中一次次出现。事实上,重复就是电视剧集的命脉。拥抱这些观众已经熟悉的内容,同时把它们处理得十分新鲜。

流行文化元素

潮流元素很快就会变成陈词滥调,更重要的是,依赖时髦名字或物件来逗笑观众会显得很廉价。当然,如果你已经正式受聘为编剧并且每周都得编一集新故事,那么偶尔走走这条捷径无可厚非,但你要明白,这是对你而言具有特殊意义的投销剧本,它是你成为编剧的敲门砖。它应该被写得更好。

你得克制住在剧本中使用伟哥、肉毒杆菌、假胸或者其他任何流行笑料的冲动,虽然它们在深夜单人脱口秀节目中屡试不爽。这就是你必须要意识到的一条界线。在"熟悉"和"没有悬念"这两者之间有着巨大差别。熟悉是一种令人舒服的感觉,而没有悬念则让人觉得厌倦和毫无原创性。你肯定不希望如后者这样的形容词出现在剧本的评估报告中。

再简单说说产品植入。越来越多的剧被电视网要求在剧情中植入某些特定商品,但我并不认为在投销剧本中有必要这么做。产品植入是一个市场化的现实,但在创作层面是有很多争议声音的。我不相信有任何一个掌剧人会发自肺腑、欢欣鼓舞地这么做,也不认为有人希望在投销剧本中看到这些。我认为这是在你真正开始为一部剧做编剧的时候需要处理的问题,而且那时你会被要求这么做。

找到你的故事

如果所有故事都已被讲过而不能再重复，那你该讲些什么？还有什么可讲的东西吗？

答案就是你自己，那是你该寻找故事的地方。你必须找到一些对你有感性意义（即你原初声音）的故事，然后把这种激情转移到戏剧世界中已经建立起来的人物身上（即故事的形式）。为了建立起你自己与故事的个人联系，你需要弄清楚为什么想讲这个故事。

✎ 卖故事和讲故事

我们都知道为什么你想卖自己的故事（为了钱嘛），但更重要的是，为什么你要讲这个故事？为什么要讲一个"有你自己在其中"的故事？一个故事的原创性并不是体现在主题上，而是体现在你选择用什么样的方式来表现主题，因为所有主题无非就那么多，所以它们会一直被讲故事的人反复使用，但是表现主题的方式来自你的观察和你的生活。

我曾接待过一位要参加《绝望主妇》提案会的编剧。她在构思一个苏珊女儿参选啦啦队的故事。我问她为什么要讲这个故事，她回答我："因为这是关于啦啦队的故事，啦啦队少女多性感啊。所以，假如我构思一个讲一群性感少女的故事，没准儿他们就会买我的剧本。"

这可以是一个市场调研员选择故事的理由，而不应是编剧考量故事的原因。编剧不该这么做是因为这其中根本没有情感内核。你要将这样的故事导向何方呢？是一群少女的短裙吗？那不是故事，是衣柜。是一群穿着短裙的少女又蹦又跳参加啦啦队选拔赛吗？那是一个场景，或许还挺活色生香，但依然不是故事。记住，故事必须围绕中心人物展开。那么苏珊的故事是什么？

经过一阵探讨，我们终于找到了真正的理由——一个属于编剧的理由："我之所以想写苏珊女儿竞选啦啦队队员的故事，是因为那是我自己读高中时的梦想，我想成为啦啦队队长，但是我太害怕了，不敢去做，因为我不是一个到处受欢迎的女孩。那时我是个胖妞，皮肤糟糕，运动协调能力也不好。"这里最重要的几个字是"我太害怕了"。恐惧成为人物驱动力，而这种特殊的恐惧对编剧来说有个人意义。这就是编剧与故事的联系。这就是你要讲这个故事的原因。

现在编剧有了一个调整后的新故事，是苏珊为了实现自己年轻时未达成的梦想而千方百计鼓动女儿参选啦啦队的故事。掌剧人同样可以从这个故事中想象出一群穿短裙的可爱女生的画面，也即编剧所谓的性感卖点,但故事创意却清晰地围绕苏珊的感情问题以及她与女儿之间的内在冲突。

✏ 个人化的情感联系

《人人都爱雷蒙德》是一部关于家庭关系的剧,尤其讲述了父母是如何将已经成年的子女的生活搞得一团糟的故事。所以,当我作为这部剧的联合行政制片人思考该讲什么样的故事时,我首先想到了自己与父母的关系。这就是我提出这部剧中《赢定了》("You Bet")这集故事的由来,在这一集里雷发现父亲弗兰克原来一直在利用他搞内幕消息来提高博彩赢率。

小时候我在艾奥瓦州的苏城(Sioux City, Iowa)长大,那时我父亲拥有一家珠宝店,在那里他向种玉米大豆的当地农民们贩售"斯派德尔"(Speidel)牌手表和"阳光"(Sunbeam)牌烤面包机。我父亲对做一个生意人乐此不疲。而我恰恰相反,我中意成为一名艺术家,可父亲对我的艺术才华似乎视而不见,或者根本不关心。直到有一天,他向我提出了一个建议:既然我那么有"艺术才华",那么我应该去他的店里帮忙装饰那些橱窗摆设。

他觉得这是个了不起的想法,可是对我来说就像肚子上被狠狠揍了一拳。我感到他能够注意到我、看到我的才华或价值的唯一方式是这些东西能否对他的生意"有用"。

这也许是一个不成熟的孩子一种以自我为中心的反应,但即使今天想起来依然令我不快。这就是一个很不错的故事想法。(或许也是一个需要去接受心理治疗的好理由,不过在此之前我要先从中得到故事。）

　　我唤起了这段个人感情经历并将它转换到剧中的雷和弗兰克两个角色身上。剧中雷是一名体育记者，他父亲弗兰克对他写的文章毫不关心，却只醉心于"赢定了"这种博彩活动。可是突然有一天，弗兰克对雷的工作表现出异常的兴趣和赏识。起先这让雷觉得很欣慰，甚至有一种被尊重的感觉，可是当他发现父亲这么做只是为了利用他套取内部消息用于赌博时，那种美好的感觉顿时变成了背叛、失望和愤怒。

　　这给我提供了一个强烈的情感故事，它就是我真正想写的剧本。即使《赢定了》与我生活中的真实细节毫不相干，但这个概念来自与我自己生活相关联的情感问题。

　　你会从个人经历中开始写作，但记住我们写电视剧可不是写个人回忆录。你不需要把所有外部事件细节全都写进故事。你能这样写，但你真正需要的是你的情感内容。这就是将你和一个故事私人地联系在一起的东西。它是你关心这个故事的原因。这是至关重要的，只有你深深去关心一个故事，它才会表现出激情。

　　没有激情，你的剧本或许可以做到符合要求、真实可信和没什么毛病，但永远不能让读到它的人眼前一亮、兴奋不已。只有激情能做到这一点。我并不是说你的剧本不要符合剧本要求、不要真实可信和没什么毛病，这些当然需要，但在做到上述所有要点的同时，你还必须用激情唤起那些可能愿意出钱雇你来写电视剧的决策人物的注意。

　　好故事出自情感问题——恐惧、愤怒或隐晦欲望，但这些都是普遍的情感，想找到一个与之相匹配的特殊故事就像大海捞针一样，不是易事。所以，我准备了一个练习，将这些宏大抽象的情感分解细化，使你能够以一种具体有形的方式与它们建立起联系。

✏️ 练习——你从哪里获得创意

你知道基督教所说的"七宗罪"（Seven Deadly Sins）吧？我觉得它们就是故事的金矿。从中选出一个原罪，任何一个都行。〔以防你只能记得"色欲"（lust）这一个，所以我在这章后面列举出所有内容供你查阅。〕选你最喜欢的一个，或者你最讨厌的一个，无所谓哪个，它们都是导致人失败的原因，而失败正是产生故事的最佳来源。

如果你尚未形成故事点子，这个练习将帮助你找到它们。而如果你有了创意但未能与之建立起强烈的情感联系，那么这个练习将挖掘出你的情感。

找一张纸，在抬头把你选好的那宗罪名写下来。然后在下面列举出一些你犯了这个罪的例子。记住，你要找的这些例子都是让你感到有罪过的。举例来说，假如你挑的是"骄傲"（pride），那么你要找的不是那些有理由为之骄傲的东西，而是骄傲这宗罪（sin of pride）——比如你因太骄傲而无视自己的错误，或者因太骄傲而拒绝承认你需要帮助。我们前面举例的那位不敢尝试参选啦啦队的女性角色，就可以用到骄傲这宗罪。也许她的恐惧来自太骄傲而害怕冒险失败。

你要去寻找那些尴尬和屈辱的时刻。诚实地面对它们，就会发掘出好的故事素材。你不必用整页纸绘声绘色地叙述事件，只需要用速记的方法列出一些表明犯错的关键词。这些例子不一定非得很深刻、重要，或很有戏剧性。事实上，不这样更好。重要的是这些例子来自你的个人生活，并且是具体的。

写一些你觉得可能会犯的或经常会犯的一般性错误，这不会像一个具体实例那样给你提供感性故事材料。假如你选择"愤怒"（wrath）这宗罪，你在下面写"当我在路上开车有人加塞的时候"就不如写"当我后面一辆蓝色的奔驰敞篷车在太平洋海岸高速路上加塞的时候"更能触及你的情感联系。或当你选择"懒惰"（sloth）时，只写下"不去付账单"就太笼统了，但假如你能改写成特定的某一天没有去付账单而是坐在家里没完没了地观看长片剧集《恶搞之家》，你就抓住了一个具体的经历，这将大大有益于接下来的练习。

请看下面的例子，每一件都是我在特定时间下真实做过的具体事情。

七宗罪 —— 故事的金矿

色欲　暴怒　骄傲　妒忌　贪婪　(暴食)　懒惰

- ▶ 吃了一磅"乔氏超市"的咸花生一直吃到恶心；
- ▶ 吃了一整块"萨拉·李"牌布朗尼蛋糕；
- ▶ 吃完所有冷三文鱼，一点也不给我丈夫留；
- ▶ 在梅利莎的婚礼自助餐上吃了 25 个洋蓟心；

> - 趁我表妹莎伦没注意，偷吃她盘子里的一块蛋糕；
> - 舔盘子里的沙拉酱；
> - 在录制电视剧《妈咪们》(*The Mommies*)时吃了四个小时的炸薯条，因为它们是免费的，而且一直摆在那儿；
> - 和利奥共进一顿可以报销的午餐时点了菜单上所有甜点；
> - 在布鲁诺餐厅拒绝向女儿分享意大利巧克力冰激凌球；
> - 做了三打巧克力曲奇饼，然后在孩子们回家前把它们全吃完了……

现在轮到你了。

给自己设一个简短的时间限制。对我来说，两分钟刚好合适。这将促使你自发列举出若干事例，而非情不自禁地不停描述一件事。你可以用计时器，这样在做这个练习的时候就无须分心看时钟了。如果你的写作区域靠近厨房，那么就用微波炉的计时器吧，谁会在离厨房很远的地方写东西呢？

选一宗罪，打开你的计时器，然后开始写吧。

✏ 练习——导图

下一步是做一个导图（cluster）。这并非我所创，几乎所有创意写作课老师都会使用各种类似的练习。我是从诗人南·亨特（Nan Hunt）的写作课上学到的，他当时正在讲授如何运用荣格心理学进行写作。这课跟电视剧写作风马牛不相及,但我发现从把线性思维的大脑提升到全身心层面的探索这方面来说,"导图"这种方法价值无量,所以我将它纳入"七宗罪练习"的下一个步骤。我发现它对于找到激励事件、点亮独特人物性格的时刻甚至整个故事主题而言,都是一座巨大的宝库。

现在,在你写好某一宗罪的单子下面已经列举了一些你个人的事件材料,挑出最令你尴尬的那一个。放心,完成这个练习后没人能看出主角就是你。

找出一个画面,仅仅是这个事件中的一个画面,千万不要写描述整个事件的连续句子。在为了说明这个练习的例子中,我选了吃下整块"萨拉·李"牌布朗尼蛋糕的时刻,那时我一片蛋糕接一片蛋糕地吃,甚至等不及它稍稍解冻,而且连一片蛋糕屑也没留给我爱的人们,但我没有使用整个故事作为练习的中心,我只选取了最能代表事件的画面——那块布朗尼蛋糕——来完成练习。

找到你的象征性画面,把它写在一张纸的中央,然后画个圈把它圈起来。我愿意把它圈起来是因为:(1)它令我聚焦;(2)保证我的笔始终落在纸面上——这是在困境中保持线性思维的伟大技巧。只要你的笔在移动,就表明你在探索,而一旦笔停下来,你就变成了思考,而这就是危险区了!伴随思考而来的是分析、判断和批评,但你现在需要的是从这一切中解放出来,获得自由。你的笔越是停不下来,你就越自由。

那么现在要做的,就是围绕这个画面来做导图,写下由此产生的感觉联想和意象。画下向外延伸的辐射线,它将把你和中心画面连在一块,而且更重要的是保持你的笔一直在纸上不停地写。从纸的中心开始向外写,一直延伸到写满整张纸。你不是在制表,而是在挖掘自己的生活,这不是一个按部就班的逻辑过程。我发现写满整页纸可以令那可怕的"自我编辑功能"因足够扰乱而安静下来。

还有,要飞快地写。这不是在绞尽脑汁想什么正确答案,而是一次探索、惊喜和自然发生之旅。

当你沉浸在与感官相关联的意象中时,这个练习将是最有用的工具。你看到的颜色,你指尖触及的纹理,你后脖颈感到的热度,空气中的味道,你听到的声音——不是仅仅听收音机,而是收音机里传来的是何种声音,是一首什么样的歌,是歌的哪个部分。你能想到的越具体越好。

但是,不必写下你对这首歌的感想。你要写的是歌声带给身体、皮肤上的感受,而不是情感上的体会。当你写下情感体会的时候,它其实就来自你的分析力了。要依赖那些将你和你的情感生活联系起来的具体意象,而不是描绘情感生活本身。

停留于简单感官意象其实比想象中要难得多。我在很多我教的写作课上做过这个练习,学员们差不多都要尝试三四遍才能真正按要求写下他们所看、所听、所闻、所尝和其他感受。人们总是会情不自禁地对记忆进行种种描述、评论和解说,而不是单纯地追忆,并通过感官重温。我们要避免叙述和判断,这两点都是来自你的意识、心智和我们所要远离的可怕的"内心编辑师"。

要保持在感官联系的范围内,因为这才是这项练习的价值所在。让你的自由联想以随机的方式发生,而不是创造深思熟虑的联系和任何叙事意义。

我们在稍后建构故事结构的时候会需要你的叙事头脑，甚至会需要现在排斥的产生评价、判断和批评的"自我编辑"功能，而现在你就放纵地沉浸在自我发现之中吧。

我的例子如下：

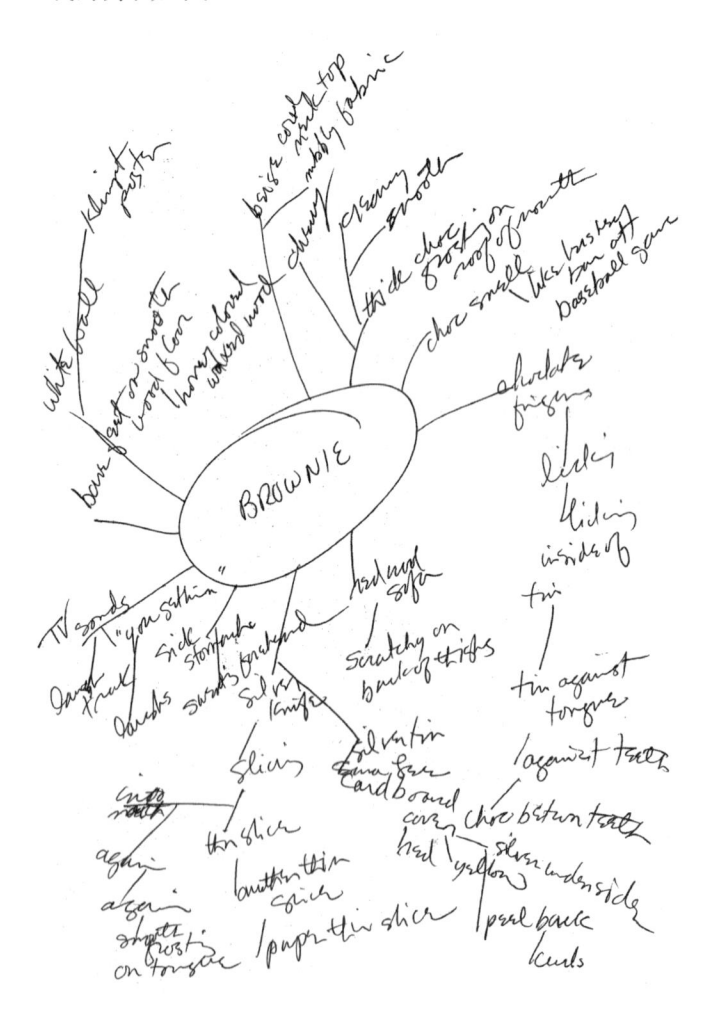

现在轮到你了，给你的计时器定时两或三分钟。当你知道只有很短时间去做这个练习时，你就不会左思右想或者企图整理思路了。别担心做得对不对，放开手去试吧。

✎ 开采导图

现在你已经做完了"导图练习"。你确实去做了，是吧？不是就想想而已吧？做练习就是要把词写在纸上。如果是写在脑海里，那你只是在思考，哪怕你思考自己正在写，但你并没有真正落笔。

那么现在你已经做好了这个导图，接下来该对你发现的这些意象做些什么？我们要把它转移到一个角色身上以激发你的故事。我将举例说明我如何用暴食"萨拉·李"牌布朗尼蛋糕的经历为《人人都爱雷蒙德》虚构了一个故事。

我把这种享用禁食美味的负罪感转移到角色黛布拉身上。我是从一个画面入手的，这个画面在我做导图的时候就浮现出来了。这是一幅"舔蛋糕筒内壁"的画面，它击中了我，我从中建构起了一切。我问了自己诸如"在什么情况下黛布拉会馋到去舔冷冻蛋糕盘子里剩下的最后一点结霜软糖渣"这样的问题，好吧，她可能正在减肥中。要是被别人撞见这一幕，她会觉得很尴尬。如果这是一个《人人都爱雷蒙德》的故事，那么我希望让雷卷进这个动作，所以我把雷撞见她在舔盘子设计为最令她尴尬的时刻。我该怎么做呢？要是我设置一个挑战怎么样？雷宣称高尔夫对他来说就像美食之于黛布拉一样重要。黛布拉奚落了他。为了证明自己说得没错，雷向黛布拉发起挑战：如果她能一整天不吃甜食，他就放弃这周末去打高尔夫。

然后我就更多地思考起黛布拉的处境：她是一个妈妈，但不是一个好厨子。然后我又想，我也是一个妈妈，而且我是一个好厨子，却常常抽不出时间下厨房，接下来我记起为孩子学校万圣节烘焙售卖活动准备做点什么的时候，我感觉压力很大。那么要是黛布拉也承诺为学校烘焙售卖活动自制曲奇饼干，但是她完全搞砸了……于是我想出了以下情节：

黛布拉在为孩子学校活动自制曲奇饼干，而这阵子她正在减肥。雷把生曲奇面团塞进自己嘴里，还取笑黛布拉，扬言黛布拉永远不可能远离甜品。一会儿，曲奇饼干做出来了，可是硬如石头。自尊心令黛布拉不好意思求助于玛丽，相反，她自作主张地从冰箱里找出一盒"萨拉·李"牌布朗尼蛋糕，打算用它来替代那些做坏了的曲奇饼干。她尽量不去动布朗尼，但不由自主地被它吸引，甚至还没等蛋糕解冻，她就从盒子里切下薄薄一片放进嘴里品尝。哇，那简直是天堂般的美味。于是她又切下很薄的一片，然后又一片。这一次她不再是细细品味，而是贪婪地吞食起来。

雷撞见黛布拉把手指伸进已经空了的"萨拉·李"牌布朗尼盒子内壁抠抹，然后舔食手指上的巧克力。舔完了手指，她又开始舔盘子。雷不动声色地看着她直到被她发现。雷赢了这次挑战。

我用自己的犯错经历创造了一个剧中角色的暴露时刻。如果没有通过上述练习探索自己暴食的真实经历，我可能不会想出这样的故事创意。而即使我做过练习，依然有可能用上"情绪化暴食"这类平庸的陈词滥调，比如让雷撞见黛布拉舀冰激凌吃。这样写也没有错,但是挺无聊,因为你之前已经见过太多次了。

我这样写会更有新鲜感。在导图练习中获得的细节可以让我最终写出的这场戏更有质感,有更多动作,而笼统的"黛布拉吃冰激凌"场景就会有所欠缺。完成了这个画面之后,我发现了一系列可能的故事节拍(关于节拍,可参见第 89 页节拍表)。故事设置——雷向黛布拉提出挑战,可以包含一个较之更早的故事节拍,即玛丽提出可以帮忙为烘焙售卖活动做点什么,但黛布拉接受挑战,坚持要自己来做,并且不肯认输。

这故事不是我的自传,它所处的情境也并非与我当时相同,但它是我的经历转移到剧本角色的生活中所形成的。正是这种真实性可以帮助你的剧本获得一种人人都在追求的新鲜度和原创质感。它是不可能通过在脑海中精心构建而获得的,至少我做不到。你必须搜索你的直觉。

那么,现在你知道故事来自哪里了。它们不是来自旧电视剧集,而是来自你自己的人生失败经历。一个编剧最了不起的事情之一就是可以把最坏的自己用作创作素材。你最耻辱的经历、最深层的恐惧、最尴尬的渴望,事实上它们都是宝藏。

如果你读了一篇新闻报道或听了有关朋友的一则趣闻,觉得可以由此做出一个好故事;又或者你被指派了一个故事创意(写了一个了不起的投销剧本,这事情就会发生),你可以用"七宗罪练习"找到它与你个人的关联。选出你觉得可以运用于读到、听到或被指派的那个故事中的一宗罪,然后深入你自己的情感内核中去探索。

发掘针对那宗罪让你有负疚感的时刻,并用导图练习继续探索。你将找到一个更有趣并且更具个人意义的方式进入这个一开始就打动你的故事。你将找到对于这个故事的激情。

这是把你的个人创意包裹进故事形式的一种方法。如果你这么做了，那就走上写作原创故事的正途了，它将表明你有想象力并且知道如何满足电视剧写作的要求。你已经在挣钱的路上了！每半小时的剧本值 20,956 美元，每一小时的剧本值 30,823 美元[①]。现在有本事跟我说你不是为了钱写电视剧。

[①] 这是根据美国编剧工会 2006 年制定的最低稿费标准，而且还有差值呢！我爱写写邮件就能赚钱这码事！

5

主题/情节

✏ 主题和情节的区别是什么

主题是你整个故事的核心冲突,它指故事要讲什么。你必须明确主题,它将是你精心创造故事过程中最重要的工具。非常重要的一点是,它要讲什么不等同于发生什么。你知道当有人开始热议起他们刚刚看过的一部电影时,并且当你问他们电影要讲什么,他们会从头开始喋喋不休地告诉你一场戏接一场戏发生的所有事吧?这样会很无聊,不是吗?你是不是想让他们快点停下来?这是因为他们一直在讲电影中发生了什么,这是情节;而没有讲出电影要讲什么。

"要讲什么"是一个感性的问题,即主题。情节和主题是互相联系的,至少它们联系起来会更好,然而两者却并不相同。情节(发生什么)是你选择用来表现主题(要讲什么)的独特路径。

举个例子,《罗密欧与朱丽叶》(*Romeo and Juliet*)的主题是爱情对抗家庭，那是年轻的、激情的、被禁止的爱情。那故事里发生了什么？是的，你知道发生了什么——男孩遇见女孩，他们坠入爱河，然后相继自杀。这就是情节。它们是"爱情对抗家族荣誉"这个主题引发的结果。

所以，如果说故事中发生的一切都是故事要讲什么所引发的后果，那么你就可以看出为什么在做很多事情前明确故事要讲什么至关重要。做到这点并不容易，有时候你不得不反复揣摩可能在情节中会发生的事件，以得到线索，从而搞清楚它真正要讲什么。

我们再回到《赢定了》这一集。我从一个简单的情境开始，即我知道这个故事是关于体育新闻记者生活的一部分。我发现雷偶尔会得到足以影响运动员场上发挥的一些私生活信息，这对雷来说可能是个道德问题，他应该利用知道的信息下赌注吗？但这还不足以告诉我这故事要讲什么。它对于我来说不存在任何感情联系，也没有达到任何剧集必备的三个要求。

的确它达到了第一个要求，故事是围绕我的中心人物雷展开的，但它没有达到第二个，因为其他的常驻角色都没包含在这故事里；事实上，它还可能因为引入一个新角色——运动员——而影响故事。它也没有达到第三个要求：必须尊重整个剧集的前提设定。在《人人都爱雷蒙德》里，这个前提设定就是：当父母就住在街对面时，你如何真正长大。《人人都爱雷蒙德》这部剧里每一集都在讨论这个问题。而假如某一集在某种程度上没这么做，那它就不是《人人都爱雷蒙德》式的了，或至少不是非常好的一集。

显然，我必须一直对这个创意进行加工，直到它成为属于《人人都爱雷蒙德》的故事。直到我把运动员从这个主题中删去并把弗兰克关联进来之后，我才发现这集究竟要讲什么——儿子发现父亲利用他来为己牟利。从我们之前的讨论中你应该知道，这一点来自我和我父亲的关系。现在它可以成为一个《人人都爱雷蒙德》的故事了，并且和我有了情感上的联系。

我也可以用罗伯特作为雷的对手来讲这个故事，但它就成兄弟之争的故事了，当然这也行得通，但对我而言就没有太多个人情感意义了。如果我不引入一个家庭成员作为对手而仅仅用雷撑起整个故事，那就不会显得足够有活力，也无法服务这部剧的大前提。

✎ 前提概要——每一次选择的终级指引

一旦你找到了主题，就需要把它转换为一个可以用简单的一句话就能表述的故事前提。你的前提概要是你的主题（关于什么）和情节（发生了什么）的结合点。你不必在前提概要中彻底表明主题，但应有所暗示。

你也许听过人们用术语"情节概要"（log line）来替换"前提概要"（premise line），但是我想做一些区分。我更愿意把情节概要视为一种营销工具，就像《电视指南》（*TV Guide*）上用来吸引你看某部剧的内容。情节概要其实不会透露太多或泄露剧情，它只是看上去精巧又有趣，并旨在挑逗你去看这部剧。

前提概要不是营销手段，它是你的工作助手。它将你的故事用一条清晰简洁的线勾勒出来。你要尽量让它简明扼要，因为在故事发展的过程中你需要不断地以它为参考。

在创作《人人都爱雷蒙德》的时候我发现前提概要是多么的重要。在我们可以正式推进剧本的开发工作之前，每个故事都需要得到电视网和制作公司的认可。我们会交一些被称为"两页纸"（2-pagers）的大纲，没错，就是要在两页纸之内描述未来故事的叙事线（narrative line）。然后菲利普·罗森塔尔（Phil Rosenthal，行政制片人）和包括我在内的几位联合行政制片人会聚集在他的办公室里，通过免提电话听高管的意见。

他们看起来对每个故事都有很多意见。他们总是很困惑：就是找不到故事在哪里。他们会向我们提无数的问题，还会自以为是地提供几乎一样多的"解决方案"（比提的那些问题还要糟糕得多）。这真的令人沮丧，我们都知道那些故事有意思，都能看得出它们行得通，可那些高管为什么就看不出来呢？

经过了几次这样的会议，我向菲利普提出建议，我们可以在两页纸大纲的最前面加上一个介绍故事线的"前提概要"供高管们审阅，就像在古希腊戏剧中，首先是合唱团在台上用歌声唱出接下来你将看到的一切，然后俄狄浦斯或克瑞翁或其他什么主角才开始登场表演。（是的，我在大学主修戏剧。）

于是，我们就这样做了。我们写了前提概要，并把它用加粗字体放到此后要交上去的两页纸大纲的开头。仿佛被施了魔法一样，他们不再提出疑问了，意见也变得简单。一些高管甚至评价说那一周提交的故事质量都大大提高了。此后我们在所有待通过的两页纸大纲开头都加上了前提概要，那些电话会议也从 45 分钟锐减到 5 分钟就完事了。

被展示的故事本身并没有什么不同，但是一旦高管们快速概览整个概念，他们就能读明白大纲并理解每一个叙事段落是如何与其他叙事段落进行联系的。故事因此而变得容易被理解，因为他们从一开始就知道要讲什么。

你也可以利用这一优势。写一个前提概要，即便没有高管检阅你的每一步写作。用一行文字概括你的故事是比想象中更难的事，但是坚持这样去做吧。写得简洁并利于理解，没有什么方式会比它更能让你的故事保持聚焦，而且它会使你接下来所写的所有东西都更牢固，或许也更容易。

当你发展你的故事并对它了解得更多，也许会发现所写的故事在偏离既定的方向。这很正常，故事就是这样发展的。回头修改你的前提概要以适应已变化了的故事。

✎ 前提概要的要素

这里有三条（又是三条！）用以指导你建立前提概要的基本要素：

（1）冲突的设定（setup）；
（2）冲突中的转折点（turning point）；
（3）作为冲突结果的交锋（confrontation）或后果（consequence）。

没有一种构建前提概要的固定方式，不过这里有一个一句话模板，能够帮你勾勒基本要点。

> **工具箱**
>
> 某时（某事发生了），中心人物（做了某事），涉及某人（其他常驻角色）以及它造成了某种后果（意外发生了某事）。

当某事发生了，这就是你的设定；当主人公做了一件涉及另一个常驻人物的事，并暗示一个冲突，这就是你的转折点；然后某事因此而发生了，这就是故事冲突的交锋或后果。

你可以按自己喜欢的任何方式重新为前提概要措词，但这将从你想涵盖的基本元素开始。

我来举个例子，这是我按照以上模板为《人人都爱雷蒙德》中《入侵》（"The Invasion"）一集写的前提概要。

设定：当房子需要蒸熏除虫的时候；

暗示的冲突转折点：雷和黛布拉以及孩子们搬到玛丽和弗兰克的家里；

交锋/后果：这让雷和黛布拉向玛丽和弗兰克展示了家里被亲戚们侵扰是一种怎样的感受。

我用一行话抓住了故事要点：这集要讲什么——给家人添麻烦；发生了什么——雷和黛布拉搬进了玛丽和弗兰克的房子，因为他们自己家正在蒸熏除虫。这次行动是中心人物雷主导的，而其他重要角色也有机地包含进来（甚至罗伯特也被隐含进这个动作，因为此时他正和父母住在一起）。同时，也服务了整部剧集"一个成年人仍然挣扎在如何处理与父母的关系中"的大前提。

这很简单，也是前提概要的有用之处，但这并不容易做到！以下可以帮助你完成。

✎ 练习——为前提概要热身

剧本中的每个场景都应依照前提概要而构建。虽然提炼出一行字来确实不易，但花点工夫去做是值得的，因为它将在诸多方面对你此后发展故事帮助良多。

试图为自己的故事写前提概要之前，先为你分析过的一部剧本（如果你愿意的话，可以为所有剧本）写吧。为那些别人已完成的成熟剧本写前提概要，会比为你自己正在奋力构思的未完成剧本更容易一些，就把它当作热身吧。

如果你看过棒球比赛，就一定见过击球手在上击球区之前挥两下球棒热身的场面。当他热身后，挥棒的那一击就会更轻盈，球棒动起来更轻松、快速，挥舞动作也变得更有力。比我更懂棒球的人告诉我，击中棒球是所有运动中最难的一种。我认为创作出行得通的故事也是所有文字工作中难度系数最高的，那么即使专业棒球手都要进行挥棒练习，你为什么不这样做呢？

还有另一个理由可以解释你为什么需要一个前提概要。当别人问你正在写什么的时候，你肯定希望用简单、确定的一句话告诉他。假如你开始告诉别人自己在写什么但又并不确定——既然还没有写完，你又能多确信？——你就会在模棱两可的字句表述中变得犹豫。如果你在任何方面和我有些相似，你的故事就会在奋力使之听起来幽默且有趣的路上蹒跚前进。

但是如果你有一个简明扼要的前提概要，再有人随口问你在写什么的时候，你就可以脱口而出，而你的朋友立刻就能明了你的想法，给你鼓励的微笑（太棒了），你会由此获得信心。更重要的是，你会显得很自信。如果身处好莱坞及其周边，你显得怎么样至关重要。看起来很自信，那么你就是自信的。

所以，动笔写一个前提概要吧。

故事梗概

假如你已经有了一个可行的前提概要，那么也就有了剧本情节的一些元素。很好，让我们继续推进。

故事梗概（synopsis）[①]是故事的剧情简介。一部半小时的剧大概需要写半页纸（单行间距），一小时的剧就是一页纸。再说一遍，别写多了也别写少了。篇幅限制是一种工具，是你在这个阶段所追求的那种简洁性的一个向导。此时你还不知道故事的所有内容，但你所知道的应该足以写出故事梗概了。你的故事梗概应该比前提概要有更多具体的情节转折，里面还应该能够看到人物动机，但不要把大量细节写进去。

[①] 在电影项目开发中，"synopsis"这个术语通常指剧本大纲（treatment）或分场大纲（outline），它要比我在这里描述的剧集剧情概要篇幅更长，并且包含更多细节。

✏️ 具体和细节

先停下来讨论一下具体（specifics）和细节（details）的区别。细节是一些细小的东西，诸如笑话、调度设计和道具等，如果你现在就用上它们的话，一定会搞乱你的故事，把它们留到写剧本初稿的时候再用，到那个阶段你才真的需要它们。而具体会让你的故事变得稳固和清晰，这才是现在你要做的事。

我还是用《入侵》这集来举几个例子。如果我写：

> 雷和黛布拉不得不搬出他们的家，所以他们就住到弗兰克和玛丽家去了。

这样写也没错，不过太笼统了，在推进故事向前发展的过程中做得还不够多。我需要设计出一些更具体的东西，从而有更多的故事继续下去。那么他们为什么要搬出去？

如果我这样写：

> 雷和黛布拉发现家里有白蚁，所以请来灭蚁专家除虫，在蒸熏除虫的三天里他们不得不搬出去住。

白蚁、搬家、三天、灭虫专家、蒸熏除虫，这些就是具体的故事元素。它们为我的故事框架搭建了支撑。

我们把写故事比作建房子。我第一次写下的那行句子，就是太笼统的那一个，就像为打地基挖了个洞。而第二次具体化的句子则如同已经打下了地基。

如果我放入太多细节，看看会发生什么：

雷在门下边发现了一小堆木屑。他拿给弗兰克看,弗兰克认定是白蚁干的。于是黛布拉让雷打电话找灭蚁专家,但雷偷懒,把这事放到了一边。黛布拉不得不自己去打电话。

这里没有什么不对的地方,但它们不该在故事梗概中出现,因为有太多细节了。这就是篇幅限制可以帮到你的。如果我花费大量时间和篇幅去涵盖所有细节,那就不可能抓住故事要点。回到建房子那个比喻,这就像我还没把地板铺好便急急忙忙要贴墙纸和搬进沙发。

然而,正如你毫无疑问体验过的,写作一个故事绝非平滑而顺利的过程。写作是一件不可控的事情,没有必要按线性逻辑推进每一步。我觉得写作就像一个莫比乌斯带(Möbius strip),一个扭曲环绕、首尾相连的环。

这里没有起点,也没有终点。整个进程是流动和不断积累的。任何情况都可能导致其他事情发生。

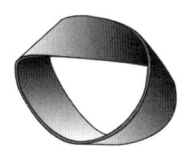

所以,有时候你需要想象一下墙纸(还有家具)来估算房间应该多大,应该是什么形状。你会想象细节,但别把它们用作你的故事点,细节撑不起故事。你要找到能作支撑梁的材料,用它们构建起故事的结构。

✎ 热身练习

就像之前为前提概要做的热身练习一样,现在为你所研究的(那些)剧本写一个故事梗概吧。我建议你为这个练习设定一个时间限制,比如五分钟就不错,这样你就不至于陷入其中了。这个练习不要求你写得完美,而是训练你逐渐养成用简单、粗线条的方式讲故事的思路。①

现在,为你自己的故事写一个故事梗概。这肯定要远远超过五分钟。

---

① 你可以在我的个人网站 www.sandlerink.com 上浏览半小时一集和一小时一集的故事梗概样本。

7 把想法变为故事

> 照亮我们的并非答案,而是问题。
>
> ——尤金·尤涅斯库[①],剧作家

✎ 由谁主导

到现在你一定知道故事是由中心人物主导的。为了让你的中心人物占据这个主导位置,你要做三件事(当然又是三件):

(1)要让故事成为中心人物的问题;
(2)要让中心人物成为得到或失去最多的人;
(3)要让中心人物来解决问题。

---

① 尤金·尤涅斯库(Eugene Ionesco,1909—1994),罗马尼亚人,后入法国籍。荒诞派戏剧代表人物,著有《阿麦迪》《椅子》《秃头歌女》等。——译注

听上去很简单，事实上也是如此。简单就是你的目的。但正如我们所知道的，简单并不容易。

因此，我有一些辅助工具。我把想法变成故事的方法是提大量的问题。这些问题并不是用来测试我知道了多少，它们是辅助我发现该怎样讲述故事的工具。这些问题并不一定都有答案，显然也有一些很难的问题。如果在故事开发的这一阶段，你有很多答案，这可能意味着你没有问对问题，或者没找到能激起你的想法的问题。这里我列出一些问题，我认为它们对于你的故事来说，就是搭建起屋子的结构性梁柱。

工具箱

什么是中心人物想要的？

为什么他在意这个目标？

谁在反对或阻碍这件事？

有什么风险？

有什么恐惧？

结局时你的中心人物有什么变化？

我们把这些问题挨个拿来检视，看看如何把它们用作探索工具。为了说明，我将用《减肥计划》这一集作为例子，这也是我为《人人都爱雷蒙德》所写的一集。[①]

---

① 如果你想连贯地浏览这些例子，可以去我的网站 www.sandlerink.com。在那里你可以找到《减肥计划》（"No Fat"）的完整剧本，并发现我的剧本发展笔记，包括故事梗概、两页纸的剧本大纲和分场大纲，你能看到整个故事是怎样逐步形成的。

什么是中心人物想要的

明确的目标

你的中心人物需要一些大的、贯穿全剧的目标，比如发现真爱、讨还公道、获得成功或守护一家人在一起。你的角色渴望获得的有普遍意义的东西，这就是建立整部剧集的前提，因此你的角色会在每周一集的剧中以不同的方式找寻它。你需要为你的投销剧本做的就是找到一个能表现这个巨大渴望的具体目标。它必须是具体和明确的。

必须要这么做吗？是的，必须。这个目标必须是你能说得清、道得明的，而我们能够看到你的主角什么时候以及是否可以得到它。

在《减肥计划》中，雷的目标是享受一顿传统的感恩节大餐。一份这样的传统大餐是会被装在一个大硬纸餐盒里送到的，角色能摸到它、看到它、闻到它和尝到它，在电影里我们都能看到它。而最后到了故事的结局，雷和全家人都围在餐桌边分享它。没有比这更明确的目标了。

……并非"成为什么"那种目标

最有用的目标是一种积极的目标，而不是静态或被动的。换句话说，如果你发现把人物的目标描述成了"成为"什么，比如成为一个最好的篮球手，成为一个妈妈，成为恋爱中的人，那就是静态目标了。并不能说这样就错了，但你可以通过使目标更具体而让它变得更积极，比如要赢得州篮球赛冠军，或领养一个孩子。罗密欧的目标不是"成为恋爱中的人"，而是迎娶朱丽叶。假如他出现在一部青少年喜剧中，那么他的目标就可能是和女孩上床。现在你的角色正在积极地追寻着什么目标，而追寻正是你需要的故事驱动力。

积极的目标

要把你角色的行为驱动力描述为一种积极的目标，而不能是消极的。如果你发现角色目标是不去做什么，那么就把它改成与之相应的角色想去做什么。你没法描述或展示一个没有发生的行为。

举个例子，如果你发现角色目标是"不被警察抓到"，想一想那会是什么场景。我没法看到任何画面。但是它可以被改成一个积极的动作，如"躲避警察"或"销毁罪证"，这样画面就立刻浮现在我脑海里了：蜷缩着身子躲在垃圾箱里，把偷来的珠宝扔进下水道。现在，你就有了动作并且可以把它视觉化地表现出来。

✎ 为什么他在意这个目标

这应该对你的角色来说是一件非常重要的事。它不必对这个世界有多大意义。往往越是鸡毛蒜皮的小事，越可能成为一个好故事。但是你必须让它在感情上对主角是必要的，而且是可信的。《宋飞正传》就成功塑造了一个困扰于各类琐事的角色。

当我刚开始为《减肥计划》开发故事时，我并不知道它将是一个关于感恩节的故事；我只知道玛丽打算改变食谱，而这让雷很不安。一旦我想到感恩节［事实上并不是我自己想到的，而是另一个编剧史蒂夫·斯克罗万（Steve Skrovan）向我提议的］，故事便开始成形了。

把雷和他妈妈联系起来的主要途径是食物，而围绕感恩节，这一问题被聚焦了。因为在这个节日里，美食扮演着重要的角色。同时，把它设置成雷最爱的大餐，加强了这个节日对他的重要性。

谁在反对或阻碍这件事

通常是另一个角色，一个重要的常驻角色。在《减肥计划》中，玛丽是雷获得他的目标——一顿传统感恩节大餐——路上的阻碍，而黛布拉也支持玛丽，所以雷不止有一个对手。这使我构架起该故事。我知道最大的交锋时刻和戏剧高潮将发生在雷和玛丽之间。我还不知道这个时刻是什么，但我知道去哪里寻找它了。

有什么风险

确定的情节风险是雷将失去他最爱的感恩节大餐，而情感风险是雷的母亲将发现雷爱自己胜过爱她。谁不是更爱自己呢？这就很能令它引起共鸣了。

雷屈服于自己的"人类天性"，我们在他身上看到了自己。观众会关心剧情如何发展，因为他们知道这是个真实的时刻，也许他们也会做出同样的事。

了解了雷的情感风险令我发现了剧本中的高点（high point）[或低点（low point）]所在：雷在订餐时被抓住的时刻。我不知道那将怎么发生，但我知道如果不停地问自己"雷在冒什么风险"，我就会想出一些对故事有用的东西。当我发现了它，它就会成为我的"幕间"。

✎ 有什么害怕的

答案是面对妈妈的感情。雷不敢正视感情，无论是他自己的或是别人的。面对妈妈的感情时，对雷而言尤其艰难，因为这是他的妈妈，他会为伤害到她而深感愧疚。他不敢面对她的不安。把中心人物的害怕与对手间的冲突联系起来，这样就为故事结构提供了良好的支撑。

✎ 结局时你的中心人物有什么变化

这个例子是系列情景喜剧，所以中心人物不必有太多变化。但雷拥有了这样一个时刻，他会用与以往不同的方式去看他的妈妈，即使它只发生了一会儿。当雷向妈妈道歉时，他认识到妈妈想要的和他自己想要的一样合理；而他也认同了妈妈不仅是一个母亲，也是一个普通人。对雷来说这是一个成熟的时刻，也是一个艰难的时刻，所以虽然它在整个计划中只是一个微小的时刻，但对雷而言却意义重大。

这些是支撑起一个故事的结构性梁柱。不会立刻知道每个问题的答案，但只要确定了你要寻找什么，就会获得一张发现之旅的蓝图，并将建构起一个更坚固的故事。

警告：如果你的逻辑大脑企图把这些指南归纳为一种公式，请抵制这样的诱惑。这些问题只是工具而不是规条，它们比规条或公式更灵活。它们不会每次都以同样的方式起作用，但是如果你用它们去探索原素材，它们会发掘出令你惊喜的东西。

8 强化情节

🖉 设 定

设定通常是想出一个故事的过程中最容易的部分。很多时候，一个编剧提出了故事设定，便认为这就是故事了。其实不是。你的故事是在设定之后发生的那些。这就是把它称为设定的原因，它设定了一个即将到来的故事。

关于设定，我有一个特别的工具，我把它称为"Mah Nish Tah Nah"。我猜你听了会一脸狐疑，那好吧，耐心来听我解释。

如果你出生在犹太家庭，应该认得这是在逾越节晚餐（Passover Seder）上家里最年幼的孩子要向父亲问的那四个问题的前几个单词。如果你不是犹太人，或者是已经忘了你该知道这些东西的犹太人，那我就来翻译一下："Mah Nish Tah Nah"在希伯来语中是引出这些问题的导语——"为何今晚与其他夜晚不一样？"①

在逾越节晚餐上，人们会从这个问题开始追溯整个"出埃及记"（Exodus）的《圣经》故事。要讲这个故事可以花 25 分钟，也可以花 4 小时之久，其后才能享用大餐。所以，这是一个相当重要的问题。

在故事的发展阶段，提出这个问题可令你的故事设定显著增强。不管你的激励事件是什么，问自己这件事"为什么今天发生""发生在今天有何不同"，答案不必多深刻，它甚至可以是一件非常微小的事。当然，你不这么做也能创造一个故事，但通过明确"为何发生在今天"，可以令你的故事可信度内核大大增强，并能激起角色达到目标的欲望背后的动机。与此同时，你还能找到一些不错的故事节拍。

假如你的设定是角色要得到一条狗，那么她萌生这个念头的今天与往日有什么不同？昨天她想养狗吗？为什么是今天这个日子她要去找一条狗？是因为昨天晚上邻居家公寓被抢劫了？是因为她男朋友昨天甩了她？还是她闺蜜与遛狗公园认识的一个小伙子订婚了？

寻找一个对你的人物有特殊意味的原因，并用它来设置你的故事动机。如果想在激励事件上投入更多重要性，那么你就该把重点放在情感动机上，这样你就能为"想养一条狗"这个陈旧的

---

① 在犹太人过逾越节聚餐时，家里最年幼的孩子会提问："为何今晚与其他夜晚不一样？（Mah nishtanah halailah hazeh...）。接下来的四个问题是：（1）在其他晚上，我们不需蘸盐水，为何今晚我们要蘸两次？（2）在其他晚上，我们吃有酵或无酵饼，为何今晚我们只能吃无酵饼？（3）在其他晚上，我们吃各种蔬菜，为何今晚我们只能吃苦菜？（4）在其他晚上，我们坐着或者斜躺着吃，为何今晚我们只斜躺着吃？——译注

点子赋予新意——她不必真的想拥有一条狗，而是透过这个表面的故事设定，提示其后真正的原因：她害怕孤独。原因可以是害怕被抢劫，想熬过失去男友后的痛苦日子，愚蠢或绝望地希望借此遇见一个男人；或以上原因皆有。

> **工具箱**
>
> Mah Nish Tah Nah，即：为什么是今天？用提出这个问题的方法去锚定你的激励事件。

✎ 让故事人物引导你的情节

当我还是一个新手母亲的时候，经常去参加婴儿父母们的亲子课堂。这是由匈牙利人玛格达·格伯（Magda Gerber）运营的，教授一种独特的早期育儿方法。她的方法是让孩子自己去发现属于他们的世界。假如孩子想抓一个玩具，别帮她捡起来交到她手上，而要让她自己去做。为了得到玩具她得费一番力气，但她会因此学会爬行以及为自己得到某物。孩子会因此获得成就感，年轻的父母目睹孩子的发现之旅，也会为她感到喜悦。这一理念完全改变了我和我孩子们的关系，也潜移默化地改变了我与故事中角色的关系，对于后者我当时还没意识到。

不要为你的角色规定情节，让角色自己去找到他想要的东西，让他自己去追求。而你只需要跟着他，看着他，记下他的所作所为。你在担心如果不去安排就什么都不会发生吗？

好吧，当然还是你让这一切发生的，不过是你让角色指引自己，而不是相反，你会减少人为操控。就像笔仙①一样，你把手放在笔端，另一个人也把手放上来，你们都没有操纵笔，而不知怎的它自己就神奇地动了起来。它自己找出一个一个字母，然后依次拼出单词来。

让你故事中的角色成为放在笔端上的另一只手。不要控制你的角色去做什么，而是放松，让自己去欣赏角色带给你的惊喜。如果你这么做了，很多情况下你的读者也会陶醉其中。

✎ 情感动作

让角色引导剧情的一种好方法，就是在情感动作中寻找情节点。是什么促使一个角色去做他在做的事？是他的动机、期望，以及对预料之外情况的补救。你必须忠实于你的角色，发现角色还未做过的事情。

从你自己的生活经验中去寻找那些事情，而不要从你看过的别的影视剧里寻找。注意：有时候这两者的确很难区分。例如，如果你的角色对约会感到紧张，你可以问问自己，当害怕向一个女士提出约会时我会做什么？仔细倾听自己的回答。你会描述成你将怎么做吗？如果是的话，这多半是从你看过的电影或电视里得来的。

---

① 原文为"通灵板"（ouija board），也称"灵乩板"或"灵应牌"（spirit board）、对白板（talking board），一种流行于欧美的占卜方式，可能起源于古代巫术。通灵板的外形为一块平面木板，上面标有各类字母（或文字）、数字及一些符号，传说它可以让使用者与鬼魂对白，很像中国的"笔仙"或"碟仙"。——译注

相反，如果你发现自己正在描述以某种方式做出具体行为的特定时间，就像我们在思维导图练习中做的那样，你就找到了想要的人物动作。你真正做的永远比以为自己将会做的要有趣味和有原创性得多。

要时刻牢记让你的角色感觉到什么是远远不够的，无论它有多深刻。这些感觉必须能够驱使你的角色去做些什么。你作为一个编剧的工作就是发现角色的感受，然后将其转化为角色的动作。你的角色由于某种情绪所做的举动会传递给观众角色的感受。

乌塔·哈根在她的名著《尊重表演艺术》①中写道："表演就是做……可能导致动作的一切。"她告诫演员要问自己："我要做什么才能得到我想要的东西？我怎样去得到它？（靠做什么去得到它？）""我要做什么去克服那些障碍？我怎样去克服它们？（靠做什么去克服它们？）去找主动动词去！"

这些都是你作为编剧在为角色创作故事时必须要问的重要问题。

✏ 障 碍

障碍是用以保持情节推进的，每一种剧作理论都会讨论设置障碍。我更愿意把障碍称为"后果"。我认为，把障碍定义为后果，你可以更好地理解它们是怎样直接和你的角色动作联系起来

---

① 《尊重表演艺术》（*Respect for Acting*），乌塔·哈根（Uta Hagen）、哈斯克尔·弗兰克尔（Haskel Frankel）著，胡因梦译，后浪出版公司策划，北京联合出版公司2018年出版。——译注

的，因此你可以创造出真正的升级情节。

当我为一些编剧的故事做剧本顾问时，我经常看到他们设置的障碍并不能让故事情节升级。他们只是变换场景和道具而不断重复相同的障碍。剧本会显得做作而乏味。

例　子

有一位客户拿着他不温不火的剧本向我咨询。在他的故事中，人物鲍勃希望打动一位漂亮女人而买了两张很贵的湖人队比赛门票。作为障碍，编剧让鲍勃弄丢了他的门票，然后在办公室、家里、车里疯狂地到处寻找。我的客户觉得鲍勃的问题在逐步升级，因为随着找遍每个地方，鲍勃越来越沮丧。但事实上，故事并没有得到发展，因为这只是重复，障碍是相同的——丢失门票。

我们想一下，除了让鲍勃买了很贵的门票然后弄丢它，还有没有另一种方式表现他多么渴望为了打动这位女士而去做一些平时不可能做的事。

我问我的客户他是否做过什么明知是错还义无反顾去做的事。他想起亲身经历的一件事，就是拿了室友的钱。我们把这个动作放到了角色身上。鲍勃没有打招呼就从室友钱包里"借"了钱。现在我们看到了鲍勃的渴望，他做了平常不会做的事，更重要的是这将有严重的后果。

鲍勃的室友发现了他偷钱的事，并且把门票扔掉报复他。这件事的结果是鲍勃从垃圾堆里找回那两张门票，然后导致的结果是他去接约会对象时迟到了，而且浑身又脏又臭。鲍勃还是有丢了门票的问题，但他的问题成功升级了，而不仅仅是重复。

跟着你角色自身动作所产生的后果以及他周围重要角色的反应，你就能以一种有意义的方式提高风险。这样你就有了一个有后果的故事，而且我说的是从字面意思上就可以这样理解。

但是你不必盲从。看看电视剧集《蜜月期》①中任何一集，你都可以看到情节完全建立在中心人物动作后所产生的后果基础上的绝佳案例。没有什么情节是生硬人为或刻意操纵的。每一个情节转折都来自主人公拉尔夫追求一个简单而明确的目标的动作。这就是该剧长久受欢迎并成为经典剧集的主要原因之一。该剧主演杰基·格利森是一位伟大的明星，但很多有大明星主演的电视剧都失败了。剧的成功依赖的是故事里的明星。

* * * *

---

① 《蜜月期》(*The Honeymooners*，1955—1956)，由杰基·格利森（Jackie Gleason）担任创剧人和主演。——译注

9 剧本大纲

剧本大纲是写作电视剧本过程中难度很高的一项工作。在创作室里,我们称之为"破解故事"(break the story)。如果在这个阶段你还没有找到你的故事,以后将会更困难,甚至可能再也找不到故事。

我们回到建造房屋与写作剧本的比喻。大纲就好比房屋的框架,如果框架不坚固,不管你为它刷上多靓丽的墙漆,房子一样会塌。别太着急匆匆弄完大纲就进入初稿。静下心来在大纲中精心安排你的故事吧,你将在写作初稿时获得很多乐趣。我会在正式进入电视剧剧本写作之前数十次地修改大纲。

好吧,所以说剧本大纲非常重要。

✎ 剧本大纲是什么

剧本大纲就是用简洁的叙事散文形式把你的故事从头到尾发

生了什么讲述一遍。不要写场景，不要写对白，不要写长篇大论的描述，仅仅写你的故事，尽量保持简短。一部半小时一集的剧本大纲大概写两页纸，一小时一集的就是四页。格式是双倍行距。

行业小故事

我改过的最快的剧本是《妈咪们》。这是一个原稿完全不能用的剧本，必须在五天内全部重新构思、发展和写作。这个任务被委派给了我和我当时的搭档辛迪·查帕克（Cindy Chupack）。我们那一周推掉了其他所有工作，一直在办公室里写作，没离开一步，甚至吃饭都没出去——这对我来说可不是容易做出的牺牲。

我已经不记得那一集故事是讲什么的了，但我记得我们在故事发展阶段花了三天时间来写剧本大纲和分场大纲，又花了两天写对白。关键是我们没有急着完成故事的发展阶段（好吧，我们确实着急赶工，因为没有别的办法），也没有跳过其中任何一步。

在这个时候剧本大纲格外重要。我相信如果有时候你不得不抄近路的话，这个过程在写作中越晚发生对你越好。

和故事梗概一样，大纲不宜过长。把大纲长度保持在我们上述约定的范围内是使它成为一个有效工具的重要前提。如果在大纲里放进太多东西，你就违背了它的主旨——看看你的故事是如何运转的。

从你的前提概要开始写作剧本大纲。如果之前不够精简的话，那么从现在开始精简它，它将成为你写故事时的参考要点，并且每当你要提醒自己正在写什么的时候，不必费力地在一堆含混不清的细节中寻找。在写作过程中，如果你发现故事在往一些新的方向上展开，就需要调整前提概要以适应这些变化。这没有问题，故事发展阶段就是这样推进的。

在早期剧情发展笔记中，我找到了为《减肥计划》做的前提概要：

> 当巴龙家族的传统感恩节聚餐受到玛丽烹饪降低胆固醇的有益心脏健康食物的威胁时，雷感到沮丧。

如你所见，我还没有构思出所有情节，所以你不必担心如果你的前提概要还不够完整该怎么办。只要从你知道的开始就好。在我发展故事和发现如何表现出故事的过程中，我一直都在调整这句前提概要。在后来一版的剧本大纲中，我的前提概要改成：

> 巴龙家族的感恩节家庭聚餐受到了玛丽烹饪有益心脏健康食物的威胁，雷从餐馆订了传统感恩节大餐来刺激她。

✏️ ABC 故事

剧本大纲的主要目的是编排出 A 故事的完整叙事。所谓 A 故事，是指跟随你中心人物的主故事线。有些半小时一集的电视剧只有 A 故事。B 故事是那些更小、更次要的故事，它们通常是围绕配角的问题展开的，可能与 A 故事有联系，也可能是完全独立的。在一小时容量的电视剧里通常有 B 故事，甚至有 C 故事，C 故事是指配角们围绕 A 故事展开的故事。故事中的角色越多，B 故事和 C 故事就越重要。

你的剧本大纲可以包含 B 故事的要素，但注意 B 故事很容易喧宾夺主。你的焦点必须集中在 A 故事如何发展上，然后围绕它再编制 B 故事。

✎ 不要对白

对白不是动作。角色做什么事情，这才是动作。他们所做的事情引起了某事发生，这就是故事。对白依附在动作之上，但它不在动作之中，本身更不是动作。所以，你的剧本大纲中需要的不是对白，而是动作。

我以 2005 年获得美国编剧工会奖最佳喜剧类电视剧《消消气》[①]为例来说明。现在看来，有趣的是它以根本没有剧本而著称。即便如此，由专业电影电视编剧组成的机构还是把它选为最佳编剧类电视节目。

这里已获得共识的是电视剧本写作的重点在于故事结构，而不是对白。《消消气》没有标准的台词剧本，但它的确有一个用于指导导演、演员的非常完善和具体的大纲。角色都由那些有丰富即兴表演经验的专业演员饰演，他们可以根据扎实的故事结构自发创作对白，结果就是呈现出这样一部非常杰出的故事，其中笑

[①]《消消气》(*Curb Your Enthusiasm*，2000—2011，2017—)，由拉里·戴维（Larry David）担任剧创人和主演。——译注

点数量有限，但个个滑稽，引人发笑，这是因为故事奏效了。即便你不喜欢拉里·戴维，或者笑话不符合你的口味，但整个故事的结构是无可置疑并值得学习的。

✏️ 节拍表

作为写作剧本大纲的第一步，你可以做一个叫作节拍表（beat sheet）的东西。这是一个记录重要情节事件的重点列表，并不需要完整讲述它们。我觉得很有用的一个方法，就是让节拍表中的每一个节拍都以中心人物的名字开始。

> **工具箱**
>
> 用主要动作列表的形式讲述你的故事，列表中的每一个节拍都以你中心人物的名字开始。

一开始这样可能会显得很笨拙，但是它将帮助你始终以中心人物来驱动故事。当你写到一个看起来是关于另一个角色的节拍，那么即使它是 A 故事中的一部分，你都要检视它，并想清楚这一事件会如何影响你的中心人物，然后按照中心人物的反应重述这个节拍。

再以《减肥计划》为例，假如我这样描述一个节拍：

> 黛布拉拿了一本有豆腐火鸡食谱的杂志给玛丽看。
> 玛丽依照食谱做了豆腐火鸡。

这个动作没有提到雷，所以他不是情节的驱动者。当我把这一节拍写成一场戏时，很可能其中根本不出现雷。这样可以吗？也许吧，不过如果这是我的投销剧本，我肯定会检查研究表格以确保雷几乎出现在每一场戏中。如果我把他放到这个场景中，剧本将增强不少。

所以我还是用这个相同的节拍，但按照"会对雷产生什么反应"来重述它，替换如下：

> 雷发现黛布拉在给玛丽豆腐火鸡食谱。

现在我聚焦在雷的故事线上，这样引出了他的下一个动作，如下：

> 雷恳求玛丽做他一贯喜爱的传统大餐，即便这将有碍她的节食计划。雷制止了想帮玛丽说话的黛布拉。雷对于玛丽的健康感恩节食谱计划很不爽，他直接从餐馆订了传统大餐。

雷做了一些可以扭转故事的事情，这样就令一个很容易滑向玛丽驱动的故事回到了由雷来主导的故事中。

我可以不按照雷来讲述这个节拍从而得到相同的结果吗？也许吧，但这就像在说，我能不用锤子就把钉子钉进墙里吗？好吧，可以说能，我猜你会用鞋或其他什么东西充当锤子，但是如果你手边就有一把锤子，为什么不用它呢？

✎ 练习——去现场

到目前为止，我们都是从自己的个人经验中寻找灵感和创意。现在我建议你从自己的世界中走出去，去探索角色生活的现实世界。不管你写的是什么，去故事发生的场景吧。

如果你在写《实习医生格蕾》，那么就到医院去并且坐在急诊室候诊区里。去观察发生了什么：伤员是怎么被送进来的？等候时病人家属们会做些什么？你能听到什么对白？医生的行为举止又是怎样的？

如果你在写《好汉两个半》中在单身酒吧泡妞的故事，去一间酒吧看看。当然，我知道你从前就去过（或去过很多回），但一定没有抱着一个观察者的特定目的去过。

如果你在写《愚人善事》却从未去过房车驻地，去走访一处吧。在那四周转转，遇到什么人就向他做个自我介绍。把你的见闻都记下来。那是什么样的气味？你对那些东西感觉如何？注意你摸到的和你不想碰的东西。把这些都记下来，特别是那些不起眼的东西，它们可能会最有用。你听到人们都在谈论什么？他们如何表达自己？把你听到的对白都记下来。

我们没有办法知道自己了解到的所有事情将如何运用在剧本中，但在那里的具体经验将拓宽剧本的表现维度，无论是有意识的选择还是本能的选择。你将找到一直坐在写字台前永远不可能想到的点子。你会发现讲述赋予角色的细节可令你的故事更具质感和真实性。

当你在写作剧本大纲时，需要将故事结构时刻牢记脑中。在下一章，我会给出一些简单的格式去帮助你创作故事。

10 故事结构

对于来找我咨询故事的客户，我都会给他们一张表。这是我根据马克·甘泽尔（Mark Ganzel）的一份原创表格改编而来的。他是一位真正的天才作家，在创作电视剧集《教练》的时候我跟他合作过。

马克是个风趣、慷慨并且有了不起想法的人，可惜英年早逝。他常常引用伍迪·艾伦（Woody Allen）的名言——"80%的成功都是自我表现"，接着会坦承："我从来没有放弃过任何一次在工作中自我表现的机会。因为我害怕失去它。我知道如果不努力表现的话，那么工作缺了我一样能进行下去。我不愿任何人发现这一点。"他一边说一边笑起来，但他并不是在开玩笑。

有一天马克来上班，他把一张单页纸的表格交给我们每一个人，他说这就是情景喜剧写作的要义。我看了之后如获至宝，这简直就是一份神奇灵药的秘方。我相信马克找到了一个直抵故事运转机制核心的简便方法，它精彩绝伦。可惜我在很多年前就把马克交给我的"宝典"弄丢了，但是当我开始做剧本顾问的时候，我在回忆的基础上制成了自己版本的新表格。如下：

埃伦·桑德勒版
简洁但并不容易的故事结构创建指南
改编自马克·甘泽尔的原创概念

1. "噢"　　　　　　　　　　"Oh."
　"故事为何发生在今天"　　"Mah Nish Tah Nah"
2. "（小声）啊哦！"　　　　"The Little Uh Oh!"
3. "哎呀！"　　　　　　　　"Ouch!"
4. "（大声）哇哦！"　　　　"The Big Uh Ohhh!"
5. "天呐，不！"　　　　　　"Oh No!"
　"怎么会这样"　　　　　　"The Twist-a-Roo"
6. "啊"　　　　　　　　　　"Ah."

这个表格很实用，你既可以在创建故事结构的初始阶段用它作指南，也可用它对你的故事进行评估。假如你在写一个一小时长的故事，就在第一个"（小声）啊哦！"和"哎呀！"之间增加一个"哎哟！"（Uh Ohs!）。这增加的"哎哟"很可能就会成为剧本的幕间时刻。

如果你在写一部群像剧，并且除了主干的 A 故事线，你还同时有 B 故事线甚至 C 故事线。在构建这些分支故事的时候，你同样可以用这张表作指南，要记得这些分支故事结构相对简单一些，比如也许只有一个"哇哦"和一个小小的"天呐，不！"部分。

好吧，我们逐条分析这张"故事结构表"，看看它有多管用。

✎ "噢"

有一些驱动你故事运转起来的事情发生了。专业术语称呼它们为"激励事件"（inciting incident）。而我喜欢用"噢"来形容，因为我想到的是观众看到这一部分时发出的感叹"噢，挺有意思的"。

这是抓住观众注意力并且令其愿意坐得住观看接下来故事发展的事件。它对你的故事结构来说至关重要，但并不意味着你的剧中人必须知道它有多么重要，至少现在还没有意识到。

"噢"可能是小到拉链坏了这样鸡毛蒜皮的小麻烦，或是大到尸体那样令人震惊的大事件。如果是一具尸体的话，你可能在写的就是一部剧情类的剧。但也并不绝对——在所有电视剧中有两集堪称最有趣的剧本，都是以死尸开头的。它们是《弗尔蒂旅馆》（*Fawlty Towers*）①中的《咸鱼和尸体》（"The Kipper and the Corpse"）这一集和《玛丽·泰勒·摩尔秀》中的《笑不出来了》（"Chuckles Bites the Dust"）这一集。②

---

① 由英国 BBC 制作的迷你喜剧剧集，共推出两季（1975、1979），每季 6 集，每集 30 分钟。该剧曾两次获得英国电影学院奖（BAFTA）最佳情景喜剧奖。——译注
② 如果你从没看过这些剧集，请去租碟片或去音像资料馆观摩它们。电视是一个时效性很强的媒体，它总是聚焦于最新发生的事情，所以昨天之前的"旧闻"是很容易被抛到脑后的。但我强烈建议大家去了解电视剧文化史，它将告诉你电视可以很了不起，事实上它也确实做到了，意识到这一点非常重要。只有看过最好的东西并且知道自己可以努力的方向，你才能成为一个更好的编剧。

✏️ "故事为何发生在今天"

我们已经讨论过"为何发生在今天"是如何在你的故事中加强"噢"这一事件的。它并非一个独立的故事节拍,而是一个重要的结构性元素。

✏️ "(小声)啊哦!"

"(小声)啊哦!"并非只是指接下来发生了什么,它必须是你的中心人物意料之外的事件,并且令某事产生了改变。大多数故事分析师把它称为"转折点",因为它名副其实,的确可以将故事引向一个新的方向。我喜欢"啊哦!",因为它强烈触动你并传递出某种情感。在《减肥计划》那集剧本中,"啊哦!"来自雷发现玛丽并没有为感恩节准备火鸡大餐。

如果你绞尽脑汁也想不出一个强烈的转折点,那么不妨研究一下对立人物的动作。以下这些练习将帮助你挖掘这些因素。

✏️ 练习——10种备选方案

这个练习是要聚焦于你的配角人物。在你的故事中选择一个转折点,并且列出这个配角人物可能做出的10种不同的动作。看看这些变化动作将会如何影响你中心人物的反应。

你很可能只愿意在脑子里列出这样的表格,但这样只会令你更早放弃。只有真正把它们写出来,你才能看到这些直观的数据并且激发你一步步完成这 10 条目标。只是在脑子里想一想，这个过程也许会更快一点，但你会忘掉很多内容。你也没办法回过头来逐条推敲，并思考如何产生一些奇妙的组合。

不必瞻前顾后想太多。你需要快速地完成这个练习，激发你的创意，发挥大脑的自由联想，就像我们前面做的"导图训练"一样；你想得越少，操控得越少，效果就会越好。你可以设一个两到三分钟的计时器，并且在整个练习过程中不必去推敲那些动作的可能性。一个坏点子最后也可能变成好点子，所以不到最后都不要轻易下结论。

最初的选择可能就是最好的选择，但如果你没有尝试过其他，你怎么能知道呢？想想吧，这就跟去商场购物一样。你肯定不会在看到第一双鞋子时就毫不犹豫把它买下来，你会浏览整个店面，看看还有哪些可能适合你，然后将大部分一一淘汰。① 用同样的办法来筛选你的创意吧。

我可以用一位编剧向我咨询的一集《绝望主妇》投销剧本作例子。剧本中的"（小声）啊哦！"来自苏珊向女儿说出打算卖房子的消息。这对于苏珊来说是一个转折点，因为她女儿的抗拒令她最终改变了主意。

那位编剧的第一反应是让女儿用对白把反对意见说出来，与苏珊发生争吵。这么写也不能说错了，它确实传递出女儿因此而不开心的信息，但是它足以成为让苏珊改变原先计划的障碍吗？并且它足够有趣以持续吸引观众的注意力吗？

---

① 好吧，假如你是个男人，用摄影器材替代鞋子可能更合适。

我问编剧如果是她自己听到坏消息，第一反应是什么？她说："我会跑开。"好了，这就可以成为苏珊女儿一种更有趣的反应方式。

然后，我让她写下苏珊女儿可能跑开的10种不同方式。一开始她只能想到一种，就是直接站起来跑出房间。我就启发她说，好吧，跑开其实就是一种逃避，那么逃避还有什么其他方式吗？她慢慢有了想法：（1）女儿可能继续默默地吃东西，以表示对消息的无视；（2）请她妈妈帮她把盐罐递过来；（3）拿起一本杂志来读；（4）叫餐厅侍应生过来；（5）礼貌地说要去趟洗手间而离座。

那位编剧说完这些便打住了。她很确信再也不可能有别的选择了。我告诉她再接着说下去，不用考虑合理性，哪怕是个愚蠢的动作都不要紧。这个练习不需要顾虑逻辑性或是否可能符合这个故事。于是她又接着说：（6）女儿唱起了歌；（7）发怒；（8）哭泣；（9）呕吐起来；（10）晕倒。

令人意想不到吗？她确实感觉如此。这其中任何一个反应动作都可以为编剧提供一个令苏珊更难面对的有力的困境，并且为观众提供一个更可信的理由去理解苏珊为什么不得不考虑改变她的计划。编剧最终在这些动作中选择了第（9）项——呕吐起来。我觉得这真是一个好点子！

写这场戏的时候，她甚至还用到了列出的其他两项素材。戏开场的时候女儿在唱歌（第6项），这是为了和这场戏结尾的情绪产生更大反差，到了最后她哽咽落泪（第8项），接着呕吐起来。

于是这场戏从最初三页干巴巴的对白争吵，变成了后来不到半页却极富画面感染力的情绪动作，令观众一下子就强烈感受到了这一信息——苏珊这下麻烦了，她的计划没那么容易实现了。

✏ "哎呀！"

"哎呀！"是你的中心人物遭遇最大危险的时刻，通常也是安排"幕间"部分的地方。怎样让你的中心人物陷入最严峻的困境之中？其实并不一定非得是爆炸或者战争这样的大事件。它可能是门锁上时轻微的"咔嗒"声，而此时你的主人公正赤裸地站在大厅里；或者是一只小袜子，表明一个孩子失踪了；或者是当玛丽发现雷向餐馆订了火鸡大餐后脸上的表情。严峻的困境！这是对你的中心人物来说的痛苦时刻。

高层决策者经常用"筹码不够高"（the stakes aren't high enough）来挑剔一个故事，当他们这样说时，就是需要引起你注意的地方。你如何加强潜在的风险，以使你的角色面临更严峻的困境？怎样设置可以令角色更痛苦、更恐惧？

我来说说我在《减肥计划》剧本中是如何写出"哎呀！"这一节拍的。在最初构思阶段，我想到的是直接展示雷从餐馆订感恩节大餐的画面。于是我尝试了以下几种方式：我可以描写雷用电话订餐——不，拍打电话的戏太无聊了；我可以展现他来到一家餐厅拿着菜单预定——不，仅仅为写这么一个订餐的动作就额外安排一个场景，太不值得了；或者雷还可以带着全家人去餐厅吃感恩节大餐（这还得增加一个场景，不过至少这一场戏里会有不少动作，或许值得一试）；又或者可以让他去玛丽家吃豆腐餐前先在家里吃一顿餐厅外卖。

但是这些都不对，因为它们都回避了真正的冲突。从餐厅送来的大餐应该当着玛丽的面，并且雷也得在现场承受激烈的后果——对，就是它！正当他们一家人在玛丽家吃着豆腐火鸡的时候，餐厅的感恩节大餐当着所有人的面送到了！就这样……我们找到了"哎呀"这一节拍。

上面说到的这些都是技巧而不是公式，每个故事都会以不同的方式发展。因此在这个故事中适用的方法不一定适合那个故事。你必须能够面对没有答案的空白和一时的不知所措。去探索和尝试吧，看看它是否能引导出下一个故事结构元素……

✏ "（大声）哇哦！"

"（大声）哇哦"是比"哎呀"更可怕的事情。在《减肥计划》中，尽管雷从餐厅点餐的事件冒犯了妈妈，让他在面对她时十分难堪，但他更担心的是黛布拉不赞成（不再与他同床的威胁始终悬在他头顶）。不仅如此，她还可能在夺走他嘴边大餐的同时令他无计可施。"（大声）哇哦"就是把你的中心人物推向他所害怕的深渊……

✏ "天呐，不！"

"天呐，不"将揭示整个故事，术语叫作"高潮"（climax）

或"对抗"（confrontation），它将在你的核心人物与故事最大反派角色之间展开较量。这必须是一场面对面的对决——我说的就是面对面；别通过电话或书信进行较量，或者通过碰巧偷听到这种弱爆了的方式。

在这里，所有事情之所以发生的缘由将被推向紧要关头。你的中心人物将于此解决这个故事。值得强调的是，解决者必须是你的主角。假如你让另一个角色代替主角主事或替他解决问题，就等于把所有积蓄的力量全都从故事中抽离了。这就像一只鼓起的大气球泄气一样。这不是一个动听的声音，也不是你希望读者把剧本读到最后时听到的声音。

你的中心人物并不一定非得赢得这场对决，从而获得一次戏剧化的胜利。她可以输掉案子，但赢得一场道义上的胜利；她可以一败涂地，只要她敢于迎战并奋战到底。

在《赢定了》这集中，对抗戏是雷揭发弗兰克在利用他参赌。虽然弗兰克始终没有道歉，甚至没承认自己做错了，但雷通过直面他从而完成了这件勇敢的事，这就是一个足以令人满意的结局。

✏️ "怎么会这样"

"怎么会这样"是一个具有讽刺意味的注解，它将使故事变得更可笑或悲痛，令我们洞悉人性的本质。就像"故事为何发生在今天"与"噢"节拍之间的紧密关系，"怎么会这样"也以同样方式与"啊"节拍密切关联。在《减肥计划》中，"怎么会这样"发生在玛丽午夜溜进雷的厨房偷吃火鸡腿被发现。如果你想知道女演员多丽丝·罗伯茨如何能拿下五个艾美奖,那么一定要观摩一下这场戏,这是一个证明演员的演绎可以比编剧的想象还要丰富得多的极好的例子。演员在表演时一般会按部就班,但是一个了不起的演员可以为写在纸上的剧本增添迷人的魔力。

✏ "啊"

在一部电视连续剧中,通常你需要在一集的结尾让角色们回到所谓的"常态",术语叫作"结局"(resolution)。我把它叫作"啊",是因为观众可以感觉松一口气了——"啊,我们在家里,一切都是老样子。下一集再接着看吧。"如果是一部喜剧,惯用的办法是用一个滑稽的反转来呼应故事中刚刚发生的事件。在《减肥计划》中,结局是所有人聚在桌前共享火鸡大餐。

你的大纲初稿可能很粗糙,并且故事漏洞百出。这没有关系,因为你可以反复修改,只要你愿意。事实上,真正修改的次数会比你愿意修改的次数还要多,远远超出你的预料。

11 改写你的剧本大纲

> 写作切莫半途而废,因为"它有百害而无一利"。从一个没有完成的写作项目中你将一无所获、毫无长进。
>
> ——斯蒂芬·J. 坎内尔①

这一步非常困难,你不会想回到这一步的。它意味着你要把之前绞尽脑汁、好不容易编在一起的故事情节再拆解开,这无疑非常痛苦。但你别无选择。因为没有一个故事能一次就成形,至少我以及我的编剧客户从没有遇到过这样的事情。

好吧,假如你愿意这样做,我们从哪里开始?相信你已经尽己所能写出了剧本大纲初稿,如果你有更好的想法,肯定已经把它写进这个大纲里面了。接下来我将传授给你一套充满实用技巧

---

① 斯蒂芬·J. 坎内尔(Stephen J. Cannell),编剧,代表作有系列电视电影《洛克福德档案》(*Rockford Files*),电视连续剧《天龙特工队》(*The A Team*)、《神探亨特》(*Hunter*)、《特警4587》(*Wiseguy*)等。——译注

的"改写工具箱",它曾帮助我以及我的编剧客户和学生们为剧本带来生机。你不必把工具箱里的每一招都使上,但我相信至少你能利用其中的一些方法开启新思路,化解无从下手的难题。

✎ 一个新的视角

你能找出大纲中最薄弱的部分在哪里吗?请检视故事的中段。通常来说这里会是最大的问题所在。这部分情节太平缓了吗?一直在重复而没有冲突升级吗?编剧行当里最优秀的故事讲述者之一的斯蒂芬·坎内尔说过:"剧本的第二幕要从反派角色的视点展开情节。"我喜欢这条建议并且一直在贯彻实践它。虽然不知道是否我能做到和他一样,但通过它来加强故事从未失手。下面就来说说我是怎么做的。

到目前为止,我们一直把注意力集中在核心人物和他的行为动机上。现在转换一下视角,去找出故事中对立角色的任务。你没有必要把他的故事戏份写得同中心人物一样多,但如果你为他设定了目标并且描写出他是如何去执行的,你也会为中心人物创造有意义的困境。

例 子

我辅导的一个编剧客户正为他的试播集绞尽脑汁地撰写故事线。他的中心人物是一所私立学校的老师,正呼吁评分制度改革。他去找校长理论却遭到了拒绝。于是,编剧接着写他加倍努力一次次去找校长,并且联合其他老师支持他的动议。功夫不负有心人，校长最终被迫接受了改革评级制度。

剧情看起来在升级发展，但其实对中心人物而言并没有产生任何有意义的后果。他的处境毫无变化，任何事都没有变得更糟糕。整段情节没有转折点，中心人物一开始就想做某事，然后去做了，最后做到了，他没有被迫做出任何改变或者在任何方面获得成长。

我给编剧出主意，不如去想想校长会采取什么行动。假如不去写这位老师成功推行了他的改革方案，而是写校长因为被挑战了权威而把他解雇了呢？那么这位骄矜自傲的老师现在就不得不做出一些对他而言十分艰难的事了——他得被迫道歉认错，并且要竭力保住这份自认为十分胜任的工作。把这些内容加入故事就是转折点。

通过建立反派角色的动作任务，你可以为中心人物创造更有趣的反应动作，并且更多地揭示他的性格。

📝 最重要的问题

我的各个配角是如何融入这个故事的

配角们与中心人物目标之间的关系是什么？是支持还是反对？谁是敌人？谁是盟友？请不要把配角写成"功能性人物"。即使他们属于次要人物，他们也应该是一个个具有自我目标的独立个体。

还记得《宋飞正传》里的纽曼吗？他是一个很小的角色，但每次他出现的时候都有自己的任务。编剧并没有不动脑筋地把他设计为仅给杰里制造障碍的人。纽曼总是有自身的原因,但结果总是令杰里陷入麻烦。

通常一部警探剧会有很多案情分析和真相细节需要透露给观众,而这些信息又往往得通过配角们像信息栏一样公布出来。然而,如果你能为配角设计一个哪怕很小的个人任务,这场戏就会显得更丰满有力,同时向观众传递的信息也不会让人感觉那么直白。打个比方,你要在剧情中把DNA检测结果这一信息告诉观众,所以你设计让警探主人公跟律师说。如何把这场戏写得更生动呢?你可以写律师上庭要迟到了,而警探缠着他,告诉他这一重要信息。

我的主人公是如何解决这个故事的

在剧本中临近故事结束的部分会出现一个高潮事件,这一事件可以说是整个故事最终的焦点。那么这个事件是什么?当事人又是谁?正确答案应该是你的中心人物及其最大的敌手。而你是否让另一个角色卷入了这个事件并由他最终解决了矛盾或问题?如果你的故事不是由你的主角来解决的,那么你必须重新结构这个故事并保证是由他来解决的。

我的中心人物经历了整个故事,结局产生了什么变化

对于电视连续剧来说有一条不成文的规定,那就是自始至终尽量不去改变故事角色的基本人物特性。这一点与电影恰恰相反,

通常电影主人公在故事结尾可能发生翻天覆地的变化。但尽管如此，讲完了一个电视剧故事，你的主人公还是需要有某些变化的，否则故事就毫无意义了，观众或读者会抱怨："既然一成不变地又回到起点，那么我们干吗要看这个故事？"事实上，如果你的中心人物最终成功地解决了故事，那么你可能已经写出了他在某些方面的变化了。

✎ 意料之外

我并不是指一个超级意外的结局，而是建议你在整个故事中寻找一些出乎预料的小设计。你的人物会做一些他们平时不会做的事吗？譬如主动安慰那些他们通常会回避的人，或向他们通常不信任的人寻求建议？在《减肥计划》中，黛布拉一反常态地站在玛丽一边，和她一起反对雷，这对于她来讲是不寻常的，但结合剧情内容来看它又是合理的。

意外行为不能空穴来风，而应该被精心设计并具有强烈的动机，因为在剧本中只有当意外不可避免时它才最有效。创造意外的便捷手段是抓住一些看似无关紧要或无逻辑的东西。像"10种选择"中所做的练习，可以打开你的思路，让你在新的方向上思考。这是一个在内容设计方面不错的技巧，但不太能作为建构故事结构的有效策略，因为它确实让人感到意外，更可能让人感到困惑。

✎ 避坑信号

我喜欢避坑信号（red flags），因为它们会令改写变得容易起来。等一等，不，没有任何改写是容易的，但避坑信号至少会令我们更容易找到哪些地方需要改写。我会教你如何发现它们，一旦知道它们在哪里，你会发现这就像寻找"沃尔多"[①]一样。你绝不会找不出它。

尽量不要用对白说出来……

这是我最常使用的避坑信号：说（tell）。简简单单的一个"说"字。在检视故事大纲的时候，你会看到自己写下了角色 A 告诉角色 B 一些事……任何事。你真正在做的其实是写下对白，但这样的对白是不能帮你推进故事的。就像我之前说过的，在大纲或者真正剧本写作之前的故事发展阶段，都要尽量避免写出对白。

我当然明白，对白最有趣了。这也是大部分编剧一开始想写作的原因。对白会成为令你的故事最终展翅飞翔的翅膀，但当你还处在创建故事结构的阶段，它却只会拖慢你的步伐。如果你用角色 A 对角色 B 说了什么来描述故事的一个节拍，那你就是在用戏的情绪内容糊弄自己。不仅如此，当你后面进行到写对白的时候，很可能还会发现此时的创作毫无新鲜感，几乎将大纲原词照搬就可以了。

[①]《寻找沃尔多》（Waldo）是根据美国著名儿童图书改编的畅销游戏，考验游戏者的眼力，让人在一张眼花缭乱的图中找出穿着红白条纹衣服并带着一只小狗的"沃尔多"（Waldo）。——译注

第 11 章 改写你的剧本大纲

在一开始构思大纲的时候,如果你用到"说"这招或者一句具体的对白,这也不是大问题,但应把它看作一段临时的草稿性文字。接下来的一步,要细致推敲。要找出这对白背后的东西,对白的动机是什么?不能只让角色说话,而要深入地琢磨,是不是还话里有话,包括想到角色一边说话一边在做什么。

比如我们可以拿一场虚构的《绝望主妇》中的戏举个例子。如果你在大纲中写到"伊迪对苏珊说你家里太乱了",那么你的剧本很可能会这么写:

> **伊迪**
> 苏珊,你家里可真是乱糟糟的,我把我管家的电话给你吧。
>
> **苏珊**
> 啊,你真是太好了。不过这么一来,我就知道东西都在哪儿了。

这么写也没错,听起来就像真实生活中的对白,而且剧情信息也传达出来了。伊迪确实告诉了苏珊她家里很不整洁,但感觉这种表达很平庸——说不上糟糕,但也丝毫没有特别之处。它显然无法在剧本经纪助理一周内看到的堆积如山的投销剧本中脱颖而出。

如果把大纲中的"对苏珊说"改成"批评苏珊"呢?那么现在你的大纲就变成了"伊迪批评苏珊家务弄得太糟糕"。经过这么一改，这一故事节拍就立刻变得生动起来，暗示了意图、情绪动作以及对方的反应。这一切就都栩栩如生、跃然纸上。到了真正开始为这场戏写具体对白的时候，你就会发现自己拥有了比修改前更豁然开朗的广阔的创作空间。现在假设你在写初稿，很可能会如此写道：

>   伊迪
>   好吧，我想坐下来。可是怎么你的
>   所有椅子上都堆着东西呀？
>
>   苏珊
>   哦，没事，你把椅子上的东西都扔
>   地上就行。
>
>   伊迪
>   （顿了顿）
>   有意思。
>
>   苏珊
>   听着，伊迪，假如你来就是为了批
>   评我的家务……
>
>   伊迪
>   （假装无辜地）
>   天呐，我什么也没说呀。

> **苏珊**
> 不，你说了。你说了"有意思"。
>
> **伊迪**
> 有意思怎么是批评呢？
>
> **苏珊**
> 那就是批评，在说有意思之前你还故意停了停，就好像什么都不打算说似的。

　　动词中蕴含的动作和情绪意图会为你的场景开拓出更多鲜活的内容。明确了伊迪想"批评"苏珊，这自然而然地令我去创建一个情境——我必须想象出一些具体东西来让伊迪批评。忽然我看见了屋内椅子上全都堆满东西的画面。如果我想的是让伊迪对苏珊说些什么，那么我的想象力根本就调动不起来，因为我的关注点会集中在她要说的内容上。

　　为伊迪赋予批评意图还能产生另外的剧作效果。它将建立起一种情感冲突的震颤。伊迪想批评苏珊，但又觉得这样不太友好，所以试图克制自己，说了"有意思"。这其中的内在冲突令这一时刻变得鲜活而生动。

　　现在我们已经令伊迪拥有了一段完全不会让人觉得在其他剧集中司空见惯或似曾相识的台词了，并且它完全符合角色个性。

如果整部剧本都能以这样的情绪内容组成，那它就会鲜活起来，并会让阅读变得津津有味。这一切都来自把"说"变成"批评"。

不，其实当坐下来写这段对白的时候我并不知道这一切。我只是沿着"批评"这一动作写下去。分析来自事后。所以你不必分析故事节拍，使用一个情绪化的主动动词会为你带来一切改变。

> **工具箱**
>
> 通篇检查你的故事大纲，把所有角色向他人讲述、询问或解释的地方都做出标记。你会逐渐认识到自己在讲述故事时多大程度上依赖实质的对白。然后把讲述、询问或解释这样的动词用更富感情色彩的主动动词替代，你将发现整个故事都会活起来。

是你在讲故事，你的角色在行动而不是在讲述。我做了一个主动动词表。每当遇到一个描绘人际交流的充满情绪的动词时，我都会把它记入表中。所以，当在需要替换"说"[①]这个动词时我就有了好多选择。

以下是我列表中的一些，你可以从它们开始……

[①] 除了"说"，也要小心检查其他单词如"询问"（ask）、"讲述"（say）、"解释"（explain）等，它们和前者一样都提示了对白的出现。同样地，如果用更富感情色彩的主动动词去替代它们，效果也会立刻变得更好。

如果可以的话，别让你的角色"说"，可以让他这样：

出卖 **Betray**

攻击 Attack

说长道短 Tattle

忏悔 Confess

轻视 Belittle

承认 ADMIT

泄密 **Divulge**

吐露 Confide

撒谎 LIE TO

责备 Tell off

暗示 Hint at

撩拨 Titillate

鼓动 Harangue

透露 Tip off

误导 Mislead

戏弄 Tease

争辩 Argue with

谴责 Accuse

哄骗 Cajole

批评 CRITICIZE

抱怨 Bemoan

斥责 **Denounce**

乞求 **Beg**

指责 Blame

强令 Demand

决　定

我永远能看到这样的大纲，编剧这样描写角色的行动："梅雷迪斯决定去看望她的妈妈。"直接把发生在角色脑海中的决定切换成动作吧！写出角色在做出决定后又做了什么，如"梅雷迪斯像疯了一样驱车直奔养老院"。

再举一个例子："罗宾决定是时候捍卫自己的权利了，她要求特德去洗盘子。"（双重避坑信号：在同一句中出现了"决定"和"要求"两个危险词。）而更有效的版本应该是："罗宾摔门而去，留下特德和一水槽的脏盘子。"决定是精神层面的东西，很难拍出来；而动作是可以看见的，才是你该写的。

试　图

角色们总是"试图"（try）去做些什么。我在每一部剧本大纲中都能读到这样的话，包括我自己的。你打算这么写，这很正常。但注意当你真的这么做的时候，就要想办法摆脱它了。每当你让角色"试图"去做什么时，就想想"耐克"广告并让他们去"做"就好（just do it）！他们可能会经历一段艰难时日，可能抗争，可能失败，然后再努力"尝试"，哎呀，其实我的意思是去"做"些什么。"艾莉森试图说服乔为参加派对打扮一下"，这么写就很弱。应该直接写动作，"艾莉森恳求乔换衣服"，或者更主动地写"艾莉森送给乔一份惊喜礼物——新衬衫和外套，并且暗示参加完派对愿意和他亲热"。假如有类似这样一句话出现在你的大纲中，我敢保证这场戏一定会比"试图说服"的戏更兴奋、活泼和生动。

你可能会想："那样的动作不必在大纲中就写出来吧，等到真正写戏的时候再设计不行吗？"是的，你当然可以那么做。但问题是，你真的能做到吗？就像一旦开始写对白，你会想顺理成章、一气呵成地写下去。如果在此之前你已经设计出充满情绪的动作，写作就会流畅。你的对白将闪耀着自发的光芒，而且不仅如此，当你真正写剧本的时候，你已经设定好的带有感情色彩的动作也会激发更多有意思的动作。

"正在做"意味着什么

把角色"正在"思考/感觉/做替换成具体的情感和动作。譬如你写"莱内特发脾气，因为汤姆正在看电视"，就应该加上具体动作，如"莱内特冲着汤姆发火，因为她忙得四脚朝天时汤姆却在看电视"。

"感觉"是大忌

虽然我之前就说过，但在这里还要再次强调：感觉（feeling）不是动作（action）。作为编剧，你的工作就是要把角色的种种感觉转换成动作表现出来。

当你的角色感觉到什么时，他会做出什么样的动作？如果你写到"乔治很生气，因为考利甩了他"，那就不如改成"乔治把考利的信撕得粉碎，然后砸向镜子里的自己"，这句话很清楚地让我们感受到乔治的悲伤和愤怒。

如果你写"布伦达进不了门，感觉很沮丧"，这也没什么不可以，但是如果你能想到这种情绪会令她做出什么样的事来，就可以设计出更多的动作，如"布伦达用脚去踹那扇锁着的门，把脚都踹伤了"。如果这样写，接下来你又能设计出更多动作，因为"布伦达要编谎话解释自己为什么弄伤了脚"。

认　为

如果写"基思认为（think）维罗妮卡在搞什么名堂"，就不如改成"基思溜进维罗妮卡的房间，翻查她的桌子"。或者，如果维罗尼卡是中心人物的话，就改成她的视点："维罗妮卡抓住了基思正在偷偷翻查她的桌子。"

以上这些工具并不需要在所有场合全都用上。有些情况下，某些工具可能不管用，但它们至少可以帮助你通过角色发展情节和故事，并引导你找到一条更能激发创意的故事创作之路。

✎ 回到起点

每一次修改完大纲，都要再对照一下你的前提概要并问自己："我这个故事讲了什么？"然后根据你的新版故事，再调整修改原有的前提概要。

那么，现在这个故事变得很好看了吗？你喜欢它吗？你依然满怀创作激情愿意完成它吗？希望如此，因为你已经完成了一项艰巨的任务——"破解了故事"。恭喜你！呃，等一下，先别着急打开你的剧本写作软件（Final Draft），还不到设计对白呢。接下来首先要完成的是"分场大纲"（outline）。

12 分场大纲

分场大纲与剧本大纲有什么区别呢？简单来说，分场大纲会划分至每场戏，并且篇幅比剧本大纲更长一些。在剧本大纲中，你要设置出整个故事的若干重大叙事节拍；而在分场大纲中，你要更具体地描述故事是如何发生的。在这一点上你是在真正建构你的剧本。还是拿我们一直说的造房子来比喻，如果剧本大纲就好像钢筋结构，那么分场大纲就是水泥墙和地板了。

✏ 分场大纲的格式

分场大纲的基本格式首先是一行标示出不同场景的场标（slug line）[①]，接下来是一段描述文字，用叙事散文的方式描述出这场戏

[①] 场标表示新一场的开始，并要注明这场戏发生的时间和地点。这些文字通常要大写（作者指的是英文剧本中的场景说明单词要使用大写，中文分场剧本中场景说明文字通常字体加粗——译注），此外取决于你的剧本格式，文字加下划线或不加。多机拍摄（multi-camera）加下划线，单机拍摄（single camera）则不加。场标通常是这样的：内景 厨房 日（INT. KITCHEN-DAY）。

中的主要动作。要使用短句,文字要有力、易读和有趣,但不要扮可爱。不要用古怪的字体,就用 12 号 Courier New 或 Courier Final Draft 字体,页码从分场大纲的第二页开始计数①。

> **工具箱:情景喜剧的场景编号**
>
> 在一部多机拍摄的情景喜剧中,场景通常用英文字母来标示。极少的例外是那些用录像带拍摄的剧,它们用 1、2、3 这样的数字标场号。大多数多机拍摄的剧用的都是电影摄影机,一般是安装在基座上的四台摄影机,围绕着录音现场进行移动拍摄。对于这些剧来说,场景号被设计为一种特殊序列的英文字母,你必须了解这个规范。场景号的顺序依次为 A、B、C、D、E,到这儿我们还可以理解,但请注意接下来没有场景 F 和场景 G,而是直接跳到场景 H,也没有场景 I,场景 H 后面接场景 J、K、L 和 M,跳过场景 N 和 O,接下来可以使用的场景序号是 P。一般来说,在一部 30 分钟片长的剧本中,最多写到场景 P 就足够了。
>
> 这些字母之所以被跳过,是因为它们看起来会和其他某些字母或数字很像。在一部多机拍摄的情景喜剧中,摄影机要按照地面上标注的机位顺序走位来拍摄这些场景。因此地面上的标记就包含了两部分,一部分是用字母标示

---

① 第一页应为封面页。——译注

> 的场景号,一部分是用数字标示的该场戏的机位顺序。负责移动摄影机的工作人员需要看着地面上的标记顺序走位。当跟拍一个角色的时候,摄影机需要迅速移动。因此在实际拍摄情况下,F 很容易被看成 E,或者 O 和 C 会被弄混,这样摄影机就可能走错位。现在你知道场景编号序列的由来了,它看起来很奇怪,但其实是有道理的。

当你在分场大纲中安排场景时,如果使用多机拍摄,你会先写下开场戏,再跟着一系列由字母标示场景号的场景;而如果使用单机拍摄,只要写出场标即可,不需要数字或字母标示的场景号。

✎ 本场概要

就像前提概要之于故事写作的重要性一样,我建议你在写每场戏之前先概括出一个"本场概要"(focus line)。为了区别于整个故事的前提概要,我把每场戏的要点称为本场概要。本场概要表明了这场戏中必须要发生的中心事件。

紧接着场标的下一行写下本场概要,接着简单描述这场戏发生了什么。不一定非得把本场概要描述为动作。举个例子,在《减肥计划》中,我为片头写的本场概要就是"置办感恩节"。在单机拍摄的剧本中,会有不少场戏非常短,那么本场概要基本上就可以涵盖这场戏的所有内容了。

警告：本场概要应该仅仅被用于辅助你自己的工作。倘若你在为接到的活儿写剧本的话，你会被期待交出一份待批注和通过的大纲。千万别把本场概要放进你要交给掌剧人或行政制片人的剧本文件中。他们会搞不清这是什么，并受到困扰。

写作本场概要的有效资源是你的故事节拍表——当然，你需要对它进行调整，因为某些故事节拍也许在这一阶段会改变。就像在节拍表中一样，你的本场概要也应该从中心人物的视角出发。如果你发现一场戏的中心事件并没有明确影响主角，那么就该反思为什么此处要出现这么一场戏，然后采取行动，要么删了它，要么重新组织它。

不过如果你的情节里面有多条故事线，其中某些故事线由其他人物主导，那么在一些场景中你的中心人物缺席就是可以被理解的。假如你在写一部像《绝望主妇》那样的群像剧，那么就用上述方法对每一条单独的故事线进行检验，以确保该条故事线的主导人物始终处于驱动者的位置。

现在你已经知道一场戏应该写些什么了，那么接下来如何为之创造动作呢？

✎ 引子

在写分场大纲的时候，你同样可以以我们前面学习过的"故事结构表"（story structure chart）为指南，确定你的场景里应该发生什么戏。譬如，"噢"就对应第一场戏。而在像《实习医生风云》（Scrubs）或《罪案终结》（The Closer）这样的单机拍摄剧集里,"噢"可能会通过几场戏组成的小叙事段落延展开。

因为你是在为一部已经存在的剧集写投销剧本,所以就不必再重新介绍人物和基本情节设定了,不过你要在开场戏(或开场叙事段落)里设置问题,它将是你这一集故事的主要驱动力。这一部分我们称为引子(the teaser),因为它出现在第一次商业广告插播之前,目的是吸引观众把这集看下去。

一小时片长的剧集会使用引子来设置问题。比如在警察剧中,观众在开场就会知道发生了什么案件或者谁失踪了。

在情景喜剧中,引子〔有时又被称为"冷开场"(cold open),如何称呼视具体剧而定〕一般有两种,一种是直接讲述主故事的开端,另一种是一场简短、幽默的独立戏,与接下来的主故事无关。如果是第二种情况的话,就要考虑用场 A 来作为故事的第一场戏,并在这场戏里引入你的故事设定(story setup)①。

紧接着"噢"出现的是"故事为何发生在今天",有时候这两者甚至是合为一体的,它既可能出现在片头,也可能出现在片头后的第一场戏中。

仔细研究对样本剧集所做的分析,你会发现故事的建置其实是非常程式化的。它可以非常特定,比如像《寻人密探组》每一集片头结束处的消失特效,也可能是松散的,像第一场戏末尾事情就那样发生了。不管怎样,你都要和那部剧做得一模一样。如

---

① 在《人人都爱雷蒙德》里这两种情况都出现过,即有些集的引子直接进入故事,有些集的引子则是独立序幕。很多时候我们都写了独立于主故事的开场戏,但往往最后又删掉了。这通常是基于时长考虑。如果这集故事比较长,那我们就通过把独立片头砍掉的方式删减掉一两分钟的戏,然后把场 A 的开端提上来作为新的引子。

果故事建置发生在你研究的每集剧本中同样的页数上，那么在你的剧本中也得出现在同样的位置。这就是你勤奋钻研的回报。归纳样本剧本的格式范围规律并严格遵循这些程序。

　　一定要参考你的研究数字，了解你需要遵循的其他方面，比如：场A通常有多长？哪个角色永远出现在这场戏里？哪个角色常常出现在这场戏里？并不是要让你去拷贝一集戏，而是去找出所有剧集都遵循的某些要素模式，它会在你建构剧本分场的时候对你进行指导。所以说，样本剧本就是帮助你创作的最好专家。

✎ 场景设定

　　如果你在大纲创作阶段已经专注于故事节拍，并且不得不抑制住自己忍不住想设计出具体场景的冲动的话，那么现在就是你充分发挥富有创造性想象力的时候了，你要去思考角色的动作发生在哪里（Where are we？）。

　　不要满足于你第一个想到的场景。想象一下如果相同的动作发生在其他场景会如何。这样比较后，如果新的场景效果不好，你还可以回到最初的选择上。一个平凡的动作要是能发生在一个令人意想不到的场景下，它会为你这场戏平添魅力。有趣的场景并不一定就得是古怪或蛮荒之地。以两个人在咖啡馆里尴尬偶遇的一场戏为例，要是把场景换成教堂的告解室，效果就会立刻变得不一样。尴尬偶遇，这是一个普通的动作；教堂的告解室，这也不算一个多么奇特的场景，可是这两者结合在一起就产生了奇特的效果，增加了这场戏的戏剧张力。

诚然，投销剧本已经被对应的电视剧集限定了若干固定的场景，但这并不意味着你不能创造性地运用这些已有的场景。假如我们要写这么一场戏，莱内特指责汤姆在派对结束后不帮她打扫收拾，这个场景该如何设定？厨房应该是最容易想到的地方。但如果莱内特一直压着火，直到两人躺在床上才开始爆发呢？故事节拍是一样的，卧室也同样是固定场景，但这场戏却会变得有趣得多。它的风险得到了强化，因为汤姆很可能正想跟太太亲热呢，可是等待他的却是对方劈头盖脸的一顿臭骂。记住一定要让新场景对一场戏产生某种作用，否则干吗要去那里呢？

它也可以以另一种方式对你产生作用。由于你需要节约使用单集新场景①数（查阅你的研究表格，看看你要写的剧中的每一集通常有多少场景），如果已经使用了过多外景，就要考虑重新把动作设置在已有的固定场景中。

《减肥计划》初稿中有两场戏设置在了雷和黛布拉的卧室里，一处是片头，另一处是一场深夜戏，写雷和黛布拉在卧室里听到外面有动静，然后雷出去查看，发现玛丽在厨房偷吃他从餐厅点的感恩节大餐。

即使雷和黛布拉的卧室是一个经常出现的固定场景，但并非

---

① 单集场景（swing set），编剧术语，指任何新场景。参见"美剧圈行话"。

一个常驻摄影棚场景①，再加上拍摄的那一周我们摄影棚没有空间再搭建这间卧室了，所以我们就把片头重新设置在起居室里，并将深夜卧室那场戏完全删掉了。把片头场景改为起居室这完全没有问题，而替代深夜卧室戏的是直接表现雷摸着黑下楼，手持棒球棍大喊谁在屋里。

场景的实用性可以促使剧本更紧凑。我们不需要卧室场景来设置小偷的情境，只用了一句台词和一个动作就完成了剧作功能，而这显然比前者好多了。

一场戏的结构

场是你用来建造故事大厦的砖。正如故事一样，一场戏也需要叙事结构。没错，每一场戏里都需要具备三个相互关联的要素。

（1）**建置**。即开端。

（2）**能量开关**（power switch）。即中段。这是这场戏的转折点。就像故事中的转折点一样，你的每场戏也应该有一个转折点，我将它称为"能量开关"。

（3）**箭头**（arrow）。即结尾。这一要素会把你拉到下一场戏。

---

① 常驻摄影棚场景（standing set）指的是每部剧中都会永久设置并使用的场景。固定场景（regular set）则是那些已经制成的经常使用的场景，但它们只有在有拍摄需要的时候才搭建，平时是保存在道具库里的。多机拍摄剧集的经济性依赖于一集中所有内容都必须在一晚上拍完。所有场景必须搭好并随时预备更替，这样设置在移动轨道上的多台摄影机就能快速完成换景拍摄。在拍摄之夜，根本没有时间拆景再搭景，而一个摄影棚能容纳的场景数非常有限，这就是剧本中对场景数有限制的原因，即使是固定场景数也有所限制。

在你每一场戏的叙事描述中都应该包含它们。如果你愿意的话，还可以把这些要素列成一个类似迷你节拍表的表格，然后再把它转换成表现节拍是如何发生的特定叙事描述。

✎ 建　置

遵照与整个故事发展相同的模式，一场戏的开头就是你的建置部分。在这里你可以向自己问那个老问题："故事为何发生在今天？"如果你能把这点说明白，这场戏会变得更清晰。

✎ 能量开关

在一场戏的中间部分是"能量开关"，它名副其实。假如这场戏开始时你的主人公处于一种掌控局面的状态，那么这里就要发生一些事件，令他在这场戏的结尾失去平衡。相反地，如果一场戏开始于他的某种沮丧，那么结束时他就应该获得一些满足。在一场戏的这一部分中，你的中心角色或者赢得了什么，或者失去了什么；假如他在这场戏中获得胜利，那么很可能在接下来的一场戏中将失败。

举例来说，如果你的主人公是一名警探并且在一场戏的开头抓住了嫌疑人，那么他在这场戏的开场时是掌控局面的。但通过审讯他发现嫌疑人其实是无辜的，是他自己抓错了人，那么在这个过程中他的能量就减少了。

✎ 箭 头

每场戏都应该有一个强有力的理由导向下一场戏。我们期待看到失去了能量的主人公满血回归；或者期待看到获得了能量的主人公能一直保持下去。这就是一直抓住观众的东西，也是每一部电视剧必不可少的元素。你应该自己弄清楚每场戏的箭头是什么。你对这个箭头是什么越清晰，就越能在写对白的时候将其体现出来。

✎ 副线故事

在剧本大纲中你应着力于表现中心主人公的主线故事（A 故事）。如果你的这集剧本中使用了副线故事（B story，B 故事），那么在分场大纲中就该好好发展它们。有些电视剧会从场 B[①] 开始讲述副线 B 故事，而有些则从场 A 就开始讲了。至于你的剧本应该选择哪种方式，请参照你对样本剧本的研究，必须和它保持一致。

当你的一场戏中包含 B 故事的某个点时，就以这个点为开头。因为 A 故事的点显然更重要，你想用它来贯穿这场戏。设想如果把 B 故事的元素放在 A 故事之后的话，就会显得头重脚轻而且让

[①] 当我刚开始写电视剧的时候，我以为之所以称其为"场 B"，就是因为 B 故事都是从这里开始写的。后来我才发现原来有些 B 故事其实从场 A 就开始了，而有些剧集甚至只有主线而根本就没有副线 B 故事，直到那时我才意识到场 B 和 B 故事是没有逻辑联系的。

主线停滞。这样不但不能更好地辅助主线，反而形成了阻碍[①]。

✏ 练习——跷跷板

把你的分场大纲提炼成只有场标和本场概要的形式。然后画一个简单的跷跷板图。把你的中心人物（CC）放在跷跷板的一边，另一边放其他人物（O）。看看一场戏开始的时候他们的位置是什么，结束的时候又变成了什么。

如果开场时你的中心人物正因某事沮丧或生气，那么你的跷跷板看起来应该是这样的：

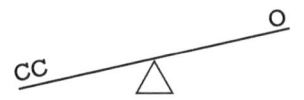

如果你的中心人物在这场戏中获得了某种满足，那么结尾时跷跷板就会变成这样：

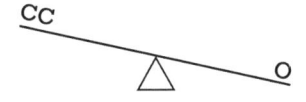

你的中心人物获得了正能量。

如果你的中心人物在开场时不好不坏，那么跷跷板是这样的：

[①] 上文提到的"辅助"（supporting）和"阻碍"（holding up）在大多数时候指同一个意思，但在剧作术语中它们却截然相反。语言真是很有趣，不是吗？

```
      CC _____ O
           △
```

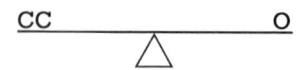

要是他从这样的开头走下坡路，最终失去了什么或者陷入沮丧，那么这场戏的结尾就该是这样：

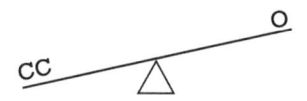

```
              O
      CC _____
           △
```

你的人物丧失了能量，但对于你的故事来说这样的走势是对的。

然而你可以看着这张图再想一想，能否在这场戏开始的时候把中心人物的能量再提升一些，这样到结尾时他的落差就会更大（失去更多）。

如果你的跷跷板在一场戏开场的时候是这样：

```
      CC _____ O
           △
```

而结束的时候依然是这样：

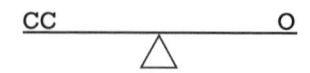

```
      CC _____ O
           △
```

那么你最好对这场戏做些修改，并且你应该知道从哪里下手：

问一下自己能不能把人物开场的处境改得更极端一些，让他在开场时要么更兴高采烈，要么更低沉。

如果用这种方法梳理完整个分场大纲，你就能得到一个即时的视觉化剧作指南，可以很容易地追踪你的角色朝着他的目标前进的旅程中的文字起伏。如果你发现人物在很多场戏的开场都处于一个不好不坏的中立状态，那么这就显示出你的人物对某个事件不太关心。现在你必须自问："为什么我要关心这件事？"强制自己深入思考这个问题。当你找到答案的时候，就有了可以赋予人物的东西。

如果你发现中心人物在很多场戏的结尾都是状态上行的，那么就表明任务对他来说太容易了。为什么会这样？你能加强对他的阻碍吗？或者能否给他设计一个情感问题，令他去做某事时更困难，对于观众来说更有趣、更有参与感？他的恐惧会更强烈吗？这个问题不一定更大，但对他（或作为编剧的你）更真实。你也不必非得从他过去的心理阴影中挖掘，不妨把眼光放在他正在遇到的问题上。

《实习医生格蕾》中有一整个副线故事写克里斯蒂娜害怕向另一位医生道歉。这件事对她来说非常艰难，而我们不需要追溯她的童年来寻找原因。对于我们而言，它已经足够吸引我们去看她的这种恐惧是如何影响他当下的生活的，我们看到了她的抗拒和挣扎，并且我们觉得真实可信。我们不必知道所有前史故事就能理解这事对她来说确实太难了。

如果你的人物在多场戏的结尾都是下行状态，那么又是什么令他百折不挠地追求目标呢？他需要一些成功的鼓舞，并使故事推进下去。这样你就把握住了一个吸引观众的悬念——是否他又会失败呢？在剧情片中这个悬念可能令人感到恐惧，但在喜剧中它有可能非常有趣。

✏️ 时间是现在时

在分场大纲中总是用现在式时态叙事，这是一条准则。无论是被阅读还是被拍摄（希望有这么一天），你的剧本写的都是正在发生的事情。

我不会这么写：

> 弗兰克打开门之后，快递小哥送来了一个装着外卖食品的大盒子。

我会写：

> 弗兰克打开门，看见快递小哥抱着一个装着外卖食品的大盒子站在门口。

没有任何发生在过去的事可以在当下的场景中被拍摄出来。如果你在为《寻人密探组》或《灵媒缉凶》写投销剧本，那么确实有些戏是闪回的方式，但当你在场标[①]上注明这是场闪回戏之后，还是要用现在时态描写动作。闪回的要点就是回到过去，去看那时正在发生的事。

[①] 它看起来是这样的："内景　汽车旅馆房间　日　闪回"（INT — MOTEL ROOM — DAY — FLASHBACK）。

同样，不要写将来会发生的事情，哪怕是 30 秒后发生的动作，也要把它用正在发生的方式来写。

举例来说，不要这样写：

> 乔将收到一封揭示他一直寻找的医生名字的信。

没发生的事先别急着写。在这场戏中你只需写下：

> 乔在快要绝望的时候得到了那封信。

下一场戏你再写：

> 乔在读信。他在信中看到了那个杀害他妻子的医生的名字。

那么你的分场大纲该写多长呢？这是一个写作风格的问题。对我来说精炼最好，因为我喜欢用分场大纲来纵览剧本全局。不过，有些掌剧人会希望你在写剧本初稿之前提交一份越详细越好的分场大纲；但现在你在写投销剧本，所以你自己拿主意就行。

不少编剧会在分场大纲里就写出对白。这也不能算错，但我建议你尽量不要这样做，理由和我不建议你在剧本大纲中写出台词一样。比如写笑话，你的工作量可能会翻番。如果你在分场大纲中设计了一个笑话，肯定会很想把它写出来，而写一个笑话往往会导致做作的动作和生硬的对白。喜剧其实是应该通过人物的发展、挫折的升级以及困窘处境营造而来的。因此，从发展的戏中自然流淌出来的笑话会更好笑，我向你保证。

这里有一个特例，一个非常重要的特例。如果掌剧人专门给你一个笑话或一段对白台词让你写进剧本，那么你就必须在分场大纲中用到它！你的任务就是在日后把它写成对白的时候让它非常自然。我知道这不容易，但它能令你在行政制片人心里的价值得到提升。

而写你自己做主的投销剧本分场大纲时，对自己好一点：不要写笑话和对白。

✎ 反馈

当你相信自己已经完成了一个有效的分场大纲，这时候就该把它拿给别人看看并听取反馈意见了。请保证送出去的大纲是符合专业标准的文件。不要使用手写版本，不要有错别字和不正确的标点符号，也不要有任何不符合标准剧本格式的地方。如果出现这些问题，不仅是不尊重自己作品的表现，而且也很不尊重抽出时间来看剧本的审读者。

你该把写好的分场大纲交给谁看呢？可以是你喜欢的作品的编剧；也可以是那些聪明又足够关心你的朋友，他们会给你中肯的建议；如果能找到专业剧本顾问就更好了，他的反馈和支持对你更有帮助。

无论在哪一个写作阶段，当你把稿子拿给别人看的时候，期

> 上帝救我脱离那些业余人士。他们根本不知道自己在读什么，而更严重的不止于此。他们会立刻开始改写起来。

> 我就知道是这样。从来没变过……他们有无知的权力并且这就是你根本无法与之对抗的。
>
> ——约翰·斯坦贝克，美国著名作家，诺贝尔文学奖获得者

待的应该只是他们的反应而不是解决方案。别人向你的故事提供的 99% 的解决方案都会是程式化的，你根本不需要它们。

你应该多方面听取意见。如果有一个人读后觉得不明白某处，那可能是他自己的问题；但如果三个人都指出同样的地方令他们感到困惑，那你就要仔细检查并修改这一叙事节拍。

当你得到反馈时，要做的就是倾听，仅仅倾听。不要解释，不要辩解。如果他们不明白其中某些东西，向他们解释并不能帮助你提高分场大纲的质量，这就是这个过程的痛苦所在。把你写的东西给别人看并听取反馈的目的不是要赢得赞同（如果得到赞同当然很好，我也希望越多越好，它将鼓舞你的士气，让你继续创作），而是要找出故事在什么地方出了问题并且去修复它。所以，去倾听吧。

✏ 改写

现在你该着手改写分场大纲了。和改写剧本大纲时的方法一样，通过找到大纲中"说""试图""决定"这些避坑信号，你就能锁定修改范围。这些我们都做过练习，你该知道怎么做了。这也是个机会，让你去抓住那些在剧本大纲阶段没有触及的领域，

或者有些已触及的部分可以更深入地推敲。这当然是一件繁重的工作，不过你现在把它解决，总比日后写剧本忙于台词和动作细节时再做要轻松。所以，现在就去做吧。等到写初稿的阶段，如果你有更好的想法，还可以再修改。

把你做过的样本剧本调研表拿出来，把这个分析了电视剧内容的表格和你自己写的东西比较看看。如果你看到某个元素没有体现在大纲中，那么现在就去修正，把它补充进去。

做好连锁反应的准备。如果你改动了某处，很可能还得在其他地方做一些相应修改。这是重点。你的故事是一个整体，所有故事节拍都应该完全地连在一起。你或许听说过科学家们用来说明自然界中事物相互关联的"蝴蝶效应"。它得名于此——假如地球上某处有一只蝴蝶在扇动翅膀，那么这个动作引发的一系列连锁反应最终将导致地球上另一处发生龙卷风。我认为改剧本就是作家的蝴蝶效应。

考虑到这一点你就会发现，故事中存在问题的地方并不一定就是你要解决它的地方。很多时候我们都没有办法解决后面某场戏中的问题，直到回到第一场戏的建置部分，但是我们往往不知道这一点，直到冒着风险把它写在纸上，这样我们才能看到这场戏是行不通的。

我鼓励你在分场大纲阶段把故事的主要问题都解决掉，但同时也要提醒你陷入完美主义的危险。要让你的故事运转起来，这无可非议，但不要停滞在这一步上。你没有必要追求完美，也不可能完美，因为世上根本没有"完美"的故事。

如果到目前为止你一直遵循着剧本的创作规范，并且写出了令目标读者有所触动的一系列故事节拍,那么你就已经拥有了一个好的分场大纲,可以继续往下走了。把整个过程都做完,这点很重要。

那么……开始写剧本初稿吧!

13 剧本初稿

> 现在终于到我开始写书的时候了……我甚至必须把一定要写本好书的念头都抛掉。这些想法只应出现在动笔前的筹划阶段。一旦开始写作，除了写作本身，不该有任何其他杂念。
>
> ——约翰·斯坦贝克

现在你要准备好开始写对白了！！这恐怕是吸引你去写投销剧本的最大动因。而现在你进行到这一阶段了，你的角色要开口说话了！在此之前，你在剧本大纲和分场大纲中精心构建了角色们的动机、目的和动作而没有展现他们的对白，那么现在就是让他们把话都说出来的时候了，把对白写出来吧。

✏ 格式

你现在要着手写一版粗略的初稿剧本了。虽说粗略，但你仍然得遵循正确的写作格式。如果不按格式随性去写，那么任何一稿电视剧本的草稿都是毫无意义的。

如果你使用写作软件如 Final Draft 或 Movie Magic Screenwriter 来写剧本的话，它们会向你提供很多种不同风格样式的电视剧本写作模版。如果你在写的剧正好符合软件菜单上某个样式，那再好不过。但你还是要去核对一下样本剧本调研报告。我说过很多遍，你在写投销剧本过程中精确化格式的最佳指南就是电视剧的样本剧本。①

✎ 废话剧情提示

你会在第一场戏中不可避免地设置剧情提示（exposition）。剧情提示向观众提供信息，帮助他们理解为什么会发生以下故事。大多数情况下，"故事为何发生在今天"这个元素就是在剧情提示这部分展现的。

剧情提示是你这集故事的背景，所以往往是发生在过去的内容，而当你用现在时态回溯它的时候就不免会显得相当笨拙。笨拙的剧情提示通常有如下特点：

▶ 在一句话中出现不止一个名字，如"莎伦告诉保罗去比萨店找我"。
▶ 以"请记住……"或同样意思的"别忘了……"开头的

---

① 书页的比例和剧本页面比例不尽相同，因此本书中所示对白只是近似于标准格式，而不能作为精确指南。最好从"附录III：相关资源"中找一本经典格式的剧本书作为参考。

句子，如"请记住，今晚我们必须去保罗和莎伦那里"。
- 以"我告诉过你……"开头的句子，如"我告诉过你，今晚不能跟你一起去，因为我得去参加莎伦和保罗的周年纪念派对"，或者把问题搞得更复杂："请记住，我告诉过你我没法跟你一起去，因为……"
- 一个长长的复句里面包含太多信息，根本没人能记住，比如"今晚我没有做饭，是因为我们要去见你的兄弟保罗和他的新女友莎伦，我们约在比萨店，为庆祝他们相识一个月纪念日。我们必须在五分钟内出发，否则就要迟到了，你知道的，保罗最恨别人迟到了，我们可别踩他这个雷"。

我是有些夸大了，但并没有太过分。我总能看到这样的剧本。倘若你仔细检查自己的剧本，恐怕也能从中找到几处。我把这样的对白视为废话剧情提示（exposition truck）。我几乎可以听到伴随这些对白响起的独特警报声，紧接着就会有大量剧情提示"倾泻"在这场戏当中。去看任何一部电视剧，你都能听到许多类似的话，而且从现在开始你会时时刻刻听到它。

当然，这也不是绝对错误。编剧们这么写是因为不用太费脑子，尤其是在火急火燎被催稿的时候。但是你在写投销剧本时应该做得更好，而且我相信你能行。

规避废话剧情提示的八种途径

- 把交代信息藏在笑话里。幽默是最好的掩饰物。

- **在角色交代信息时,赋予他们一种情感态度。**你可以用愤怒的态度说很多事,但如果平铺直叙的话就会显得很沉闷。

接下来看一个来自《减肥计划》中的例子,看看如何综合使用这两种技巧。

> 雷
> 你们为什么在吃假鸡蛋?
>
> 玛丽
> 因为你爸的胆固醇高得可怕,我们昨天去做了检查。
>
> 弗兰克
> 我的比你低。
>
> 玛丽
> 就低一个点好不好!
>
> 弗兰克
> 那我还是会活得比你长一点。
>
> 玛丽
> 噢!是说长 30 秒吗?
>
> 弗兰克
> 该活多久我就活多久。

> 雷
> 嘿,罗密欧和朱丽叶,我就是过来借个垃圾袋。

- ▶ **把信息融在后面的戏里。**也许观众没必要一上来就知道所有信息。你可以延后再交代某些信息吗?也许在后面某处交代会更有效果和表现力;或许你会发现根本用不上它了,然后你就可以……
- ▶ **丢掉这些信息。**观众实际上需要的背景信息并没有你认为的那样多。
- ▶ **把时间设定为现在。**不要让你的角色提醒另一个人她曾经告诉过他什么,而是设定现在说这话的时候是她第一次告诉他,这会使这个时刻变得生动起来。另外一个可以把"记得我曾经告诉过你"句式的对白改为现在时态的有效手段是,让你的角色们记起不同的内容,然后让他们就为什么这么记得而争吵,而具体内容就是你想让观众知道的那些信息。
- ▶ **为你的角色传递信息制造困难。**对你来说该怎么做?也许可以设置让角色甲担心角色乙得知此事后的反应,这就增加了这场戏的张力并能在剧情提示呈现时表现得更有活力。

在《减肥计划》中,让黛布拉开口承认她父母在感恩节离开她的真相是很难的。这里面有很多相对不重要的细节,要是交代起来的话会冗长而无趣。但是当它们被设计进对白以后，对白更像呈现夫妻间富有动态的情感，而不仅仅是交代信息。这很有趣，并且常常会是意外收获。

> **雷**
> 你父母是怎么离开的？
>
> **黛布拉**
> 他们打算去别的国家。
>
> **雷**
> 什么？谁会在感恩节离开美国？他们可真是太……不感恩了。
>
> **黛布拉**
> 别这么品头论足。他们就是喜欢旅行和去世界各地看看。别因为你爸妈没出过远门就……
>
> **雷**
> 行吧，那他们去哪儿了？
>
> **黛布拉**
> （非常安静地）
> 他们……去了海外。
>
> **雷**
> 什么？去海外哪里？

> **黛布拉**
> 没什么。他们就是去海外了。
>
> **雷**
> 告诉我去了哪儿。
>
> **黛布拉**
> 这不重要。而且你别一直拿这事寻开心。
>
> **雷**
> 我不会拿这事寻开心。他们感恩节到底去了哪里?
>
> 长时间的停顿……
>
> **黛布拉**
> 土耳其①。

- **给角色设置一些更紧急的其他任务。** 例如:梅雷迪斯一边为颈部受伤喷血的病人止血,一边向护士简明扼要讲解病情。紧张环境的设置可以帮助你发现那些根本不需要的冗余戏,并且令观众在接受剧情提示信息的同时也能被某事吸引。顺便说一句,很多沉闷对白问题的出现都是因为在分场大纲中写出"她说出……"这样的陈述。或许你已经解决这个问题了。

---

① 在英文里,"土耳其"与用于感恩节大餐的"火鸡"是同一单词。——译注

- **增加角色的深度**。即使必须写像《法律与秩序》或《犯罪现场调查》剧本中那样高度剧情说明性的对白,你也可以用观察犀利的寥寥数句台词来增加角色的维度。

下面是一段从一件真实伤害诉讼案的证词笔录中逐字摘取的对白。法官正在按惯例向原告老妇人提问。

> 问:在您摔倒后,那三个工人是最早过来帮助您的人吗?
> 答:是的。
> 问:那天您穿了什么样的鞋?
> 答:靴子,普通短靴,菲拉格慕牌的。

菲拉格慕是一家意大利奢侈鞋品牌公司。这一个词就能表明身份对于她而言多重要。在稍后的证词中,法官这样问道:

> 问:您有没有在您摔倒的那个路口拍下任何照片?
> 答:没有。
> 问:有其他人代表您在那儿帮忙拍下任何照片吗?
> 答:我丈夫就是摄影师。
> 问:是吗?
> 答:是。他在全世界都很有名。

妇人并没有正面回答法官的问题,而是借机以自己的名人丈夫之名再次向法官彰显自己的身份。接着,法官向她问询摔倒后的医治过程:

> 问:您的右肩一直伤势未愈,行动困难,所以六月份又回到罗斯福医院再次进行治疗,是这样吗?

答：没错，到现在这里还留两个疤呢。我肩膀以前多么漂亮。你知道吗，我曾是个模特，虽然很多年没做了。

她说起伤疤的态度表露出她的虚荣心。在这些问答的过程中，不需要任何沉闷的剧情说明，我们就能看到一些背后的故事和角色的性格定位。

当你必须要写那些传达基本事实的对白时，可以通过一些微小而生动的讲述方式塑造角色的内在生活来增加人物的维度。你的剧本将变得新颖而活泼。

工具箱：规避废话剧情提示

把交代信息藏在笑话里。

在角色交代信息时，赋予他们一种情感态度。

把信息融在后面的戏里。

丢掉这些信息。

把时间设定为现在。

为你的角色传递信息制造困难。

给角色设置一些更紧急的其他任务。

增加角色的深度。

✎ 有力收场

在完成一场戏之前，你还需要在最后做出一个有力的收场（blow），或者称之为收场按键（button）——它是用来结束这场戏的一句台词或一个动作，要给观众出乎意料的一击。它并不一定要多么有冲击性，但至少应该像个句读标点。例如在喜剧中通常用一个有意思的笑话来承上启下，在剧情类作品中可能会用一段音乐"刺痛点"（musical sting）来收场——这是一种代表紧张感的不祥音符，喜剧还会加上一个滑稽的即兴乐段。不用你来挑选音乐，甚至不需要在剧本中标注此处应有音乐，但是作为编剧，你得写出结尾那个笑话或悬疑时刻。你还得把情感内容写进戏里，这样编曲家在后期制作时才好决定采用什么样的音乐。

接下来我们看看《减肥计划》场 A 中的有力收尾。

弗兰克抓起包。

　　　　　　弗兰克
　　谢谢。

他转身要走。

　　　　　　玛丽
　　你要去哪儿？
　　　　　　弗兰克
　　去野餐。

他从桌上拿起一只叉子，然后向客厅走去。

　　　　　弗兰克（继续）
　（指向玛丽）
　旧包不去，（提起包）新包不来。

这是个笑点很强的笑话，但不是随随便便加上去的，它既符合人物性格，又是建立在这个故事基础上的，同时还总结了整场戏。这是个非常棒的笑话，我真希望是我写出来的，不过讲真话，它其实是在一场吵嚷的创作会上编写出来的。

花一些时间把你的开场戏或开场段落改得更吸引人，但不必太精益求精。千万别想把它做得完美，因为这会浪费你太多时间，并且让写作停滞不前。完成了这一稿后，你会对这个故事有更多了解，并且会希望用这些新发现返回来再去支撑开始的故事设定。

一旦故事设定完成，你就可以像紧紧抓住楼梯扶手一样利用分场大纲开始写剧本了！我发现写这一稿最有效的方法就是飞快地写，一气呵成地写完。有些地方会写得很顺，有些地方却磕磕巴巴，而且不顺的地方可能会很多。但这些都很正常。初稿就应该是这样的。它不必是一个成品，但是可以让你发现哪里行不通，并帮助你进入下一个写作环节。

行业小故事

你可能还记得，我的第一份电视剧编剧工作是为《出租车》写剧本。当我完成了初稿并且开始进入修改阶段时，吉姆·布鲁克斯传授给我一些令我至今都受益的写作指导。我猜他一定注意到我惊讶得下巴都快掉下来了（或许当时他正期待看到我能这样呢），因为每一个故事节拍都被他拆开并重组了。他劝慰我说第一稿都是写成这样的，而我们写初稿的目的就是为了发现它行不通。这真是一句改变人生的箴言。

剧本写作中最艰苦的其实就是写作前的准备阶段。写作真正开始的那一刻——思维转化为本能的那一刻——可能会相当不费力气，才思泉涌。你就像那名不停受训的运动员，花了数百小时一直在增强体力和磨炼技能，为的就是在竞技场上一搏。滑冰者飞舞掠过冰面，击球手挥动球棒，拳击手击出重拳，他们都不假思索。这就是现在的你了。对剧本形式和结构的探索、选择和钻研现在已成为你的一部分。构思阶段已经完成，你要开始写剧本了。你会惊讶于自己写下的东西。这难道不是很棒吗？！

> 你不可能同时思考和击球。
>
> ——尤吉·贝拉，著名棒球运动员

14 改写，改写，再改写

把一次都没有重写过的剧本初稿投出去，就跟把你6岁的孩子赤身裸体地送去上学一样。你肯定不会这么做，所以也别这么对待你的剧本。你必须重写（rewrite）剧本。请不要把重写过程与编辑修改相混淆。当然，重写肯定包含部分编辑工作，但最初的几次重写绝对不止调整修饰这么简单，它往往更多涉及重新结构你的剧本。

你可能很难自己找出有问题的地方。又或许你一直感觉哪里不对头，但想不出为什么。这就需要拿给别人看，听听他们的反馈意见。如果之前你一直没有专业指导的话，那么现在恐怕就是你最需要他们的时候了。

正如在分场大纲阶段收到的反馈一样，你不能也不应该指望别人给你提供解决方案。你该期待的是他们帮你发现哪里的情节点不合逻辑或令人费解了，哪里的动作变得乏味了，又或者故事讲到哪里让人感觉冗长或拖沓了。

我很清楚你一定很想和他们解释、争论，甚至对任何人提出的任何质疑你都会很抵触。这很正常。没有一个编剧喜欢被人教训如何提高剧本质量——天呐，那就意味着一大堆修改工作！但不管你有多么不想听意见，你都要去听。

用上你之前已经学会的听取反馈策略，边听边记笔记。当你专注于记录动作的时候，就不会总想着争辩了。

花几天时间（但不要太久，除非你想推倒重来）思考你听到的这些意见和建议。如果你已经放松并且独自冷静下来真正地思考过，就会发现其中有些对你来说很有用，而那些让你依然觉得很扯淡的意见就不用去管了。

重大例外：如果是你雇主提出的意见，那么不管你认为它有多愚蠢，都要照着做。假如你能采纳一个愚蠢的建议并且把它写得还不错，那么你会被雇主重新雇用的。

现在开始处理你的剧本。

在剧本大纲和分场大纲阶段搭建故事结构的那些相同的工具现在对你来说更为有用，因为你会对这个故事和角色们的动作了解更多。你可能会对故事的主题有新的认识，所以要调整一下前提概要。

不要把前提概要完全颠覆成一个新故事。如果你没有把现在故事中的问题修改和解决掉，而是重新换了个故事，那么十有八九你会在新故事中遇到相同的问题。所以，不要把原有的东西完全抛开，而是去修补它。但你不可能同时改好所有问题。一次只集中解决一处问题，然后让这处修改领你去解决下一处问题。

我们在重写剧本大纲和分场大纲时讨论的那些技巧同样适用

于现在，并且又有些新技巧要增加到你的工具箱里。把它们全都试一遍，这样你就能明白它们的功效了。不要期待唾手可得的答案，而是要不停地向自己发问。

✎ 时间合理吗

关于如何使用这些技巧，并没有一个严格的次序，但我更喜欢从检查时间线入手开始改写，因为它具体并易于定位。

你的故事是在一个合适的时间框架下发生的吗？还是说你创造了一个打破物理规律的时间序列？通常剧本中发生的时间方面的小毛病，都是因为编剧想制造一些情况，然后就直接去写了，而忽略了现实性。这样的问题出现在初稿中很正常，但在修改稿中就要把它们放回到现实世界，看看哪里出了问题，然后有针对性地调整你的故事。理顺时间线会让你的故事更容易理解，并且往往会使它更有趣。

你是不是花了太多时间去讲述某段情节？检查你写的这一段戏，看看能否通过删掉某些戏，或者把一系列动作压缩进一场戏里来加快叙事节奏。

假设你正在写《盾牌》(*The Shield*)的投销剧本，想表现维克在接受一项紧急任务的这天上班迟到了。你先用一场戏描述他急急忙忙离开公寓；又用一场戏写他冲进自己的车里；再用一场戏写伴随着刺耳的刹车声，他把车停进车位；接下来一场戏写他和同事打招呼；最后一场戏写他冲到办公桌前，一名警察正带着一项紧急任务在那里焦急地等着他。这段戏确实能表达你的意图，但交代信息花费太多时间了。怎样才能加快节奏呢？可以把这五场戏合并成两场：维克离开他的公寓；维克到警局，迎面撞见一个急匆匆冲下楼梯的警察，那个警察批评他迟到并把他拉进一辆警车，同时命令他准备一起执行他们的紧急任务。

或者更紧凑地合并成一场戏：维克正在刷牙时，一名警察冲进他的公寓并且以紧急任务之名将他拉出家门。在下一场戏里你就已进入主情节故事了。维克在警车里扣衬衫扣子，那名警察责骂他迟到；这时候一颗子弹击中车窗。这场戏涵盖了所有要交代的信息——维克上班迟到，他接到一个紧急任务，并且已处于危险之中。如此一来，叙事节奏明显加快，而你的读者也沉浸在紧张情节之中！

如果你没有在初稿中先把这么多内容都写出来，就不可能发现其实是可以把所有这些元素压缩到一场戏中的。这就是重写初稿的意义所在。

✎ 更多场景上的改变

现在你对自己的故事有了更多了解，要重新考虑场景设置了。使用我在"分场大纲"章节（第 12 章）中描述过的选取地点的相同处理方法，把场景设置在出人意料的地方以增加戏剧张力。你可能还记得《人人都爱雷蒙德》中的一集，讲述一家人为其中一个孩子在学校写的作文感到焦心的戏时，没有把它处理成发生在家里，而是把这场对抗戏设置在了教堂的牧师办公室里。通过让这家人离开熟悉的家庭场景的处理方法，这场戏增加了问题的严重性,并使所有角色都紧张起来。这一设置提升了冲突风险,又适合该故事,是一个了不起的选择,而且它加剧对抗的方式比仅使用额外场景更合理。

✏️ 对手怎么样

仔细检查你的"天呐,不"这个节拍,毕竟它就是故事展开的地方。你的中心角色在这里遇上了她在整个故事中最难对付的那个人了吗?你让这个角色成为她最有力的竞争对手了吗?他强大到足以让你的中心角色必须全力以赴吗?

必须为你的中心角色设置强大的阻力,否则你的故事就会显得很弱。这又是一个让你梳理对手故事的好机会,就像早些时候我们在介绍剧本大纲改写工具时建议的那样。

在《法律与秩序:特殊受害者》(*Law & Order SVU*)中,有一集讲述警探本森面对自己儿时遭受性侵的痛苦感受的故事。这集案件中的罪犯同样在儿时遭遇过性侵,罪犯律师以此为借口声称他的暴力行径情有可原。这为警探本森在处理这个案子时设置了巨大的情感风险,令她质疑自己成为警察的原因。通过创造这样一个强大对手——折射出本森自己生活中最受困扰方面的罪犯——编剧能够使主题戏剧化,并为警探本森设置了一个真正有意义的对抗。

在对抗戏中,最常见的弱点是事情太容易被解决了。你是否回避了一些情绪化的时刻?是否需要在这里"走出动作"(to step

out the action）①？又或者你存在的问题是否恰恰相反？因为有时候编剧会过度诠释情绪。你有没有这样做呢？过多或过少描写情绪会产生同样的效果，在戏剧性方面它们都会减损此刻充沛的情感冲击。你可以让角色哭，甚至你自己都会感动落泪，可是你的观众呢？没错，他们如何反应才是真正重要的。

✏️ 回到开头

现在你已经知道"天呐，不"这一大叙事段是如何完成的，那么是时候回到开场戏了。现在可以加强你的故事建置，令其包含合适的铺垫和更多动机。这是非常重要的一步。很多时候结尾的某个问题需要在开场的故事建置中解决，而只有写到结尾时你才会发现这一点。

✏️ 正中下怀的台词

你剧本中是不是写了一些平铺直叙、意图显而易见的对白？这里有一些方法可以帮你让对白生动起来。

问问你自己："当角色对另一个人说出这句台词的时候，他会期待对方有何反应？"他完全得到了自己想要的反应吗？如果的确如此，那么你就会发现为什么你的对白是平铺直叙或"正中下怀"（on the nose）的。在现实生活中，我们几乎从来不可能完全得到

---

① "走出动作"意味着用更多叙事节拍来探索情感冲动的时刻。

如我们所愿的反应,可是在剧本中角色却经常如此。这就是你的读者会觉得完全不出所料的原因。所以,改掉这样的对白吧。

我们虚构一场情景喜剧的戏:

> 内景　卧室　日
> 莉莉在画眼妆。马歇尔光着脚在周围跳着。
>
> 　　　　　马歇尔
> 　　看见我的袜子了吗?
>
> 　　　　　莉莉
> 　　就在你丢掉的地方。篮子边,窝成
> 　　一团。

这场戏中有什么?有态度:马歇尔的沮丧和寻找。他问了一个问题,希望得到能结束寻找的信息,而莉莉用他需要的信息回答了他。我们把台词改一些,让莉莉不要给他一个轻而易举的答案。

> 内景　卧室　日
> 莉莉在画眼妆。马歇尔光着脚在周围跳着。
>
> 　　　　　马歇尔
> 　　看见我的袜子了吗?

> 莉莉
> 你不用穿袜子。

哇！他根本没想到是这样的回答。

> 马歇尔
> 呀，噢呜，我要穿！这地面真他妈冷。
>
> 莉莉啪的一声合上睫毛膏走出房间。
> 马歇尔跳着终于在篮子边找到了窝成一团的袜子。

那么现在我们在这场戏中得知了什么？我们知道态度更加尖锐并且出乎意料。马歇尔的提问没有得到答案，得到的却是一场争吵。我读到这儿，就知道这对夫妇有一场山雨欲来的风暴。太棒了，我会忍不住读下去。

当你的角色得到了一些他未曾预料的东西，即使是很小的东西，都会让他变得更活跃。他失衡了，他得调整，他必须改变策略。这就是情绪动作，这样的情绪动作会令观众兴奋。当这样的台词设计以数十种细小微妙的方式不断出现在对白中，你的对白就会栩栩如生，人物也会跃然纸上。

✏️ 尝试一下谎言

现实生活中，人们很少怎么想就怎么说，几乎一直在以某种方式隐藏自己的真实情感和动机。他们常常口是心非，不仅骗别人，而且也经常自我欺骗。问自己："为什么真相会令角色难堪？他在竭力控制的是什么感情？"人们会为了避免尴尬而隐藏真相，为了推卸责任而扭曲真相，为了逃避罪责而掩盖真相。他们言不由衷地赞许别人；心里明明想留下来，嘴上却答应会去；洞悉一切却说自己一无所知。这些都是各种形式的谎言，也是人类真实交往的表现。如果让你的角色撒一些谎，那么你会获得更迷人的对白。可以去看看《黑道家族》(*The Sopranos*)，这部剧是角色间互相撒谎的经典范例。当然，这也是让这部剧的对白真实生动、让整个系列精彩难忘的众多原因之一。

✏️ 时间顺序 vs 内在逻辑顺序

当人们彼此对白的时候，没必要按照从头到尾的时间顺序进行。这样就太整齐平顺了，会很无趣。如果你有一个与角色相关的非常长的故事，那么直接切到故事的高潮，然后让角色填充相关细节就好，不必严格拘泥于时间顺序。这会令你的对白生动起来，并且可能更简短。

✎ 逃 避

人们常常嘴上说着一件事,其实是在逃避他们脑子里真正在想的另一件事。他们在逃避什么?为什么要这么做?他们害怕什么?尽管他们竭力掩饰,但真相又是怎样露出蛛丝马迹的?

对白除了承载信息,也需要承载"情感包袱"(emotional baggage)。如果你希望通过对白让观众得到某些信息,那么试试看能否用一种视觉化的方式传递同样的内容。例如,你的角色原来是直接说出"准确"的台词:

> 莫莉
> 要去见你妈妈,但我真的很焦虑。

我们改成让她用动作来掩饰自己说出的话。

> 莫莉
> 我真是迫不及待想见到你妈妈。
>
> 莫莉不停摆弄着腿上那根巧克力礼盒的丝带。

不需要沉闷的剧情说明文字,我们也能看出她为了给对方的妈妈留下一个初次见面的好印象而十分焦虑。

✎ 省 语

你可以通过角色间对白的省略程度来传递他们之间的亲疏关系。亲近者之间的对白常常用省语。下面是一些过度对白的例子:

内景　马克斯办公室　日

马克斯在文件柜里乱翻。马拉走进来,她穿着一件精心裁剪并且露出一大片乳沟的西服。

　　　　　　马克斯
　　我让你去本森那里拿的钱,你拿
　　了吗?

　　　　　　马拉
　　是的,我当然拿了,我能从那个混
　　蛋那里拿到我想要的任何东西。

　　　　　　马克斯
　　好啊!简直太棒了。我就知道你是
　　我该派出的最佳人选。

这对白听起来很呆板,是不是?包含了过多信息,但情绪不足。如果改成这样:

> 内景　马克斯办公室　日
>
> 马克斯在文件柜里乱翻。马拉走进来,她穿着一件精心裁剪并且露出一大片乳沟的西服。她提着一个公文包。
>
> 　　　　　马克斯
> 　怎么样?
>
> 马拉皱着眉耸了耸肩。马克斯转过身,用拳头砸在墙上。
>
> 　　　　　马克斯
> 　干!

显然,这是一部有线电视台的剧。

> 马拉把包往桌上一摔,打开锁扣。她从包里抓出厚厚一捆钞票,用力扔向马克斯的后脑。
>
> 　　　　　马克斯
> 　嘿,你……
>
> 马克斯转过身,怒不可遏,然后他看见了砸到他的东西。马拉得意洋洋地对着他笑。
> 马克斯捡起这捆钱,跳到马拉面前熊抱她,大笑起来。
>
> 　　　　　马克斯
> 　正点!

几乎没用什么台词，却传递了同样的信息，而且这种方式更生动快捷，我们更清楚地了解了他们两人的关系。

🖉 角色的标志性台词

有些角色会有经常说的台词或口头禅，每次他们出现的时候，观众都期待他们说出来。观众会纯粹因为太熟悉了而不由自主发笑。不过在投销剧本中过度使用标志性台词（signature character lines），却是一种很无聊并且很常见的毛病。假如你有一个角色有一句标志性台词，那么花点心力认真研究一下这句台词在样本电视剧中出现的频率，结果恐怕总是比你预想的要少。在你的剧本中就用一次吧，这已经足够了。

🖉 把名字去掉

你在一句话中有多少次提到某人的名字（指的是你在对他说话，而不是谈论他）？一定远远少于剧本中角色说的频率。我是在为《教练》的创剧人兼行政制片人巴里·肯普（Barry Kemp）工作时学习到这点的。真的是从他那儿偷听来的。

有一回有个人（好吧，就是我）在剧本中这样写：

> **卢瑟**
> 海登，你要去哪里？
>
> **海登**
> 我要去好好看一看那部游戏电影，
> 卢瑟。

巴里读到这里并没有嚷嚷，他只是举起双手说道："屋子里就他们两个人，他们都知道自己在冲谁说话！观众也知道他们在冲谁说话！把名字都去掉。"

在你的对白中慎用名字。

✎ 方便的进场和退场

角色的进场需要动机，退场也一样，而且必须是出自角色自身的动机。让角色进入一场戏去见证什么，那不是角色的动机，而是你的动机。

动机不一定得是多么大的事，只要能解释为什么他会在那里就行。在《减肥计划》中，我让雷进入场 A 的动机是让他听到玛丽和弗兰克为新食谱争执，但这不是雷的动机。他的动机是去借一个垃圾袋。我们甚至不需要知道他借垃圾袋做什么[①]，但是它给

[①] 在最初的一稿中，我写的是他拿着草耙来借垃圾袋，为的是用垃圾袋装落叶。你懂的，那时候是秋天和感恩节。但我们做完终稿的时候把这个原因删掉了，它是多余的信息，借垃圾袋已经足以解释他为什么进场了。

了雷进场的理由，顺便还让我夹带了一个生活中常惹恼我的"私货"：人们说的是"借"，其实根本没打算还，就像借"舒洁"面巾纸，或者一片阿司匹林。[①]

给你的角色一个进场的理由，这样可以带来超越场景局限的对于现实生活的暗示，并增加一场戏的维度。

同样地，对于角色的退场，你也要重视起来。作为编剧，你可能不需要某个角色自始至终出现在某场戏中，尤其是他完成在那里的剧作功能后，但是你要给他一个退场的理由。是发生了什么尴尬的事情令他急于离开吗？还是说他是一个自我中心的人，他在这里已经得到了想要的，现在还有其他更重要的事迫使他离开？就用一些简单日常的理由吧，但要把它融入这场戏的生活中。不要用角色完成你的戏剧任务后就把他丢下悬崖[②]。

这通常是写次要角色时会出现的问题，因为当你的中心人物离场时通常是在一个故事点上，我们知道他为什么离开以及去了哪里，你将在下一场戏里继续写他。

✏️ 数台词

在电视剧剧本中，对白一般都是简单、快速、紧凑的。通过数台词，你会一目了然。如果一段台词超过四行，它就要引起你的警惕了。要是你实在没办法删减，那就用与另一个角色的对白

[①] 这场戏出现在《减肥计划》剧本的第6页，你可以在我的网站（www.sandlerink.com）上读到。
[②] 除非这是戏剧动作的一部分。辛迪·查帕克和我在写《教练》时有一集就写到海登在滑雪并且真的摔下了悬崖。切到：断腿。

来分解它。

有一些情况下，譬如要揭露某些隐藏动机或中心人物正面对他的对手等重大场面时，你可能有理由去写一段长篇大论的台词，不过它最好属于你的中心人物。

✎ 练习——回去查看表格

现在你已经有一份初稿了，请把你的剧本和样本剧本进行比较。在研究表格上再加一列，把你自己剧本的数据填上去。这就像在照镜子。你不会不照镜子就去参加一个重要会谈或约会，或者你也可能像我一样，去趟杂货店前都要照一下镜子（可能还不止照一次）。我想不出比这更快捷的方法去找出你剧本中需要修改的地方了。

如果你看到表格上剧本长度条目下，样本剧本的页数分别是41页、44页和40页，而你的剧本长度也介于40到44页之间，那么你就在安全范围内。如果你的剧本有45页或更长，那很明显你写多了。你需要通读整个剧本，看看哪些地方可以删减。

你的剧本中是否有偏离故事的对白或笑话？是不是有角色在向其他角色补叙上一场戏中已经发生的事情？又或者是否有大量对白在讨论即将发生的事情，而它将在下一场戏——没错，就是下一场戏——中发生？不仅出于控制剧本长度的需要你要去对剧本进行删减，而且如果你用心去做，它会使你的剧本变得更集中，更不拖泥带水，阅读起来会更流畅。

如果你的剧本只有39页或更少，那么不要只增加台词。看看哪里故事发展不足。按照我们曾经讨论过的，你最好也好好检查一下对手角色，这样可以促进故事进一步发展的可能。

千万不要通过增大及减小页边距或改字体等花招来控制你的剧本页码。在页码上做手脚只会伤害你的剧本。[是的，我承认我做过。而且请相信我，这样做只能让问题拖延。我最后当然不得不回过头去修改剧本，或者更糟的是，有其他人（我老板）帮我去"修改"了。]①

比较你表格上的所有项目。样本剧本中，场A总是比场B和场C更长吗？你的剧本也遵循了这个模式吗？如果你的场B比样本剧本的更长，那你就知道这里该删减了。可能是你在这场戏中想写的东西太多了，也许可以将其中一些故事动作转移到前面或后面的场景中。

如果样本剧本中每场戏大多是半页纸，而你的一场却有两三页之多，那你的写作风格肯定出问题了。你需要重新配置如何讲故事才能符合这部剧的模式。

你的三集样本剧本中的第一场戏都发生在同一个场景吗？如果唯独你的不是这样，最好重新设置你的动作。第二场戏呢？如果三集样本剧本中场景分别是办公室、饭店和家里，那么好了，你就可以为自己的投销剧本做一个选择了。

看一下幕间。你能辨别出一种模式吗？举例来说，警察的办案程序通常会在第一幕结尾时出现一条线索，这将导致在第二幕

---

① 好吧，如果你必须这么做的话，去我的网站（www.sandlerink.com），你能找到一段说明，告诉你如何利用格式软件不起眼地在一页的最后增加一行。你要向我保证只会用一次，而且绝对不会通篇剧本都这么弄！

中找错嫌疑人。如果样本剧本是这样写的，而你的投销剧本却不同，那你就该知道要重新调整剧本的结构了。

我知道这样对照修改很费力，但它能优化你的剧本。这种样式是资深掌剧人创造的，而它是这部剧成功的要素之一，所以利用他的专业优势并把它充分地应用到你的投销剧本中吧。

✎ 剧本第一页

你的剧本格式必须是准确的，参照样本剧本来写。它们很可能是从第一页页面中间开始写的，所以你的剧本也这么写吧。

在你寄出剧本前，微调剧本第一页。

如果你的剧本是一部半小时的喜剧，那么在第一页就该有一个很棒的笑话——一个货真价实的硬核笑话，而不只是有点搞笑。第一页为阅读整部剧本确立基调。如果你不太确信第一个笑话是否足够好，那么请相信你的直觉并且把它变得更好。

如果是一部剧情类的剧，那么第一页就要引人注目。不要描写你的角色一早起床，然后度过例行的一天，要让它是特殊的。这是我最喜欢的一个例子：你知道电影《警网铁金刚》（*Bullitt*）吧，是的，非常老的片子，但假如你没看过，租一盘来看看，你绝对不会后悔。总之，在影片中，史蒂夫·麦奎因（Steve McQueen）独居，他不关心或者根本没时间关注生活细节。我们能立刻得知这些，是因为看到他起床后去冲咖啡，可以看出他真的很需要这杯咖啡，但滤纸用完了，所以他就从溢出的垃圾桶里翻出一张已经用过的滤纸，把里面的湿渣滓倾倒干净后接着用。这是一个常规的早晨场景，但写出来的戏一点都不常规。如果在你剧本的第一页中包含这样细小却引人注意的戏，那么可以确信阅读它的人会翻页接着看下去。这就是你的目标。

　　以上这些工作你全都得做一遍吗？不，你不必每件都做，但如果你做了其中一些，你的剧本会变得更好。你当然不需要每场戏或每次都把它们全用上。灵活运用它们，并且做出适合你剧本的修改。

15 试 读

✏ 大声朗读

当你又完成了一稿修改后,会感觉到自己在进步,剧本变得像那么回事儿,你甚至开始喜欢它了。这很棒!好好享受一下这种感觉并祝贺自己,但是别彻底松懈。接下来要面临十分重大、非常可怕的一步。这不是什么危险,但它会令你恐惧。现在,你要听到你的剧本被大声读出来,还要当着大家的面。试读地点不限,比如你的客厅就可以。

谁读或者谁听都不是特别重要。真正重要的是试读本身。如果你认识一些演员,可以邀请他们来试读你的剧本。他们不必恰好属于剧本中的角色类型,不过我觉得最好还是大致符合性别和年龄范围。几乎我认识的所有演员都对表演有巨大热情,并且愿意拿出时间来做这件事。如果你一个演员都不认识,也没关系,任何一个在公开场合说话不怯场的朋友都可以胜任这个工作。我听说过很多剧本都是由编剧或者由非演员大声朗读的,这同样可以完美达到试读目的。

　　试读是把剧本读给你和你邀请来的一些朋友以及编剧同行们听的。最重要的是它绝对绝对不是读给那些你觉得会对自己的事业有所帮助的人听的。听众中不要有经纪人、制片人、经理人,也不要有任何你希望为其留下深刻印象的大人物。这不是对赞助者的试演,也不是任何形式的宣传手段,而是一种编剧工作方法。这是你写作进程中重要的一大步,但严格意义上仍属于剧本写作阶段的一个发展步骤。试读是公开的,但并非一场表演。假如你令试读背上表演的包袱,就会破坏它本来的意义。试读的目的是要发现那些仍需改进的地方。

　　再没有比在众人面前朗读你的剧本以找出其中的无用之处更有效的了。听众是谁不重要,有多少人听也不重要,哪怕只有一个人陪你听也行。在试读中,你不可避免地要面对一些痛苦的事实。你将听到自己写的一些台词太过火或毫无必要,笑话太无趣或对白太冗长。这一切都将暴露无遗。虽然这肯定会让你难受,但这正是你需要知道的。这也是不让你邀请"大人物"的原因。

　　你还将听到剧本中很多不太合逻辑的东西,会听到角色拙劣的转变,没有足够努力去争取想要的东西,没有给配角充分的动作或动机。

　　请不要自己参与试读一个角色。如果没有足够的演员分读所有角色,一人分饰两角也是可以的。当你写作时,你想诵读多少遍所有角色的台词都可以。但这次试读,除了倾听和记录下剧本中哪些地方出差错了,以及同样重要的哪些地方写得不错之外,你什么都不需要做。

要安排一个人读剧本中的动作描述，这个人同样不能是你自己。你的任务是听。这个人可以是同时负责读某个不重要角色台词的演员。告诉这位朗读者要读每一场的场标（但不要读多机拍摄剧本里场标下括号里的人物列表）。朗读者要大声读出场景指示，例如入场和出场，但是不用读附加说明。附加说明是指角色名字下面写在括号里的说明，它是用来建议演员如何念台词的，例如"（声音轻柔地）"。另外顺便说一下，这类附加说明在剧本中越少越好。与在场的所有演员过一遍这些指示，这样他们就会知道遇到哪个指示该暂停，哪里又该继续往下读。

你不需要搞一次排演。这又不是表演。事实上，一场精彩的表演反而会给你帮倒忙。你应该听这些词在没有经过那些有趣、优秀的演员完美诠释时是什么效果。

你的这部投销剧本将会被经纪人助理们和制片团队的项目开发人员等人阅读。他们可不会在自己脑海里形成什么伟大的表演。他们看到的只有你的文字。这就是你在试读时需要关心的所有东西。

提前给你的试读者们人手一份复印剧本，这样他们就能自己熟悉剧本。要给每人一份干净、完整的剧本，即便他们只有一场戏。他们可能会把自己的角色对白明显标示出来，也可能想揣摩自己出场时与整个故事的关系。

把演员们的椅子排成半圆形，这样他们在朗读时都能看到彼此。让中心人物坐在最中间，其余配角按重要次序分坐在他两边。

为听众也准备好椅子，让每个人都能够坐下来并且看着演员诵读。去借（或租）一些折叠椅以备加席之需。

试读前你唯一要传达给演员的指令，就是一定要按照剧本上的原样来朗读，请他们不要添加一个字，也不要漏掉一个。不管好坏，你要听到的就是原原本本写的东西。请他们读的时候要大声且快速流畅，但不要太赶着念。如果演员对某处读音或词意提出疑问，你当然要解答，并向他们保证他们选择如何阐释台词都可以。除此之外，其他任何指令都无足轻重、画蛇添足。告诉每个人这不是一场表演，而是一次让你发现剧本哪里有问题的机会。

试读结束后要好好感谢一下你的朗读者们。我丝毫不关心你觉得他们读得怎么样。如果你和大多数编剧一样，那肯定会对其中至少一两个朗读者很有意见。但是绝对绝对不要抱怨他们和其他听众。相信我，正常人都会有这种冲动，但请克制住。你应该关心的是剧本中的字字句句，仅仅应该关心这些。如果朗读者读得磕磕绊绊或者用你不喜欢的方式来演绎，这些都不是问题。要提醒自己，你的剧本将会被很多人读，你既控制不了他们解读的方式，也无法左右他们读的同时脑海里反映出什么。如果真有哪里不对劲儿，作为编剧的你要站出来承担责任。

拿些小点心来招待大家，邀请大家提意见，也包括那些朗读者们的意见。他们会对角色有一个独特的评论视角，并往往能提出有趣又有价值的建议。

现在到对你来说最困难的部分了。你必须控制自己仅去聆听，只是听而已。不找借口，不做解释，也不试图为任何东西辩护。你只有很短的一点时间让所有人集中注意力讨论你的剧本。不要浪费宝贵时间开口插话。你已经知道自己的想法是什么了，就像之前听取反馈意见时一样,通过多记笔记来帮你遏制想开口的冲动吧。

最后,试读会结束前要再次感谢所有人,包括演员和听众。即便你还处在剧本被各种"修理"的震惊中,也不要忽略这一点。也许你现在还是很难受,但他们确实提供了值得你感激不尽的帮助。

> 别去抱怨,也别解释。反正也没人会听,一切都只是噪音。
> ——格劳乔·马克斯(Groucho Marx),美国著名喜剧演员

录音还是不录音

有些编剧希望能录下试读。如果演员不介意(一定要事先征询他们的意见,这不仅是礼貌,也是对他们技艺的尊重),你也可以这么做。不过我个人觉得录音的用处不大。我更相信当你在现场集中注意力聆听时会受益最大。观众陪你一起聆听是关键,事后你一个人听录音时,这一要素将不复存在,会失去一些有价值的东西。

同时我也认为,如果你觉得有了录音之后还可以重听,那么在试读时你的注意力也不会那么全神贯注了。

如果你还是觉得有必要录音,就去找一个朋友帮你做。事情虽不大,但你必须在试读会上保持高度专注的状态,不要让其他任何事分心。

> **工具箱：初稿试读注意事项**
>
> 邀请演员朗读。
>
> 邀请朋友参加。
>
> 分配角色，如有需要，可以一人分饰两角。
>
> 分配一个人去读场景指示和说明。
>
> 提前给演员发剧本，但不要排演。
>
> 安排房间。
>
> 提供零食和饮料。
>
> 听取反馈。
>
> 感谢所有人。这非常重要。

是的，再改写一遍

当你从试读中恢复元气后，你就知道该做什么了。没错，根据你在试读会上所听到的再重新改写一遍。不是只听别人告诉你他们听到了什么，当然那也是你一定要考虑的，但更重要的是你自己听到了什么。

现在，不要停笔，一直写下去。即便你决定不想写了，也没有什么不对，但要在你写完之后再做这个决定，而不是在重写到一半的时候这么决定。

16 最后润色

当你的剧本奏效了，是确实奏效了；当你获得的反馈都是正面且热情的，并且你能分辨出这不仅仅是出于礼貌，而是他们真的被打动了；这时候你就该放下剧本，至少 24 小时别去碰它。去做点别的事，什么都行，或者什么都不做，只要不去想你的剧本就行。你需要把剧本放一放，就像好的红酒都要醒酒。然后你需要找到一些视角。

当你再次回到剧本前的时候，读一遍，只是读就好。在阅读中，如果有什么地方让你觉得太弱了或太冗长，就在那里标个检查记号并且留下简短的备注，其他的什么也别做，至少不是现在。就像我们在导图练习中做的那些连线一样，这些注释可以让你始终全神贯注于剧本中。从我个人角度来说，我喜欢在这个过程中用蓝色的铅笔在打印出来的剧本上边读边记。我觉得这样比在电脑上做批注更快捷，而蓝色铅笔是我做编注时的一点个人喜好。

现在是时候把你脑海里那个聒噪的编辑请出来了，我们在很早之前的开发阶段把她禁足了,而现在我们需要她。再通读一遍剧本,检查那些你做过标记的地方,看看能否确定毛病所在。如果你能说出问题是什么,就有办法修改。别担心你没办法说出所有毛病,先从你能说出问题的地方开始。

✐ 删 除

找到任何你可以删减的东西,如多余的台词、重复说的内容。检查你的场景指示和说明,那里总会藏着多余的文字。找到更快捷、流畅传达信息的方式。可以在场景描述里使用非完整句子的短语。删掉哪怕一个字都会带来不同的效果。任何阻碍阅读速度的小地方都不能放过。想想奥运会游泳运动员,他们会把全身的体毛剃干净,为的就是防止毛发在水下造成阻力而让他们输掉1%秒。竞争激烈的好莱坞与奥运会别无二致。

> 能删的字一个也别留。
>
> ——乔治·西蒙·考夫曼
> 剧作家、戏剧导演,普利策奖获得者

✐ 锤 炼

如果你写的是一部喜剧剧本,去检查每个笑话。你确信以前没有听过这个笑话?或者没听过与它很相似的?先别急着删了它,因为你的直觉很可能是对的，那里确实需要一个笑话，但要把它改得更好。如果你暂时想不出更好的，先做个标记，回头再来看。

你的剧本中可能还会有某些段落里很长时间都没出现一个笑话，给这样的地方也做个标记。

> **行业小故事**
>
> 我会用字母JTK（joke to come）来标注这里要加个笑话。为什么是K而不是C？因为在尼尔·西蒙（Neil Simon）的《阳光小子》(*The Sunshine Boys*)中，两个年长的杂耍喜剧演员在争论哪些字有趣。一个坚持说"带K的字有趣"。尼尔·西蒙是一位非常风趣的编剧，我推测他确实掌握了一些喜剧秘诀。

在你的重场戏里可能会有一个部分一切都变得严肃起来，你不想这种情绪氛围被隔两句的一个笑话打破。但如果这其中确实有一个严肃时刻（a serious moment），你要保证在表达了观点之后用一个笑话来疏解它。

如果你的剧本是剧情类，你仍然可以用上一些幽默。不是情景喜剧中的那种笑话，而是像《法律与秩序》中警察说的笑话，《波士顿法律》(*Boston Legal*)中律师的冷幽默，还有电视剧里医生的黑色幽默。所以，让你的角色们在陷入沮丧时能看见幽默，可以自嘲，或者更好的一种方法，让你的角色用笑击败对手。加入一些喜剧元素会令剧情片剧本生动起来，并且大大增加可读性。

好了，现在回到刚才你在剧本中做标记的地方，你知道要在那儿加入更多或更好的幽默。这时你就需要一些朋友来帮忙了。找几个你喜欢并且觉得有趣的编剧朋友[①]，通读整个剧本并且在每一个标注JTK（或其他你喜欢使用的记号）的地方停下来，进行头脑风暴。不要只雕琢妙语金句，通常设定才是解决问题的关键。使用"10种备选方案"练习法，提出可以提升笑话意想不到的画面、设定、点子和台词。创造一种"脑洞大开无底线"的气氛，你会在一堆糟糕的笑话中找出最好的那个。

这可不是投机取巧，这是正当的喜剧创作手段。每个情景喜剧中，大量笑话都是在桌上聊出来后才写进剧本的。喜剧发生于人们相互发泄、彼此压制或互相褒贬的时候。

这是最有趣的部分。当你说"我在写情景喜剧"，人们就会说"哦，那一定很好玩"，这就是他们的想法。你煞费苦心地编写故事，投入无数时日让每场戏里都有角色驱动的幽默。现在，剧本奏效了，房子盖完了，你开始在墙上挂画，并且把色彩亮丽的枕头丢在周围点缀。所以去找点乐子，把你能得到的最好的笑料放进剧本中。

[①] 一群人最有趣了，当然你也可以选择一对一。

17 格式外观也很重要

宝贝儿，这里是好莱坞，外表决定一切。如果你已经写完了一部好剧本，那么最艰难的部分已经完成了。现在到了你需要认真对待的外观部分。如果你希望自己的剧本能进入专业市场考量，那么它就必须符合行业标准。既然你每一稿写作都严格遵守着正确的剧本格式，那么现在只需要再次检查确认所有元素都已做到位，没有任何因为一时疏忽而造成的差错就行了。电脑在进行文字处理时有一些自己的特殊逻辑，而当你修改、剪切以及粘贴时，一些细节比如大小写字母及恰当行间距可能会被你忽略。所以你就得手动修正，例如所有的页末孤行（widow）[①]，以及任何与你的样本剧本看起来不一样的地方。

一定要确保所有角色的名字都拼写正确。这样的劝告对你来说是不是很傻？好吧，也许是。但我向你保证，把角色名字都打

[①] 这里指页面底部孤零零的一行。详见附录"美剧圈行话"。

错的剧本我见过好多。我猜想写这些投销剧本的编剧很可能只是在电视上看过样本剧集。你必须得去看剧本才能知道是"卡琳"（Carin）而不是"卡伦"（Karen），是"丹尼"（Danny）而不是"达尼"（Dani），是"布里特妮"（Britney）而不是"布里塔妮"（Brittany）。[诚意致歉：我有一次在《人人都爱雷蒙德》剧本中把"阿里"（Ally）的名字写错了，我好像写成了"阿利"（Alley）。是雷发现的！我的天呐！]

我知道不必再叮嘱你下面这一点，但还是准备说，因为这样的错误我发现过不止一次了。千万不要在你送出去的剧本上用任何手写的更正、补充说明或其他文字。① 你的剧本除了打印的文字外，应该是干干净净的。手写的笔记会打断剧本审阅者的思路。这是一种非常不专业的做法，你的剧本非常可能会被丢入"不再审读"（DNR）② 那一堆要被淘汰的废纸堆中。

你还必须校对粗心别字、拼写错字以及标点符号错误。一遍不够，要多检查几遍。可以先利用电脑的自动拼写检查功能，但这远远不够。电脑不能分辨"your"（你的）和"you're"（你是）的区别，也没法判断是"there"（那儿），是"their"（他们的），还是"they're"（他们是）。

你必须确定要用的就是这些词，而且都用对了。因为你是编剧，文字就是你的职业。对于专业的剧本审读者来说，文字也是

---

① 如果你在做意见反馈笔记（feedback notes），那当然是另一回事，你可以写满整页纸，因为它只供你个人使用。但对于要交给别人看的任何文稿，千万不要留下手写的痕迹。
② DNR 是医院里使用的术语"不再抢救"（Do not resuscitate）的意思，我用它来代表"不再审读"（Don't need to read）。

他们的职业。如果足够幸运的话，你的剧本还有可能被顶级团队的专业人士审读，他们可是知道文字正确用法的专家。当然不至于因为用错了一个词就导致你整个剧本出局，但这样的错误显然对你没有丝毫好处。

我不是一个好的校对者：首先，我不擅长单词拼写，所以我常常发现不了拼错的单词；其次，我总是很容易就沉浸在故事情节中，完全忘记了本该纠错的任务；第三（你懂的，总要有第三点），我是一个有强迫症的文字匠，没办法孤立地只看一个单词或一句台词，所以我总会分心。有人曾教过我一个小技巧，就是把剧本从后往前倒着阅读校对。这的确能帮我避免被故事吸引，不过我糟糕的拼写问题还是得不到解决。

根据我自己尽可能多次反复校对终稿的经验而言，我不得不请比我眼尖的人再帮我检查。我找过朋友和我爱的人。但不能送出一份有打字错误或拼写错误的剧本，即使这意味着你要花钱去请专业校对。

✎ 封 面

首先，永远别送出一份没有封面（title page）的剧本。如果你以邮件附件的方式发送剧本，要确保选择了包含封面的选项。大多数软件都不会自动选定，你要自己手动设定。

封面有很多潜在的难点，不够谨慎的话，很可能让剧本审阅者在还没看第一页剧本时就留下你很业余的印象。幸运的是，这方面已经有了一些简单明晰的规则，你只要按部就班地做就可以了。

不要把你做研究表格时那些已经变为成品的样本剧本的风格直接拷贝到封面上。

一部投销剧本的封面上应该有用大写字母拼写的剧名；用引号标明你写的这一集的名字；你的编剧署名要写成规范的"编剧："（written by），不要写"故事："（story by）或"撰稿："（teleplay by），不要用"构思："（conceived by），只使用"编剧："就行了，把你的名字写在下一行。

如果你是和搭档联合编剧，由你们自己商量决定署名先后，并且用分隔符（&）把每个名字隔开。不要用"和"（and）这个词来表明联合编剧关系。在影视编剧署名中，"和"之后的编剧特指后加入该项目重写你作品的新编剧。在一部投销剧本中，这样署名是绝对不合适的。

在封面上唯一还需要写的其他信息是你的联系方式，或者如果你有经纪人或经理人的话，加上他们的名字和联系信息。这样就够了。

这页的版式看上去应该是这样的：

```
            剧名（SHOW NAME）
            本集剧名（"Episode Title"）
                编剧：（Written by）
            你的名字（& 联合编剧的名字）




                              联系方式：
            你的名字（& 联合编剧的名字）
                            你的电话号码
                            你的电子邮箱
```

封面要采用和你的剧本相同规格的白纸。当然，如果你真的想用更厚一点的卡片纸也无妨，但这既没必要也没什么用。如果要用卡片纸的话，用白色的，千万别用彩色纸。不要在封面上印照片或图画，哪怕你的样本剧本是这样的，你也别这么做。记住，在你剧本的任何地方都不要有照片、插图、表格或地图这些东西。

你也不要用花哨的字体。在封面使用和剧本正文一样的12号 Courier 字体就行。如果你研究的样本剧本是一部拍摄剧本（shooting script），很可能在封面的剧名上直接使用了这部剧的"商标字体"（logo font），但是千万不要在你的投销剧本封面上也使用这种商标字体。我知道你很渴望把它扫描进你的电脑然后用上它，但这种商标字体片名是有版权的，而你并没有获得授权。这么做还会引起误解。你可能觉得在剧本上印这样的商标片名很专业，但审读者反而可能觉得你太自以为是，甚至更糟糕的情况是，觉得你在拿一个投销剧本冒充已经播出的口碑之作。

说到版权，你有没有注意到我没有说要在封面上任何地方注明版权？这不是疏忽。别在你的投销剧本封面上写"版权所有"（或者说在投销剧本的任何地方都不该写）。为你写的东西注册版权[①]，这绝对是应该的，只是不要把它写在封面上。如果你打交道的都是专业人士，他们会约定俗成地认为你已经为剧本注册版权了。而画蛇添足地强调你拥有剧本版权，只会让你显得很业余。我知道在你视若《圣经》的那些制片公司的拍摄剧本封面上会印上一个大大的版权声明警告，但那是制片公司的做法，法务部门要求他们必须这么做[②]。而这种情况不适用于你的投销剧本。

你的样本剧本上也许会注明创作日期和剧本第几稿编号，但你的投销剧本上请不要写这些东西。你可以在自己使用的剧本副

[①] 关于版权的内容请参见第27章。
[②] 当我第一次签编剧合同的时候，我看到条款里说制作公司是作者，这让我无比震惊。他们成了作者就意味着版权属于他们了。事实上，当你为制片公司开始创作并获得报酬时，你写的剧本版权就不属于自己了。

本中标注日期，这样便于区分第几稿的先后次序，但在你送出的剧本上没理由也没必要这么做。在好莱坞，人们总是喜欢读刚刚完稿的新鲜出炉的剧本。而在剧本上写下日期，好吧，它看上去就已经是过时的了，所以别写日期。同样地，第一稿、第二稿这样的文字也别出现在你的剧本中。

所以别看封面上只有寥寥数语，但还是有很多地方可能出错……

页 码

专业编剧软件会为你设置正确的页码。但如果你没有使用这样的专业软件，就需要注意以下规范了（即便你使用了软件，也要留意样本剧本中的格式惯例）：封面没有页码；第一页对白剧本的页码是1，但通常页码编码的规律是从第二页的页码2开始，我总是这样做，但我也发现确实不少拍摄剧本是从数字1开始标注的。这两种方式，我觉得你用哪种都行。页码一般标注在剧本页面右上角。我也见过一些剧本页码是居中的，但标准格式是在右上角。你按标准规范做就好了。

纸 张

标准白色，20或24磅办公用纸。三个装订孔。没有例外。

装订

不要用回形针、订书钉,不要用"维罗装订"(Velobind)或螺旋装订,不要用弹簧活页夹,也不要用三孔活页本,或者其他任何不适合电视剧投销剧本的装订方式。不要把剧本放在文件夹或者任何一种塑料封皮里。

只用"爱可"牌的1.25英寸铜角钉[1]。不要选更长的钉子,不然容易钩到剧本审阅者的衣服或划伤他们的手指,总之造成种种麻烦。也不要用那些在"金考快印"(Kinko)或"欧迪办公"(Office Depots)店里很容易找到的又薄又脆的劣质角钉,它们太差劲了,而且容易脱落。[2] 别给剧本审阅者添麻烦,让他们把散落一地的剧本一页页捡起来重新按顺序再钉好。

装订时只用上下两个孔,把中间一个孔空着,这是行规。如果一本电视剧剧本三个孔都钉上了,立刻就表明你是个菜鸟。

为什么只订两个?因为在电视剧摄制中,每天都要重新修改剧本,甚至有时一天要改好几遍。剧组有上百名工作人员,每个人都需要最新修改版的剧本。因此,少钉一个孔对于编剧助手和制片助理们(P.A.)来说,工作量大不相同。他们得拆开100本剧本,然后把修订页加进去重新装订。即使你的剧本不是要分发给整个剧组的,钉两个钉子也是标配,所以你这么做就对了。

我已经说过很多遍了,必须把你研究的那些样本剧本当作指

---

[1] 可以从"编剧商店"(Writers Store)在线订购(参见附录III:相关资源)。
[2] 我听说"金考快印"在位于伯班克(Burbank)制片厂附近的一些连锁店里有质量不错的角钉。

南；不过，你研究的剧本多半是拍摄剧本，其中一些拍摄细节是绝对不该出现在你的投销剧本中的。

你的剧本中不应该有任何摄影机调度指令。在多机拍摄的电视剧剧本中，你可能会在一场戏结尾看到"重置机位"（RE SET）字样。这是一种摄影指示，只用于拍摄目的。你需要做的仅仅是在新的一场戏的顶端加上场标。同样地，你也不需要在一场戏的结尾写"叠化至："（DISSOLVE TO:）或"切至："（CUT TO:）等任何剪接指导用语。我知道这些都很有趣，过去编剧们也常会在剧本中加上这些提示，但为了剧本阅读起来更方便和有效率，越来越多的剧本已经省去这些内容了，特别是单机拍摄的电视剧剧本。实际上如果放弃写视听调度，你可以从剧本中看到更多可能性。有些时候你会想用这种转场指示作为强调，但大体上我认为你应该省去它们。

在一部拍摄剧本中，每一页的页眉都会标明剧名、第几集、第几稿，以及日期和页码。如果是多机拍摄的剧本，还要加上标示是第几幕的数字和第几场的字母。然而上述这一切，除了页码，其他统统不要出现在你的投销剧本上。

在你研究的样本剧本里，也许开头会有额外的几页纸，诸如演职员表、场景表、排演计划，甚至可能有几页被称为"简要流程台本"（short rundown）的场景明细表。这些内容全都不应该出现在你的投销剧本中。它们只用于拍摄剧本。签约编剧提交的剧本被称为"编剧稿"。以上这些用于拍摄的内容一条也不会出现在这稿剧本里，同理也不该出现在你的剧本中。

你也许注意到拍摄剧本场标中多了一项出现在括号里的"第几日（或夜）"①，它看起来是这样的："内景　起居室　日（第一日）"。这是写给服装部门用的，他们凭此掌握需要准备更换多少套衣服。而你的场标只要写成"内景　起居室　日"就行了，不必加上那个"（第一日）"。

---

① 此处英文原文直译应为"括号里的内容是'日'或者'夜'再加一个数字"，例如（day 1），但中文即为（第一日）。——译注

18 克服拖延症

> 如果没有心存恐惧过,你就没有在写作。
>
> ——安妮·迪拉德(Annie Dillard)
>
> 《写作生涯》(*The Writing Life*)作者

对于介绍如何战胜拖延症这一部分,我已经拖延很久了。

如果你是一个纯粹的创造型艺术家,你可能需要一直等待灵感来临的那一刻;但你现在是在写电视剧,因此你是一个商业编剧,必须能在有需要时随时调用你的才华,也就是说,要对能激发你源源不断创意的情境具有控制力。我是一个"重型拖延症者"——我会去给狗洗澡,从原料起做帕尔玛干酪茄子,甚至去看牙医,就是不想写剧本。所以,我不得不运用很多技巧,目的是逼自己坐在写字台前,并且我需要所有这些技巧。

✎ 克服拖延症的工具

最后期限

据我所知,钱是最有说服力的写作动力。所有最有效的最后期限都是领稿费的日子。但如果你现在是自由创作者,该怎么办?你必须给自己设定一个最后期限。

给自己一个理由,确定为什么你的故事大纲或剧本初稿必须在某个特定日子前完成。理由可以是你要把它寄给一个剧本比赛,或者想在度假前完成初稿。你也可以去参加一个编剧会,并且承诺会在之前写完某一场戏。不管你为自己设定了一个什么日子,把它当作一个承诺。

给自己设定一些小目标

设定一些真正很小的目标。我经常会在写作前先对昨天完成的部分进行一些编辑校对工作作为热身。它让我自然而然地坐在写字台前并且几乎没有意识到自己已经开始工作了。这件事很容易,所以几乎感觉不到压力。"今天,我首先要检查昨天写完的那些场戏的文字拼写。"毫无问题,我能做到。

假如你的目标是写一部剧本,那应该是势不可挡的。你只要关心还有多少工作要去完成就可以了。给自己设定一个小目标,然后去完成它。任务越小,你就越有可能完成。做好每一件小事都会给你动力,因为你实现了预定计划。允许自己去享受工作成果。确定你的成果,然后犒劳自己。我会用巧克力,因为我喜欢。

一旦你完成了一件事，继续下去就比较容易了。如果你完成了拼写检查，再设定一个写下一场戏场景位置描述的目标。就这样，不再加任何其他工作。可能只需要一句话，那也很好。然后设定下一个目标：写这场戏的开场动作。你可能就进入写作状态了，并且用这样的方法写完整场戏。做得很好！明天你就又有一场戏的拼写要检查了。

安排写作进度

把你的最后期限和目标任务写在日历上作为承诺。如果把它写下来了，你就从视觉上、身体上、精神上都对自己强调了这个承诺。如果把它记在日历上，那么当其他事来临时你就更可能把它们安排到写作时间之外。真有紧急事情发生，你也可以像处理其他约会一样重新安排写作进度。

如果没有把它写在日历上，那么你的时间就太容易在千头万绪的生活杂事中消磨殆尽了。我有很多日子都是在这样不知不觉中消磨掉的，这是亲身经历。

找人一起写

我经常和搭档一起工作，和他们有工作约定会促使我去工作；如果是我一个人的话，可能就会打盹偷懒。当知道有人在等着我这边出稿子的时候，我就不能拖延了，因为那样做实在不好意思。

很多编剧客户都和我以这种方式约定每周的剧本辅导。他们知道我会在一周内联系他们，检查剧本的新进展，而且他们是要付费的,所以如果没有准备好,就白花钱了。

把工作态度从"我应该"变为"我想"

在你的字典中把诸如"我今天应该写完那场戏"中的"应该"去掉,把"应该"改为"想"——"今天我想写完那场戏"。

文字是有魔力的——你是一个写作者,必须相信这一点;当你更换一个词,也就更换了你的态度。通过去掉"应该",你就消解了隐含的权威角色,同时消解了不愿工作的逆反心理。写作不再是你的负担,而是你自己想做这件事。这是你的选择,这样你内心的抗拒就会降低到最小。

仪　式

用相同的杯子冲咖啡,把六支铅笔削尖,清理写字台(这招要慎用,它会导致你停不下来,接着去擦拭书架,然后整理书,再然后是相片。哦,天呐,一转眼已经下午4点半了……也可能是凌晨4点半)——在你每次坐下来工作之前任何以相同方式去做的事都会形成一种准备进入写作状态的习惯。把咖啡与准备敲键盘打字联系起来,过一段时间你就会形成一种自觉,正所谓习惯成自然。我肯定你曾经努力想改掉一个坏习惯,你知道那有多难。一个好习惯也可以同样坚不可摧,并能够成为帮助你实现目标的有力工具。

> 专业人士是在不太乐意的情况下也能尽力做到最好的人。
>
> ——阿利斯泰尔·库克（Alistair Cooke），BBC 记者

保持稳定的写作时间

写作时间越规律越好。每天 1 小时写作时间远胜过隔很久不动笔突然工作 6 个小时。隔一天写作 90 分钟也远胜于偶尔一个周末突击工作 4 个小时。当你知道时间有限时，工作反而会更有效率。如果只有一两个小时工作时间，你根本不会有时间去接个电话或者计划看看什么电视节目。这又是一种习惯。如果你能计划每天有相同时间写作，那就更好了。

幸运物

如果你相信魔法，那就给自己一些"魔法"小道具吧。指定一件写作时才会穿的衬衫，或者准备一支"幸运笔"，再或者在写字台上放一个"创作女神"。就个人而言，这些东西反而会干扰我写作，但对有些人来说是有效的。

允许自己写得不好

"如果你事事追求完美，那么最后的结果就是连良好都做不到。"这是儿子 8 岁时对我说的，我让他用自己那小男孩歪七扭八的字把它写下来送给我。13 年过去了，这张纸仍然挂在我办公室

的公告板上。可能有名人用更华丽的辞藻表达过同样的意思，但我就喜欢我儿子的童言稚语。

要求自己写出来的东西必须都是好的，这只会阻碍你的创作，而允许自己写出不好的东西能令你毫无负担地去写。写出任何东西都是进步。尝试去写一些所谓不好的东西吧，尽管你缺乏自信，但写出来的东西不见得都不好。

坐得住

另外一个技巧，简单到傻瓜都能做。

写作的每一点滴都取决于坐得住的能力。只要你坐在椅子上，最后总能写出点什么。一旦站起来，你就完了。所以每当你想站起来的时候（是的，你能感受到这是与生俱来的本能，战斗或逃跑，你自己知道的），深呼吸并再待上至少30秒。你有很大机会克服这种冲动（又称恐惧），获得写下去的勇气。如果这一页有什么不对劲的地方，你可以去修改一下。你也可以酝酿某些辉煌的想法，但什么都不做。

假如所有这些方法都不能把你拴在写字台前，你也可以试试伟大的法国作家维克多·雨果（Victor Hugo）克服自己放下笔去泡咖啡馆的办法。让仆人把你所有衣服都拿走，直到你完成当天的工作。

> **行业小故事**
>
> 我的办公桌上有一个铅笔形的实心黄铜镇纸,上面刻着这样一句话:"如果你想写作,就去写。"这本书的所有要点归纳起来,就是这么一句话。

[第三部分]

当你有了一部剧本后，
你应该知道的

19 提案演说

> 你提出的每一个点子都应该能在鸡尾酒会上向陌生人轻而易举地说明白。
>
> ——杰克·韦尔奇（Jack Welch）
> 通用电气首席执行官

提案演说（pitch），就是把你的点子向潜在买家进行口头阐述，可能面对面，也可能通过电话。这是一种既令人兴奋又常常让人感到恐惧的经历。换言之，得动嘴皮子。大多数编剧选择写作就是为了避免和他人社交。但是在好莱坞混，你就必须学会口头推销，尤其是电视行业。

如果你的投销剧本写得很好，那么它将完成其使命——吸引电视制片人对写出这个剧本的你感兴趣。接下来，你就要口头推销剧本了。成功的提案演说会促成编剧签订合同，而一份编剧合同……好吧，你知道的，合同会变成：钞票！最后，我给你一个公式：SS + P = $①。注意，不是 SS = $。不经过"P"，你是得不到"$"的。所以很清楚，如果你想做自己喜欢的事又想凭它挣钱，你必须去推销。

有些人是推销高手。我认识一对令我自愧不如的夫妇，目睹他们非常轻松地与投资方相谈甚欢。虽然他们会面时总那么成功，但写作时一定会分道扬镳——至少我愿意这么想。

就我个人而言，把自己的创意推销给节目开发主管、制片厂的人、制片人甚至是其他编剧，这事并不轻松，有时候还挺可怕。不过我发现还是有办法去做的，即便谈不上尽情享受，但至少会让自己舒服些。我告诉你这一点是想让你知道还有希望，并且也让你知道，我接下来要传授的每一条技巧都是自己在实战中总结出来的经验。

✎ 短为上策

话不宜多。30 秒对于一个故事提案来说已经是极限了。没有一个提案对象愿意花大量时间从滔滔不绝的细节中寻找你的想法。所以，把你的故事提炼成清晰简洁的形式是对听众的时间和才智的一种尊重。你进行提案的目的并不是讲述一个完整的故事，而是向听者推销故事创意，这样他才会有兴趣愿意去审读你精心写出来的剧本。

简明的提案也显示出你对工作的尊重。充斥着过量细节且含

---

① SS 表示投销剧本（spec script）；P 代表提案演说（pitch）；$ 代表什么，我就不用说了。

糊、冗长的描述会暴露出你准备不足，同时也是你对自己的创意缺乏信心的表现。努力把你的提案内容提炼成令人信服的几句话，你将被尊为专业人士。

🖊 也别过短

一个常见的错误是：编剧提案时说了一个有趣的故事设定，然后就结束了。注意，不管多么滑稽有趣的故事设定，那都不是故事。故事是设定的结果，是发生了什么，好的提案必须包括这些。

> **行业小故事**
>
> 当我把日后成为《减肥计划》剧本的故事向行政制片人菲尔·罗森塔尔进行提案时，故事设定是玛丽想通过节食来减肥，但故事是关于这个设定的结果：当玛丽没有准备像往常一样的节日大餐时，雷会有什么反应。他是通过食物这种方式来和妈妈联系起来的。如果妈妈没有做他期待的大餐，他们的关系会怎样？家里其他人和她的关系又会怎样？如果没有玛丽做的节日大餐，他们甚至还会是一家人吗？
>
> 菲尔并不喜欢玛丽通过节食来减肥的点子，但是他很喜欢假如玛丽换了节日菜谱，将会引起雷和全家人什么反应这个点子。既然节食只是故事设定，那替换它就很容易。菲尔说把人物改成弗兰克，把原因改成为健康考虑。所以，就这样，我得到了这集剧本的合约。

提案内容

你的提案应该包括：

- 故事设定；
- 你的中心人物想得到什么，谁在阻碍他；
- 风险是什么，转折点又是什么——如果你知道的话，说出两个转折点。

用你曾经寻找投销剧本故事的相同技巧来寻找你的提案创意。用你曾经写前提概要的方式来写你的提案概要（pitch line）。你不需要创作出一个完整的故事大纲甚至是节拍表。你只需要创意点子和一些具体内容，而无须细节。

还记得你写的故事梗概吗？故事梗概是一个指导你用多少材料进行提案的非常好的指南。如果你愿意复习的话，可以翻回第6章看看，还可以在那一章回顾一下细节和具体内容之间的差别。不过，你会发现，在把故事简化为一个概要之前，不得不创作出很多细节。不过别担心，只要不把这些一股脑全用于提案就好了。在我学习剧本提案的过程中，有人曾告诫过我，说得越多越会令人反感。在听了上千次提案之后，我敢保证这话绝对正确。

- 为什么你想说这个故事。

这一条指的是你对这个故事的激情。尽管有的时候表达你和这个故事的个人联系是有效的，但在做提案演说时你不必直接提及。如果你乐意介绍故事想法的由来，那就说出来，但要尽量简短,一句话就可以,不要夹杂太多你的个人细节和生活轶事。

✏ 练 习

自信地做提案演说,关键在于练习。要一次又一次地反复练习,但重要的是千万别练得一字不差。切勿背诵。一次背出来的提案演说注定失败。

在你演说的过程中,如果对方对你说的某处大感兴趣并且问了一个问题,你该怎么办?如果你只是按顺序死记硬背,马上就掉链子了。你应该对提案材料烂熟于心并且收放自如,同时在合适的情况下还能即兴发挥。

提案演说的真正目的是建立起你和提案对象之间的联系。你要激发聆听者的想象力,让他看看你的故事可以如何为其服务。

在提案演说时,读稿子比背稿子更糟糕。我知道这在消除紧张方面很有诱惑力,但这样做过于正式,也太"书面"了。如果提案只是写在纸上的几句话,那你大可以把列满故事想法的邮件发给制片人和掌剧人,让他们从中挑选一个就好了,这样对每个人来说都既轻松又便捷,但这就不是提案了。提案不仅是说出你的故事,还要加入你的热情和个性。如果提案时你读稿子或背稿子,那么成功的大门就向你关闭了;这次交易就没戏了。

例外:如果你要推销的是多个创意,那列出一个标题或关键词清单作为参考是没问题的。

> **行业小故事**
>
> 有一回我参加一个剧本提案会,但很仓促,没太多时间准备。我的提案内容也没事向任何人宣讲练习过。所以当我在制作公司大堂等待他们约见时,我问旁边一个等候试镜的女演员是否愿意帮忙听一下我的提案演说。实际上,开口向她提出这个请求对我来说比接下来的试讲更焦虑、紧张。一旦开始陈述我的提案故事,我马上感觉自在多了。她在恰当的地方笑出声来,并且说喜欢这个故事。也许她只想表达善意,可能觉得也许有一天我能介绍个角色给她演;但不管怎样,当走进会议室的时候我自信多了。我不知道后来她试镜是否成功,但我成功卖出了我的创意。

可以通过和别人的对话来练习提案故事,对象可以是你的朋友、你朋友的朋友甚至是星巴克咖啡馆里的邻座,任何愿意倾听的人都可以。对话时练习视线交流,并且让你的聆听者能与你互动起来。每次提案演讲练习都要从上一次中吸取经验教训,并做出调整和改进。

要对你的故事烂熟于心,这样在讲述时就不用再考虑如何遣词造句了。要抓住创意来讲故事,把它当作一场活泼、振奋又生动的谈话。

你肯定见过演员在脱口秀节目中推介他们的新电影或新剧集。听上去他们和大卫或杰伊[①]的谈话完全随性,但实际上他们说什

[①] 指大卫·莱特曼(David Letterman)和杰伊·莱诺(Jay Leno),美国深夜脱口秀节目主持人。——编注

么以及如何说都是精心准备好的。明星们准确地知道要打哪个点。如果在多个节目上看到同一位演员，你就会注意到那些随意闲聊和机智的"即兴讲演"看上去是何曾相似。有些演员比别人有更高超的表演技巧来掩饰自己事先做的准备，但你绝对还是可以听出他讲话中的套路。他们是围绕准备好的材料做即兴表演的，并且以一种令人觉得非常轻松自然的方式完成。这也是你在做提案演说时需要采取的方式。

> **行业小故事**
>
> 你不是演员？去参加一个表演班，最好是即兴表演班。这将帮助你在上场时获得存在感。我曾经与一位极富天分的编剧合作过，她很有魅力，并且幽默风趣，性格外向，乐于社交；不过她在刚入行时也非常害怕提案演说。后来她参加了一个单口喜剧表演工作坊，这么做并不是因为她有一个想表演自己写的段子的隐秘愿望，而是去寻求一些提案演说的技巧。我想这是有效的，因为此后几年她卖出了许多故事和试播集剧本。

✎ 不要评价自己的故事，无论褒贬

提案演说就是兜售，但没人喜欢强买强卖。注意不要过分兜售你的故事。每当我听到编剧以"这真是一个非常有意思的故事"或"这故事简直太棒了，你们一定会喜欢的"这样的赞誉开始展开提案演说时，我通常都会错过正式提案的第一句话，因为我会忍不住想："哦，是吗？真的假的？我会喜欢它？那我们走着瞧吧。"其实如果不预先鼓吹，你会在提案演说时显得更有自信，那些点子也会显得更强有力。

另一方面，也不必过谦到自我贬损，诸如"这可能是个糟糕的想法"或"你们也许已经听过这个故事了"，再或者"我其实还没有真正编完这个故事，但是……"如果你觉得有必要为创意致歉，那为什么还要推销它？

为你的作品道歉也许会让你心里觉得轻松一些，但这样很不专业。专业的编剧应该对自己的作品负责，并且尽力做到最好。尽力准备，然后推销一个你郑重承诺但不加自我评价的创意。

倾 听

倾听会比你认为的更难，也比你想象的更重要。

> 大多数人倾听时并不是试图理解，而总是试图回答。
> ——斯蒂芬·科维（Stephen Covey），《高效率人士的七个习惯》作者

为了能与你的提案对象建立关联，你要从他的话里听出线索，从而判断机会在哪里。仔细倾听，抓住对方的态度、兴趣、需求以及共鸣点。你要能不断感受到会议室里的情绪气氛。要做到这点并不容易，但是这里有一些练习可以帮助你提高倾听技巧。

✎ 练习——禅与格劳乔

如果你一个人在家,可以做以下练习:

禅(单手拍掌的声音)

选择一种特定的声音,比如鸟鸣、宠物叫声、炉火声、车水马龙声或任何其他声音。是什么声音并不重要,只要你觉得有趣就行。用你的计时器设定一分钟,然后聆听这个声音,其他什么也别做。倾听并且看看你能否在这一分钟内全神贯注听这一个声音。①

如果你在公共场合,可以做以下练习:

格劳乔(说出秘密的词)

选择一个特定的词,然后倾听它。它可以是一个常见的词,如"好"(good),或者相对不那么常见的"燃烧"(burn),甚至可以是很少用的"倒数第二"(penultimate),尽管这个词有点无聊,可能会降低你继续做这个练习的兴趣。再说一遍,是什么词并不重要。设定五分钟,看看你能不能听到这个词。

记下你听到这个词的次数。就这样,别的什么都不需要做。在便利贴上画叉或者用你的手指计数。至于你是听到七次还是一次也没听到,不重要。上述两种练习都旨在训练你带着目的去倾听。重点是集中注意力倾听的体验,而不是结果。

---

① 这个方法与冥想有关,同时对缓解压力有一定帮助。但这只是我自己的切身体会,觉得它很管用,完全未经任何正式的临床医学研究证明。

你是不是觉得在对白中专注倾听会让你看起来心不在焉？其实恰恰相反。你知道很多人都喜欢手上握着一个杯子，这样他们手上就有事可做了。这是心理上的对应物，会给你某种自我意识，让你觉得仿佛有事可做。集中注意力倾听会降低你谈论自己的需求，结果会让你听到更多其他人的谈论；你会提出更多相关问题，让他们反过来发现你的闪光点。

但是这种练习如何能真的帮到你？就像锻炼身体一样，只做一次是没用的。只有反复练习才能强化你的能力，并让这些倾听练习奏效。举重练习不是为了更好地举起重物，而是为了增强你的肌肉质量。你要增强的是创意"肌肉"。反复倾听训练可以令你变得更警觉，同时提高你的领悟力。它还将锻炼你接收信息的能力，这对于提案演说、记笔记或面对面交流都是一种很有价值的技巧。

✏ 会 面

如果你接到通知去见一位掌剧人，即便安排这次会面的经纪人或助理说只是见面认识一下，你还是要为提案做准备。如果谈得投机，他们可能会问你最近有什么好的创意。事实上，即使他们不问，你也要找机会主动推销。能和一位掌剧人共处一室，这么好的机会你干吗不好好把握？你要有备而来并且大大方方推销你的点子。

工具箱：提案会

组织者会提供饮品，你确实需要，因为当你做提案发言时会觉得紧张，然后一定会口干舌燥。

要水就好，别要咖啡。因为咖啡是热的，而且点起来很麻烦。（咖啡里需要加什么？加牛奶？全脂牛奶、脱脂牛奶还是2%的低脂牛奶？要加糖吗？还是加代糖？）即使你不在意，但负责接待的会务人员还是会称职地问你。所以，还是别点咖啡了。

另外咖啡里有咖啡因，而你应该不需要额外的刺激了。假如提案这件事都不能激起你足够的肾上腺素的话，你已经没戏了。

花草茶？听起来是个不错的选择，安神又舒心。不，千万也别点它。因为当你把茶袋从水里提起来的时候，不得不处理滴水的茶袋，喝水的时候又不得不把它拿出来，否则就要冒着茶袋掉到脸上的危险。（好吧，别问我怎么知道的，相信我，它会发生的。）

如果这些理由还不足以说服你，记住你这时候很紧张，而且身处一个不熟悉的环境中，很有可能会把水泼出来。咖啡或茶会留下污迹；苏打水也一样，而且还黏答答的。你想给大家留下印象没错，可千万别是"哦，就是那个把恶心东西粘到我玻璃桌面上的编剧"或者"那个在我羊皮沙发上留下茶渍的编剧"。

你要瓶装水就好了。对了，别自带，因为这样会暴露你不懂规矩。在好莱坞的各种会议中，永远有饮品提供。而自带饮品会显得你很挑剔，不是一个团队合作者。不管上述哪一种情况，都会给人留下潜意识中的不良印象。

随身带一支好看的钢笔——你是一个编剧。钢笔是你吃饭的家伙、你的符号、你的象征。选一支好看点的。但也别选万宝龙（Montblanc）金头钢笔，就算你真有一支也别拿它记笔记，那太夸张了。用一支像样的笔，能表明我愿意花 7.98 美元挑一支自己中意颜色的中性笔，而不是凑合地在我精神药理师诊所前台顺手拿一支俗气的"维柯丁"[①]赠品笔就行了。

穿着别太讲究，无论男女，都别穿西服正装。穿成这样就好像在大声告诉别人"我是高管"。如果你的提案对象只有一个人，他肯定希望看起来比你气派。如果你提案的对象是掌剧人，那么你的穿着则会让他想起高管，那可是他最不愿意听取意见的人了。还要远离新潮设计的破洞牛仔裤或浮夸惹眼的首饰。这些都是演员才会穿戴的，它们会让人把注意力集中在你的"样子"上。

也不要穿得太不讲究了。过于不修边幅会显得你把这次会议看得一点都不重要。所以，别穿破旧的运动鞋和磨

[①] 维柯丁（Vicodin），一种止痛药。——译注

> 损的 polo 衫。
>
> 　　你的打扮应该是商务休闲装，给人感觉干净、放松和谦逊。

　　如果被安排了一次会面，你就有可能得到关于这次会面项目的一些剧本和 DVD 剧集。当与他们约时间的时候，你就可以向对方助理提出需要这些材料。和助理通电话时要态度友好，但也不必太殷勤，友善就好——比敷衍要热情，比假意奉承要冷淡。进入会谈时，一定要自我介绍，并且感谢助理给你的帮助。请记住，掌剧人的助理是你在这门生意中最好的朋友。他是决定你的剧本何时能被放到掌剧人办公桌上的人，也是决定你的消息是否会被回复的人，甚至很可能会被问到对你和你写的东西有何意见，所以要跟他搞好关系。

　　就像你准备写投销剧本那样，花点时间熟悉一下这部剧的写作方式，然后想出 6 到 10 个创意。

　　在提案会上，当你提出一两句前提概要后，喘口气看看能否估测出他们的反应程度。如果他们什么都没说，继续推销你的故事并正常呼吸。

　　如果他们说"我们已经在做类似的创意了"或者"你还有别的故事吗"，这条创意就被毙了。

　　不要用任何办法尝试继续推销一条已经被毙掉的创意，这样会显得你很不灵活并且不好打交道。在任何情况下都不要辩解为什么他们还没听到故事最精彩之处。

你要充满热情地继续推出下一条创意。但你如何能在刚刚被拒后做到这点呢？我有一个办法，如果你用的话，保证有效。

✏ 说"茄子"（保持微笑）

就是它，这就是我说的办法。你要保持微笑。

这是我从一个合作过的搭档身上学来的。她有着媲美朱莉娅·罗伯茨（Julia Roberts）的自然微笑——而且她什么时候都是笑眯眯的。我想这也许是用来掩饰不能控制的紧张情绪，但无论如何，会面中的微笑就像魔法一样神奇、有效。每个人都很喜欢她，而她恰好也是一位很好的编剧，当然，这一点才是她成功的关键，但你不能低估外表魅力所起的作用。

微笑作用于两个方面：

（1）公众形象。面带微笑的反应显示出你理解对方的意见，对事不对人，这会让你的提案对象感觉放松下来。很多掌剧人都是极富同情心的人。他们很清楚你有多么想得到他们的肯定。当你在受挫后仍然报以微笑，他们会觉得欣慰，因为看到你并没有因此而对这次提案彻底绝望。

（2）心灵守护。微笑也可以令你自己真正放松下来，并且把这一轮失败的沮丧转化为面对下一轮提案的热情。而热情会彰显魅力，所以保持微笑吧。必要时哪怕是装出来的，它也能起作用，所以面带微笑继续推销你的下一条创意吧。

工具箱：微笑

当会谈中间没有太多可说的时候就报以微笑，并且一面观察听众的反应，一面倾听自己内心的感受。这主意听起来傻吗？或者你会觉得自己变成了一个摇头笑脸玩偶？也许是有点傻，不过你要试一下。

我自己就不是个天生爱笑的人；事实上，没事的时候我还总喜欢沉着脸，至少从前是这样。所以，我给自己设计了一个训练计划。

我是这样做的：先在没有人会真正注意到我的"低风险"环境开始有意识地努力微笑，比如在餐厅点餐时、向收费员交停车费时或者在收银台刷信用卡签名时。我注意到微笑会使交谈变得容易。我会说一些小笑话，我们都笑笑，生活真美好。

接下来我会增加风险系数，在气氛紧张的环境下尝试微笑，看看对方能否感受到微笑的魅力，从而有助我化解困境。比如去一家门庭若市却没有预订的餐厅，为汽车维修费跟修理厂理论，阻止在我前面插队的人。这方法简单又有效。如果保持微笑，我会感觉好多了，沟通变得更顺畅，我惊喜地发现在90%的情况下能如愿以偿。

如果你每天坚持练习，微笑就会成为你的自然习惯。随着练习难度的增加，你将会达到"微微一笑很倾城"的最高境界。打个比方，你会在以甜言蜜语哄骗孩子的幼儿园登记员和情真意切地劝和军事法庭的法官之间游刃有余。

✎ 用"是"来回答

如果提案对象们①对你的故事感兴趣,他们会对这个创意开始即兴提问,并且会改变它。这是件好事!行政制片人们不会对没有兴趣的故事提出改进意见。如果他们一直在即兴提问并提出改进意见,这说明你已经受到他们关注了,他们在考虑如何让你的故事创意适应他们的剧。不要争辩或者非得坚持你的原始创意。

另外一个非常重要的原则是我从马克·甘泽尔那里学来的(参见第10章的"故事结构表"),就是"是的,而且……"(Yes, and…)。马克在成为编剧之前是一直在做即兴表演的演员,而"是的,而且……"是最基本的技巧。它只不过表明你并不否认对手演员已经确立的某些东西。认识到这一点,你就可以把自己的某些技巧添加其中了。

在参与编剧会和等候主管批示时(或者泛泛而言在任何待人接物时),没有比"是的,而且……"原则更好的策略了。想着"是的,而且……",它就能催生出一种积极接受而不是消极拒绝的态度。你甚至不需要再多做任何事,只要有这个念头就行。

如果制片人们对你的创意提出修改意见,你直接以"是的,而且……"的方式回答并且开始记笔记就好,因为你可能已经刚刚卖出一个故事了,那么说出"是的,而且……我回去马上开始着手分场大纲"将是一个非常漂亮的会面结束语。

---

① 我说"对象们"是因为通常提案会上至少有三四位影视公司的签约编剧。我有一回参加提案的会议室里坐了13位编剧,他们每个人都抢着发言、说笑话,渐渐掌控提案会。那天我没卖出一个故事,不过后来听说撤掉了几位编剧。那一屋子的编剧实在是太多了。

恐惧与战栗

你会感到紧张。不必否认,坦然接受你的紧张。迎接紧张到来,因为无论如何它们都会来,不如给它们留个位置。紧张情绪来了之后可能只是静静待在那里,让你继续做要做的事情,相安无事。事实上,如果你是刚入行的新手,他们预料到你在提案演说时会表现得紧张。紧张也能显示出某种魅力,这意味着你觉得他们足够重要,所以才紧张。

行业小故事

你想知道我最糟糕的一次提案演说经历吗?毫无疑问,你想知道。

那时我才刚开始编剧职业生涯。我为几部流行情景喜剧写了几集投销剧本,然后开始准备参加提案会,推销我的试播集故事创意。

棒极了!我的经纪人很开心,我也很兴奋。我还憧憬着在高中同学重聚的纪念册上能显摆些什么呢。

我终于走进这位鼎鼎大名的制片公司高管的办公室,开始推销我的剧本。当他从光滑的玻璃面办公桌前站起来走进隔壁私人洗手间的时候,他一边做着大多数人都会在洗手间里做的那件事,一边敞着门并且指示我:"接着说,我能听得到。"

这真是不错的回忆。

✏️ 签约编剧仍要做提案

如果你实现了成为签约编剧的目标,也别以为从此就告别提案了。作为一个签约编剧,你将每天在编剧创作室里伏案工作很长时间,这取决于掌剧人的生活作息,最多甚至可能 24 小时不休息。而你在编剧会上要做的就是提案。你要为台词、修改方案、笑话桥段、删减意见、对其他编剧故事问题的想法做提案,以及最重要的,必须为剧集的故事创意做提案。

如果不能在编剧会上积极提出许多有建设性的意见,那你就不是一个称职的签约编剧。你必须很有自信地抛出创意,即使其中有很多并不是好点子。但提出一个坏点子也比什么都不说强。坏点子可能会带出一个好点子。可能你做提案的所有点子,不论好坏,最后都会被拒。这不是你的问题,人人都会遇到同样的问题。你必须要有足够的韧性和不怕丢面子的心理素质,越挫越勇。提案演说是电视编剧生活的一种主要技巧。如果你对此感到不适,去寻求一些支持,并努力突破舒适圈,然后保持练习。这非常必要。

但是,我们回过头来。你在开始向掌剧人做故事提案之前,要先让投销剧本得到他们的审读。为了达到这一点,你必须在如下方面做足功课……

20 生意

演艺业十诫

> 关键在于
> 你认识谁
>
> 没有人单枪匹马
> 就能成功

注意这里所谓"十诫"只有两条。在电视界什么都会变得更精炼。就我所知的好莱坞,只有这两条是绝对正确的。除此之外任何人对于好莱坞的任何说法,都会引起讨论和争议,被奇闻轶事佐证或反对。但只有这两条真理可以牢牢地刻在石碑上。

🖉 关键在于你认识谁

如果你想在演艺圈工作,就必须认识一些业内人士。但是如何交到朋友和拓展交际圈呢?交际的机会可以来自任何场合——行业协会、研讨会、影视节创投会、开幕式、酒会,甚至在你伴侣表亲孩子的洗礼仪式上。你永远不知道机会将从何处降临。

仅仅去参加是不够的,你必须全情投入。官方说法叫"攀谈"(schmooze)。在演艺圈,攀谈就像呼吸一样正常。但你是个编剧,可能会本能地排斥做这种事。所以你可能需要一些帮助,把自己从自我防御机制下选择的小吃桌或吧台旁拉回社交人群。

方法如下。

🖉 公共社交法

我的同事拉里·科恩是客户管理方面的专家,他专门为律师、会计师和职业经理服务。拉里为他的客户们列出了一份清单,挑战关于商务会谈种种先入为主的观念。我觉得这简直是教你如何"攀谈"的实用指南。在他的允许下,我把这份清单专门为编剧做了些许修改。

拉里·科恩的反常规公共社交法[①]

不要用力施展魅力

传统智慧认为,驾驭公共场合的工作是一个展示个人魅力的社交过程。这是一种误解。你根本不需要取悦或打动别人,因为关键不在于你。看到这里,是不是有些释然,感到好多了?

你甚至不需要把自己扮得很有趣,你所要做的是显得对他人很感兴趣。你要策略性地把拉关系当作一场调研——这样对大多数编剧来说会感觉舒服一些。向别人问问题,看看别人喜欢什么——不要总想着打动对方,他会更乐意给你留下深刻印象的。

大场面聚会固然很好,但小规模社交也要参加

无论如何,你只可能和少部分人进行有质量的交谈。看起来聚会场面越大,你越会认识更多人,但事实上应对一大批人反而会给你带来更大压力,让你更难开口。而小规模聚会让人更放松,更容易结识他人。同时,小聚会上的人也不会那么容易分心,一边和你聊,一边越过你的肩膀张望,想着是不是该走过去和其他人打个招呼。

扩展你的兴趣

想一下你希望认识的人都会在什么地方聚会,哪怕这不是你

[①] 这里的版本由我阐释,你可以参阅拉里的原版清单,那里还有很多其他有用的市场推销技巧。可参考网址 www.kohncommunications.com。

在夜晚休闲时最想去的地方。记住,你是在工作。

避免和朋友黏在一起

公共社交中最大的错误之一就是和朋友一起去,然后不可避免地整晚黏在一起,以求获得安全感。你得清楚自己的目标是结交新朋友,所以鼓起勇气一个人去吧;即使和朋友一起,也要有意识地避免在社交场合与他们形影不离。相反地,你们应该分开,各自去拓展社交领域,然后互相介绍认识的新朋友。

不要学别人迟到

在中途加入已经开始的交谈比较困难。但如果你能早到,就会很容易和其他早到者攀谈起来。事实上,你不去攀谈反而会显得没有礼貌。当更多人陆续到来时,你可能已经有一些熟悉的人了,他们就可以把自己的一些朋友再介绍给你。

取食物和饮料时,选最长的那一队

论常理,你肯定希望越早取到饮料越好。不过,排长队却有更多机会和前后的人搭讪。队伍排得越长,你就越有时间跟他们混熟。不过,可能需要你主动打开话匣子。

不要滔滔不绝

社交时不要太详细介绍你是做什么的或者正在做什么。你对自己的情况很了解了,要把时间花在了解别人在做什么上。你要去搜集信息，去那儿就是为了知道他们都是什么人。可以说一些你的私事，这是交谈而不是质询问答。但要注意，千万别滔滔不绝——对方是你的新朋友，而不是新的心理治疗师。

别老惦记着发你的名片

要记住向别人要名片！老派的销售技巧强调你要把自己的名片发出去，越多越好，但发出名片后别人会如何行事不是你能控制的。当然，发名片是没错的，但更重要的是永远记住向别人要名片。如果你拿到了他们的名片，那么在以后的接触和建立关系时就处在更为有利的位置。不乱发名片还有一个额外好处，就是那些你再也不想理会的人纠缠不上了。

向你不想交谈的人要名片

如果你发现自己被一个不想再聊下去的人困住了，结束对白最好也是最快的办法就是向他要名片。拿到名片后，你就可以很自然地礼貌离开。但是，你在用这个小伎俩的时候一定要格外努力做到礼貌和友善。你永远不知道什么时候就会得罪一个让自己后悔的人。

行业小故事

任何人都有可能成为大人物。当我刚入行时，有个项目要和一个非常忙的电视制片人合作。每次去他办公室，我都要等上半个小时才能见到他。这当然令我很恼火，并

> 且迁怒于他的助理莱斯。但幸好莱斯是个可爱的家伙，而且当过演员，所以我们经常聊到当年在纽约剧院的日子，那劲头就像从同一个国家逃难出来的流民。
>
> 多年以后，当CBS推进并开拍我的试播剧《卡斯》（Cass）时，我非常庆幸当年没有给莱斯白眼或对他动粗，因为今天的莱斯·穆恩维斯（Les Moonves）已经是这家电视网的总裁了。

别提前离开

大多数参加好莱坞聚会的人都喜欢抢在散场人流高峰前找到泊车服务生。但是你应该逗留一会儿，因为现在正是大好时机，可以在更安静的环境下与人交谈。而这些留下的人往往就是聚会的主人或是主办机构组织者，他们将成为你整晚最好的社交对象。

放低目标

典型的好莱坞"猎手"认为他们应该在第一时间与人建立潜在的联系。好吧，这么做可能也没错，或者在某些情况下也许有效；但是我觉得对于那些你在聚会、会议或者其他社交场合认识的人，最好不要太快推进关系。你无须在这种场合直接推销自己或剧本，这样会显得太着急。没有什么会比那些不顾一切的行为更让人敬而远之了。

更妥善的做法是先认识这个人。如果他们主动问你正在做什么，用一两句简单的话回答就好了，然后再把话题转到他们身上。如果你们聊得比较熟了，你就可以提议是不是可以在其他时间安排一次提案会或者把剧本寄给他，这么做会更好一些。你首先要做的是拓展人际关系。

通过使用这些反常规的技巧，你会逐渐获得对公共社交的控制感，变得越来越自信。你不再急于在社交场合推销项目，这将大大缓解你的压力。你会认识更多人，并从他们那里学到更多东西。你所获得的信息会使你更容易联系对方，更容易跟进和建立良好关系，这就是社交的全部含义。

没有人单枪匹马就能成功

编剧不能靠单枪匹马的社交就开展职业生涯。你必须从社交圈中选择一些人建立更紧密的伙伴关系。这群同道之人可以在你苦苦挣扎时给予精神上的支持，当你需要时给予关键的帮助，以及帮你在业界宣传，树立口碑。

在这本书中，我想强调的重点之一就是电视剧编剧工作是一个非常具体合作性的工作，是一个非常需要依赖其他专业人士和工作伙伴帮助的职业。我相信你已经注意到在这本书中我提到了很多人，他们的工作和技巧给我的职业生涯以及我作为一名编剧和专业人士的发展提供了极大帮助。如果没有他们，我将一事无成。

那么如何建立一个伙伴群呢？首先，我认为你要对他人有所贡献，而不能只是索取。套用约翰·肯尼迪（John F. Kennedy）的一句名言："不要问周围的人能为你做什么，而要问你能为他们做什么。"要做一个慷慨大方的人，分享剧本、资源、书籍以及其他一切，并为他人的成功而高兴。

努力支持你的朋友们。打电话给刚接到一份工作的他们表示祝贺；以郑重其事的态度真诚地祝愿他们；去参加他们作品的开幕式，赞赏他们获得的奖项，加入他们的庆祝派对——如果是你的密友，就为他们办一个庆功会。你这么做会从羡慕、嫉妒的情绪中转移出来，并且可能认识一些他们的朋友。

事实是他们的成功也可能是发生在你身上的好事。你现在有了一个可能帮你谋到一份工作的朋友。人们都喜欢被一群朋友围绕着，尤其是那些支持、欣赏他们的朋友。

编剧创作并不是"零和博弈"（a zero sum game）①。你朋友的剧本被采用了并不意味着他占据了你的工作机会。是的，这个行业竞争很激烈，只有少数的工作机会。但是如果你足够优秀，同样有出头的机会。这个行业总是需要富有才华和态度积极的编剧，他们能够充满热情地长期伏案工作，并写出数量丰富的作品。

如果受到别人的任何帮助，记得一定要表达你的谢意。用言语同时也用行动，尽你所能。没有人会嫌自己获得太多重视和感谢，并且事实上也不会始此。如果有任何感谢与赞美他人的机会，都不要放过。这怎么能不是一件好事呢？

---

① "零和博弈"是博弈论中的一个概念，属于非合作博弈。它指的是在激烈竞争下，博弈一方获益必导致另一方受损，两者正负利益之和永远为零，即两者不存在合作共赢的可能。——译注

21 现在你认识一些电视人了

你现在已经有很多人的名片了，接下来该做什么？

✏️ 打没有预约的电话

也许你已经遇到那些可以把你的剧本引荐给专业人士审读的人了，又或者你有足够的勇气不通过预约直截了当地给专业人士打电话。当你给他们打电话时，需要进行自我介绍，并用简明扼要的一句话推销你的剧本。比如："您好，我是克里斯·史密斯，我做过五年记者（或者刚从加州大学洛杉矶分校编剧项目毕业，又或者是一名戏剧作家，写的一部喜剧得了'戏剧罗格奖'），我刚刚为《绝望主妇》写了一集投销剧本，希望能得到您的审读与批评。"你可以停顿一下，等他们说"嗯哼"。

然后你可以接着说："这集讲述的是当苏珊目睹汤姆体罚他的孩子们并举报了他的虐童行为后，与莱内特及其他邻居关系发生变化的故事。"他们的反应会是"哦，嗯哼"。你就接着解释："这事儿的原型是我在《沙加缅度蜂报》（Sacramento Bee）做调查记者时亲身经历的一件事。"（或者是在丹佛儿童福利部门做社工、在"母亲支持"热线工作甚至做保姆时的经历。不管是什么，只要故事与你个人经历有关，都能激起对方的兴趣。）

再次停顿一下，等他们说"哦"。你就可以提出请求："那么，能请您看看我的剧本吗？我可以用电子邮件附件把最终稿剧本发给您，或者把纸质版复印件寄给您。"这就是你要做的所有事。假如接到电话的人是我，我将很有兴趣读一下这位毛遂自荐的编剧写的东西。

请注意你要在自我介绍中怎样推出自己的编剧身份。如果你觉得没有什么经历可以表明自己是一个合格的编剧，那么就努力在这方面做些积累吧。没有一个刚刚还在洋基体育馆观看比赛的棒球迷能一下子就被选为"大联盟"球员，他们一定得先在其他地方积累比赛经验才行。电视网就好比"大联盟"，如果你想为它写作，得先有一些除了投销剧本以外的其他剧作经验。最不济你也要上过一个编剧培训班，或者参加过剧本比赛，这样你就可以说你的剧作老师是谁，或者得过什么奖。这些都有助于你建立起一个编剧形象。

你在其他领域是专家吗？如果是，那绝对是加分项！你应该把专长应用在作品中。我有一个曾做过航天工程师的编剧客户，她根据自己在美国国家航空航天局（NASA）工作的真实经历创作了一部名为《主帅》（Commander In Chief）的投销剧本。她的专业背景显然给人留下了非常深刻的印象，令人很有兴趣看看她写的作品。我还认识一位编剧，她同时也是一名执业律师，这样的专业优势使她成为一名非常有价值的律政剧编剧。

总而言之，关键在于你应该让别人知道你有什么与众不同，为什么他们要对你的作品感兴趣，以及你如何给自己的作品带来独一无二的东西。言简意赅就好，千万不要事无巨细地罗列你所有的成绩。否则的话，还没等你说到你的剧本，人家早已不耐烦走开了。选一个你最重要的成就来自我介绍。详细简历可以在发送剧本的时候附在其后。

书面沟通技巧

很多时候，你第一次与某些业界人士的接触是通过写自荐信开始的。信写得简单明了就好，千万别指望通过邮件就能把剧本卖了，可以把自荐信想成像《电视指南》中的情节概要那样关于你的概要。想想你自己看电视节目表的时候想读到多少内容，肯定不希望是长篇大论吧。在自荐信中言简意赅，就像上述那种没预约就打电话的做法一样。任何自荐信的目的都不是为了卖剧本，而是争取到向对方寄送剧本的机会。

下面这组电子邮件是关于自荐信陈词大忌的绝佳例子。它们不是最糟糕的，事实上，信中所犯的错误恰恰是很多人都会犯的。这也是我在这里解析它，指出写作者错在哪里以及在相似情况下你可以如何处理得更好的原因。

发信人：IM@Outofit.com
发送时间：200×年8月4日，星期三，晚9∶00
收信人：ellen@SandlerInk.com
主题：情景喜剧剧本大纲

亲爱的埃伦：

　　S先生建议我联系您，把我的情景喜剧剧本大纲发给您看看。我这个剧本已经得到了国家广播公司（NBC）和美国广播公司（ABC）很多相关人员的高度赞赏，但我还是想确认它是否真有那么好，并且想找一个合适的人能把它推荐给合适的掌剧人。

　　这部剧的概念是全新的，同时故事内容引人入胜，绝对是广告商梦寐以求的好剧。该剧本先天有观众基础，对客串明星来说也很完美。大纲已经相当完善并且潜力无穷，所以一个好编剧可以毫不费力地在我故事的基础上发展出整整一季的剧本。

　　感兴趣吗？我可以把大纲寄给您吗？接下来我们如何推进？还有您是怎么收费的？

　　汪
　　I.M.Outofit

这封如此短的邮件真称得上错误连篇！一开头她表现得还算正常，提及介绍人："S先生建议我联系您……"但接下来简直急转直下：

> 我这个剧本已经得到了国家广播公司（NBC）和美国广播公司（ABC）很多相关人员的高度赞赏，但我还是想确认它是否真有那么好，并且想找一个合适的人能把它推荐给合适的掌剧人。

她首先犯了第一个错误：为了给人留下印象而太过用力。紧接着是第二个错误：提出过分的要求。

她告诉我这个项目深深打动了很多人，但并没有说清楚要从我这里得到什么。看上去她希望我接受她的故事创意，并为它打包推销。（1）如果她想表达的是这个意思，那么太含糊其辞了，得让我去猜；（2）如果这真是她想表达的意思，那么她在邮件中对一个陌生人提出如此要求，实在是过分了。也许直觉告诉她不该提这种非分要求，所以用含糊其辞来掩盖，但这根本不管用。

我在想："谁是'合适的人'？你觉得我是'合适的人'吗？还是你觉得我认识那些'合适的人'？你认为我会做你的合伙人，然后把'合适的人'介绍给你吗？凭什么你认为我愿意帮你做这些？我都不认识你是谁！"所以，我立刻就把这封邮件扔到一边了；或者如果我慈悲又慷慨的话，我会认为：好吧，她其实根本不知道这个行当是怎么做事的。

放慢步伐，减小步子，这样你就不太会摔倒了。如果你真的得到过国家广播公司或美国广播公司的垂青，把具体细节写出来。

更好的选择：

> 我已经从事一部情景喜剧的创意工作有一段时间了[1]，因为我才刚刚进入这一行[2]，所以咨询了一位朋友，他在美国全国广播公司经济频道（CNBC）"鲁迪发展"（Rudy de Velopment）做助理[3]。他建议我先看看有没有掌剧人对我的创意有兴趣[4]。但在此之前，我觉得还是有必要把东西再好好打磨一下[5]。我知道您是这个领域作品丰硕的资深专家[6]，所以想请问您是不是能给我一些帮助[7]？

1. 表示你知道创意来之不易，需要辛勤工作。
2. 表示你很诚实并且希望得到帮助。
3. 你已经成功达到了让我知道你在这一行有些人脉的目的，但又把这个意思藏在了为什么你会联系我的原因里，所以并不显得是在炫耀。
4. 这听起来很真实，让人觉得你这个人很可信；而不是相反的"高度赞赏"——这种话毫无意义，而且听上去你根本没有真正听进去任何业界大佬可能告诉过你的意见。
5. 这让我了解了你有一个合理的目标，并且把你为什么找我这件事说清楚了。
6. 真诚的恭维。你对我有所了解并且尊重我做出的成绩，这也是你找我的原因。
7. 很好，我可以回复你并推进到下一步。

这些都是进行有效交流所必需的。但是让我们再看看她其后写的内容，因为那更糟糕。

她写道：

> 这部剧的概念是全新的，同时故事内容引人入胜，绝对是广告商梦寐以求的好剧。该剧本先天有观众基础，对客串明星来说也很完美。

她犯了第三个错误：过度推销。

这些都是价值判断，而且是她自己的价值判断。事实上，她的意见无足轻重。这些应该是买方做决定的事情。这里 I.M. 给人的印象是她比买主还了解他的生意，而且用一种非常傲慢无礼的方式表达出来，虽然我相信这并不是她的原意。

她很努力想让自己听起来像了解内行的专业人士，不过这样却适得其反，让她显得很业余。

更好的选择：根本不要做任何价值判断，让你的作品证明自己的价值。

也许我本来会因为她的无知而原谅她，但接下来她表述的内容……

这绝对不可原谅：

> 大纲已经相当完善并且潜力无穷，所以一个好编剧可以毫不费力地在我故事的基础上发展出整整一季的剧本。

错误四：在伤口上撒盐。千万不要把"故事"和"毫不费力"放在一个句子里。还有这里说的"好编剧"，摆明就是居高临下，不把别人放在眼里。

她希望别人接受繁重的实际故事写作任务，而自己只做一些相对轻松的所谓提供无限创意的工作，这是一种彻头彻尾的羞辱，也显示出她对电视剧剧本创作过程的无知。

更好的选择：展露谦卑态度会让对方更愿意帮助你。

比如可以这么写：

> "我希望您觉得我写的东西还挺有趣,并且可能发展出一部剧。"

当她写道:

> 感兴趣吗?

她犯了第五个错误:自讨苦吃。提出一个只有两个答案并且其中之一是"不"的问题很危险。她这么问,根本不会引起别人的兴趣,反而会因语气傲慢而令人反感,因为她显然断定你会说"是",不然不会这么问。

更好的选择:不要问这样的问题。

信的结尾是这样的:

> 我可以把大纲寄给您吗?接下来我们如何推进?还有您是怎么收费的?

这些问题本身并没有错,但是既然她没有真正说清楚她究竟希望从我这里得到什么,我就很难给出有意义的回答了。同时,把这三个问题连珠炮式地抛出来,也会让人觉得被冒犯了。

更好的选择:

> "审阅大纲,您大概是怎么收费的?"

最后她是这样结束的:

> 汪①

---

① 原文为 woof,意为低沉的狗叫声。——译注

错误六：太可爱、晦涩、奇怪了。她这样写究竟是什么意思？我反正猜不到。如果她想表达幽默，确实用错了场合。（后来我才发现她的创意是关于一个遛狗人的，但当我第一次读到这里时，实在是丈二和尚——摸不着头脑。）

更好的选择：最简单的"谢谢您"或"期盼得到您的回复"。

但是等一下，她还没完：

四分钟后（看看时间戳），她又给我发了另一封电子邮件。

发信人：IM@Outofit.com
发送时间：200×年，8月4日，星期三，晚9：04
收信人：ellen@SandlerInk.com
主题：附言

《教练》是电视上写得最好的剧之一！I.M.

错误七：附言？！马后炮的东西！这种恭维一文不值。

更好的选择：不需要你评价我的剧本，哪怕是恭维也没必要。相反，可以说出一些具体细节，哪些地方触动了你，我将十分感谢。

"我知道您为电视剧《教练》写过剧本，这是我最爱的电视剧之一。我尤其喜欢您写的那一集，当他们出去滑雪，教练在黑钻石坡惊恐不安的那一幕。我有过相同的经历，甚至也和他一样把腿摔断了。"

好吧，如果你都记不得我写的具体的一集，还要跟我说你特别喜欢这部剧，你觉得有用吗？还是具体说说你为什么喜欢吧。

"我知道您为《教练》写过剧本，我特别喜欢这部剧，因为剧中的中年男主人公有一位与他年龄相仿的妻子，而他对妻子是那么真诚地喜欢和尊重。在我看过的电视剧中，这样的人物设置绝无仅有。"

这显然是经过真正思考后才发出的赞美声，它会给对方留下深刻印象。

下面是我对 I.M. 的回复：

200×年8月4日，上午12:55，ellen@SandlerInk.com 的邮件：

亲爱的 I.M.：

  非常感谢你的来信。我的咨询业务集中于编剧职业生涯中的三个要素：（1）理清故事创意和内容；（2）剧本提案和演讲技巧；（3）编剧职业发展策略。

  如果你能通过电子邮件回复我一个合适的时间和联系电话，我会很乐意给你打电话并讨论一下合作的可能性。你可以在我的网站上确认我的资质证明：www.sandlerink.com。

  期待与你对谈。

  ES

我在邮件中非常具体而清晰地告诉了她我所希望的交流方式。这是我收到的回复：

> 发信人：IM@Outofit.com
> 发送时间：200×年8月5日，星期四，早5:13
> 收信人：ellen@SandlerInk.com
> 主题：回复：情景喜剧剧本大纲
>
> 谢谢你，埃伦。
> 我已经查阅过你的网站了。
> 今天我就会给你打电话。
> I.M.

错误八：打给我？她完全无视我提出的流程。

我彻底被她搞烦了。我最不想的就是由她打电话给我，因为我还得花时间思考怎么和她交流。她不仅一无所知，而且还很难沟通。

更好的选择：按照对方的要求行事！给我发一封电子邮件，然后按我说的那样，告诉我电话号码以及合适的打电话时间。这样才能表示出尊重和合作态度，而但凡对方会考虑与你合作，这才是他们想要的方式。难道这不就是最初选择写邮件联系对方的初衷吗？

22 经纪人和经理人

✎ 他们的区别是什么

经纪人（agent）的佣金是你收入的10%，而经理人（manager）是15%。经纪人需要认证，经理人则不需要。此外，经理人可能会在你的作品后以某个制片职位署名，而经纪人这么做则是违法的。这也是很多经纪人离开经纪公司转做经理人的原因。

和我聊过的不少经理人告诉我，他们比经纪人更愿意接受那些年轻、缺少经验的客户，并且帮助他们找到经纪代理。这些经理人会成为你建立职业生涯的有力推手。他们会对你写的东西提出意见和建议，而经纪人通常不做这些（我的经纪人就从来没有给过我一条写作意见）。经理人的写作意见对于电影编剧来说会比电视剧编剧更重要，因为电视剧编剧会与出品方长期签约，这使得他可以常常听到掌剧人的意见。

经纪人和经理人你都需要吗？我从来没有过经理人，但现在这个行业的竞争越来越激烈，很多人都觉得请不止一个人来帮助自己是值得的。如果你同时拥有一位经纪人和经理人，你要确认这两个人能否互相尊重并且愿意在一起工作。如果不行的话，你就得放弃一位，否则起冲突就适得其反了。

✏ 谁能让你获得工作

工作是你自己赢得的，是剧本、人脉和名声让你得到工作的。没有这些，经纪人几乎爱莫能助，这也是他们不太愿意代理编剧新人的原因。你没必要通过经纪人或经理人找到工作，事实上，你的第一份工作往往都是自己找到的。此外你会发现，如果能自己找到一份工作，就肯定能找到一位愿意代理你的经纪人。如果确实为自己找到了一份工作，绝对需要一位专业代理帮你去谈合同，因为这就是经纪人干的活儿：保护你的利益并且为你谈成一个更好的价钱。

行业小故事

我曾经和一部新剧的行政制片人一起开会，她刚刚雇用了我。谈着谈着，她语气中带着某种绝望问我："你还认识什么好编剧吗？"我环视她宽敞的办公室，那里有成百上千的剧本铺在地板上，我不确定到底有多少。这一摞摞的剧本，每本上都有经纪人的名字。所有这些剧本都是由经纪人送来的，而她在让我推荐编剧！

> 我告诉她我有一个编剧朋友，我很喜欢他写的东西。你猜怎么着？她读了他的剧本并且聘用了他。

一旦你有了署名作品，那么经纪人就有事可做了。他们会把你推向一些签约编剧职位，你的剧本很有可能会被审读。但值得再次强调的是，让别人对你感兴趣的是你的剧本质量，而不是经纪人。假如你的剧本没有获得回应，那么即使是"威廉·莫里斯奋进娱乐公司"[①]的老板，也没办法帮你找到工作。

✎ 当你有了一位经纪人或经理人后

一旦你有了一位经纪人或者经理人，事情看起来就容易一些了。他们熟悉门道；有些不会接受你投递剧本的制片厂或制作公司，可能会接受你的经纪人或经理人送去的剧本。不过假如全都指望你的代理人帮你找到工作，将注定走上通往失望与苦涩的道路。你肯定会遇到一些总是希望经纪人帮他们把所有事都做了的编剧，他们会抱怨自己的经纪人是如何糟糕，或者经理人什么事都不做，以及诉说自己不得不每半年换一个新代理。

---

① 威廉·莫里斯奋进娱乐公司（William Morris Endeavor Entertainment），美国最大的演艺经纪公司之一。——译注

> **经纪人**
> ……我不是你妈。我不负责给你找戏来主演。我做的是帮你谈合同。这就是我的工作。
> ——《窈窕淑男》(Tootsie)编剧
> 拉里·格尔巴特(Larry Gelbart)、
> 默里·西斯盖(Murray Schisgal)

写作是你的职业,你工作是为了维持自己的生计。如果你没有找到工作,但你的经纪人可能还有其他客户,所以他一样有钱挣,而你就只能饿肚子了。你要一直写新的作品,保持社交并且引起大家的兴趣。你要和经纪人或经理人协力工作。

例如:你遇到另一位编剧,他是一个电视节目的监制,你们很谈得来,于是他想看看你的剧本。你打电话给你的经纪人或经理人,请他把你写的东西给那位刚结交的监制送过去。这样的做法就很得体,会让每个人都感到舒服。你去社交,引起对方的兴趣,然后你的代理替你去送剧本、为你美言、帮你跟进并推动你前进,这一切远比你一个人干要好得多。这样你们的合作系统就运转起来了,而你也不会整天气急败坏并抱怨经纪人不能为你找到工作了。

> **行业小故事**
>
> 这是纽约和洛杉矶"同步经理"公司（Synchronicity Management）老板、经理人亚当·派克[①]谈到的对他代理的编剧的期待：
>
> "非常重要的是编剧们要愿意做所有有助于生意成功的工作，其中首要的当然是剧本要写得好，但同时一些真正的人际交往技巧和政治敏感度也必不可少，对很多编剧来说后面两点做起来并不容易。
>
> 我希望他们能够和我一样勤奋工作，并且不断尽可能多地向我提供关于他们工作和职业规划的信息、想法和建议。我视这种关系为伙伴关系。"

✎ 另一种门路

你应该已经注意到了，靠自己向大制片公司投送大纲或剧本是很困难的。但如果你还没有经纪人或经理人，而又想有人帮你代理，那么还有另外一个选择：聘请一位娱乐法律师。你会为此支付法定的律师费，但在递交剧本这个环节上你就有帮手了，并且如果对方公司对推进你的剧本有兴趣的话，律师还可以帮你谈合同。

[①] 你可以在我的网站上浏览亚当·派克访谈的更长版本：www.sandlerink.com。

如果你已经打算出钱请律师了，那么首先你应该对自己的作品做点投资。获取一些专业指导——至少去上个编剧班，或者请一位私人写作指导。① 不要急于投出你的剧本，在此之前应该先得到专业人士的审读反馈，这样你会对自己写的东西更有信心。

既然我们谈到了花钱请人帮你，我认为自己有责任给你一个警告提醒。基本上我在这行当里打过交道的人都是守法和公正的（他们并非总是很友好，不过那是另外一回事儿）。但是，在这个行业边缘地带总是会有那么一些人，他们会利用还没入行的没有经验的新编剧。他们根本不比你有更多能力进入行业，却把自己包装成经纪人或经理人。如果有人要求你先付费，然后他们才去代你投剧本，你就要高度警惕了。因为没有一个合法的经纪人或经理人会这么做。他们的佣金仅来自编剧合同报酬的提成。也就是说，只有当你拿到稿费后，他们才会按比例得到他们应得的那一部分，就是这样。

✎ 自我掌控

如果不去追着那些不愿意代理你的经纪，你能做些什么呢？

创造口碑

如果暂时找不到机会，那么就努力让你的作品在其他平台上

---

① 我可以提供编剧授课或私人辅导，在我的网站上你可以查到这些信息，但我并不是唯一的，还有很多优秀的导师可以选择。仔细查阅他们的资历，他们应该具备编剧、行政制片人或者编剧教师等专业领域的一些业绩证明。

受到关注。任何能让作品发表或表演出来的地方都可能成为通向影视行业的道路。

戏剧作家出身的电视剧编剧数不胜数，但你不必一定从百老汇崭露头角。就像你在这本书开头读到的那样，我的一部独幕剧在一间小剧场上演，从而让我在电视圈有了第一份工作和第一位经纪人。不管今后在影视圈里写喜剧还是剧情类，戏剧编剧出身都是一个有利的起点。

对于电视剧编剧来说，新闻记者也是一个很好的职业背景。我有过一个客户，当他向我咨询他的投销剧本时，他已经为很多杂志撰写过大量文章了。他的职业素养和记者经历让他很快掌握了编剧这门手艺，不到一年他就正式加入了有线台剧集《紧急援救》（*Saved*）的编剧团队。

行业小故事

我从前的编剧搭档辛迪·查帕克曾经作为自由撰稿人为现已停刊的《纽约妇女》（*New York Woman*）杂志写过很多随笔。当时制片人温迪·戈德曼（Wendy Goldman）正在为剧集《欢喜俏冤家》（*Room for Two*）招兵买马时，这些随笔打动了她。她让辛迪来做试播剧的实习编剧。这也是我们认识以及后来成了编剧搭档的机缘。

你能为杂志写一些自由撰稿的文章吗？不起眼的小杂志也不要紧，只要能出版就行。它是加分项，也是经验积累；当你面对截稿日期和别人的要求而写作时，这会使你锻炼成为一名更好的编剧。它算数的。

不少写情景喜剧的编剧在获得这份工作之前都在素描喜剧（sketch comedy）剧团做过编剧，或者在即兴喜剧公司工作过，或者写过单口喜剧（stand-up comedy，自编自演或为其他演员编段子）。比如《人人都爱雷蒙德》的创作班子里，不少编剧就都是曾经和雷一起表演过的喜剧人。每部情景喜剧的创作团队里至少有一个编剧是超级段子手，而在深夜脱口秀和其他综艺节目中则需要更多。如果你有这方面的天赋，并且能通过别人表演你的作品（或者你自编自演）来证明，那么我敢拍胸脯保证你一定能找到工作并有经纪人愿意代理。

你能不能自编自导一个小短片，然后上传到网上？或者就你关心的事情写个博客？如果内容很有趣或者十分特立独行并成为话题，就会有人主动打电话联系你了。有一些项目开发部门的初级职员，他们的工作就是专门在一些不起眼、非主流的地方寻找新鲜事物。当你接到他们打来的电话时，经纪人就会有兴趣读你写的投销剧本了。

你也可以参加剧本比赛。这些比赛大多数都是为电影长片举办的，但也有一些是专门面向电视剧的。我认为这是件好事，因为比赛越少才越能够让经纪人或经理人持续关注；与之相反，电影剧本竞赛就太多了，数以百计。有了太多的获奖者，会冲淡专业人士对他们的兴趣。本书附录 II 专门罗列了关于电视剧剧本竞赛的诸多方面。

进入圈子

找一份能够让你进入这个行业的工作。编剧助理是很多人梦寐以求的职位，因为你可以每天和掌剧人以及其他编剧在同一屋檐下工作；假如你有一个好的投销剧本，便可以近水楼台先得月。这是好的一面，不好的一面是正因为这份工作太有吸引力了，所以获得这样一个职位几乎和获得一个编剧职位一样难。如果你的社交圈里有一些编剧助理，那么一旦有一些职位空缺，你就能获得一些内推机会。

经纪人和经理人也有助理，如果你能在一个经纪公司谋得职位，就能从内而外了解这个行业。要得到这样一份工作，你首先得具备一流的计算机技能和组织技能。要是履历上有过办公室工作经验可能会加分，但这并非必要条件。只要你够聪明，有野心，看上去二十出头，就可以去应聘，即使应聘不上助理，也可以做前台或者办事员，能进去就行。一旦进去，你就有机会遇见很多业内人士了，也许你能够找到一个初级经纪人帮你看看投销剧本。

向每个制片公司的人力资源部投简历登记。还有一些专门针对娱乐行业工作的临时机构你可以去注册应聘。同样，如果你有过办公室工作经历，会更有优势；但即使没有，仍有一些私人助理工作可以去做，例如替宠物洗澡或者送收干洗衣物……这不就是你读大学的原因吗？不开玩笑——你是认真的，是吧？——只要能接触到圈内人，什么样的工作你都接。任何工作，只要能帮你遇到未来某一天能成为经纪人的经纪助理、能成为制片人的制片助理、能成为你想提交剧本的剧中反复扮演角色的演员，这样的工作都是好的开始。(这个演员也许没办法直接帮你,但他会邀请你参加他的派对,在那里你就有可能遇到一位能帮到你的编剧。)

> **行业小故事**
>
> 我认识一个没有经纪人的编剧,她的剧本就被安东尼奥·班德拉斯(Antonio Banderas)相中了。她是怎么接触到班德拉斯的?因为她是他孩子的老师。还需要我告诉你只是搭上线显然是不够的吗?她的剧本确实写得很棒,而且是他感兴趣的题材。同样,还需要我告诉你这位编剧现在已经有经纪人了吗?

最后,也许你能做的最简单也是最直接有效的事(当然,除了写作本身)就是去结交其他编剧。去什么地方呢?好吧,并没有编剧们的官方聚集地,但是每家星巴克里都会坐着几个打开笔记本电脑工作的人,如果在洛杉矶的话,他们多半是编剧。你还可以在其他地方遇到编剧,比如编剧课堂、编剧组织、在线聊天室、剧本创投会或相关会议等。有些美国编剧工会的活动也向非会员开放。所有信息你都可以在编剧杂志和洛杉矶本地周刊上找到。订阅这些杂志,然后去广告栏里查阅相关信息。(参见附录III:相关资源。)

无论以何种方式,只要有可能对你的处境有积极意义,任何机会你都不要放过。这都是为你的编剧职业应做的工作。当然,如果你到了某个编剧聚会处,不要等着别人向你介绍他自己。这些人是编剧,他们会和你一样内向和害羞,所以你需要主动。

> **行业小故事**
>
> 经理人亚当·派克[①]对于编剧打入圈子的建议:
>
> "没有秘诀,你要做的就是坚持写作并且打磨你的作品。尽你一切所能挤进圈子并且不断学习,去广交朋友,并不断自我评估是什么令你作为一名编剧最能感到快乐和自足。"

听起来需要付出很多努力?没错,应该这样,因为的确如此。但我觉得比起给经纪人打无预约电话、祈求他们审读你的剧本并不断遭到拒绝,这么做更有可能有结果,因为被拒绝很容易让你陷入沮丧和痛苦,并且也不会是一段好的经历。你努力的方向可以是去争取获得一位经纪人,也可以是去争取得到一份工作。我建议后者,因为得到工作后自然就能找到经纪人了。

[①] 关于亚当的更多建议请访问我的网站 www.sandlerInk.com。

23 在洛杉矶的成与败

听起来你必须要住在洛杉矶,是吧?好吧,如果你想进入电视制作行业,就得住在这儿。正如任何其他移民打工者一样,你必须搬到有工作的地方居住,而几乎所有电视节目都是在洛杉矶制作的。当然,你愿意写剧本的剧也是在这里制作的。另外也有少数节目是在纽约或洛杉矶之外的其他地方拍摄的,因为那样会比较便宜,但大多数编剧工作都是在人人称之为"好莱坞"的地方产生的,或者更确切地说是在伯班克(Burbank)。

那么住在洛杉矶要花多少钱?每月要小几千美元,这还仅仅是汽油费!不,真的,这就应该是你的基本生活预算了,除非你能找到免费食宿。

你必须有一辆车。不一定是宝马车,但必须能在路上跑起来。这就意味着要花钱了。你总得修车、养车,还有买保险(如果你像我一样停车,还需要找一间好的修车行)。在洛杉矶没有车寸步难行。那里是有公共汽车,但在洛杉矶你要靠坐公共汽车根本办不了要做的事。你也可以打出租车，但只要你在城里住上超过一个礼拜，打车的花销就比一辆车的花销还要贵。

你可以生活节俭一些。你不需要拥有私人泳池或者加入健身俱乐部，但你总得出去走动，去上写作课，参加开幕式，和别人共进午餐。如果你连这些事都不做的话，你住在洛杉矶绝对就是白花钱了。

对于一个有抱负的编剧来说，住在洛杉矶还有很多其他得天独厚的优势。这里常有美国编剧工会和广播电视博物馆主办的活动，活动上编剧们会讨论分享他们的创作过程，并接受观众们的提问，之后往往还会有招待会，你将有机会认识很多人。你可以考虑邀请别的编剧和你一同去参加活动——像这样的活动是把你与结识不久的朋友拉近的好机会。

加州大学洛杉矶分校的成人教育项目提供了很多关于电视写作的课程，这里也是结交其他编剧的理想场所。加州大学洛杉矶分校还主持编剧研讨会和书籍展览会，活动特色包括个人演说、小组讨论，还有代表该地区机构的户外展位，这些都是能找到迎合编剧、专业协会甚至其他学校课程等业务的好地方。

参加电视节目现场录制或参观制片厂可以在幕后观察剧本如何付诸实施。多机拍摄的情景喜剧是在现场观众面前实拍的。如果你写的是一部半小时时长的剧本，赶快抓住这个机会看看编剧、导演、演员，还有职员表上诸多其他剧组成员是怎么工作的。你将直观感受到为什么要在剧本中限定场景并且要避免人多的场景。大约三四个小时之后，你又能深刻体会"过了，下一条"在拍摄现场是一句多么令人欢欣鼓舞的话。

门票是免费的。你可以访问 www.tvtickets.com 预订，并且直接通过电脑打印出来。

行业小故事

听听我认识的一位年轻编剧是怎么说的。她不久前刚刚放弃了在摩托罗拉公司设计手机元件的高薪工程师工作，来到洛杉矶追求她的电视编剧理想。现在，我们听听记者从洛杉矶发回的现场报道：

"在洛杉矶的大马路上遛狗都会撞上机会。我经常戴着一顶印着'编剧'（WRITER）字样的棒球帽遛狗，于是我会经常被人拦住问：'喂，你是写什么的？'

问话的人往往就是电视编剧。尽管他们没人在找编剧（事实上有些人还希望我是雇主），但他们都很乐意接受我的路边采访。我会问他们在剧组做编剧时写的剧的细节，或者他们认为本季最棒的剧是什么，以及他们是不是有什么新的投销剧本或其他编剧项目。（注意：你得遛一条像我的狗一样可爱的狗，这事儿才可能发生。）

但更好的一点是能遇到一些和我处境相同的人：在竞争激烈的电视编剧圈子里拼命奋斗的人（或者电影编剧、戏剧作家或者单口喜剧编剧）。有这样一群人在身边真的很鼓舞人，只有他们才能理解为什么写一部半小时的剧要花半年时间，甚至还不一定能卖出去。此外，搬来洛杉矶最大的好处是，再也没有人会说我白拿大学学位了（好吧，至少除了那些只是来度假的人，其他人再也没说过）。"

24 如果不想在洛杉矶一败涂地的话，怎么办

你不是非得去洛杉矶不可，至少不是现在。无论你身在何处，都可以学习写作技艺。去洛杉矶之前就开始写投销剧本吧。

差不多每个地方都有本地剧院、喜剧俱乐部和报社——你去那里获得一些实践经验。全美所有院校的影视戏剧系都有编剧课。在你附近找找看。此外无论你身处何地，都可以投稿参加剧本比赛。

如果你所在的地方有影视制作公司的话，去做志愿者，并借此建立一些人际关系。如果没有，去试试当地电视台。完全不认识那里的任何人？那就要靠人际关系网了。你一定认识一些人，而他们认识影视公司或电视台的人。去那里做志愿者吧，你可能因此而获得真正的工作机会。

当你手上已经积累了几部习作剧本和一些本地工作经验，并且可能还存了一些钱，这样你就可以考虑动身去洛杉矶了。先住一段时间试试水。

或者相反，如果你已经融入了你所在的地方，可能会决定不走了。不管哪种方式，你都踏上了通往梦想的道路。如果在这个阶段你已经学会了如何写出一部好的投销剧本，肯定猜不到它将会带你通往何方。

25 技术支持

关于电脑技术，我只有一点要说：买个写作软件。比如 Moive Magic Screenwriter（www.write-bros.com）或者 Final Draft（www.finaldraft.com），它们都可以帮你按剧本格式自动排版。

你应该选择哪一个？你自己说了算。我两个都用过。它们都符合业界标准；Final Draft 也许用得更多一些，因为它出现得最早。只要正确使用，任何一款软件都可以帮你写出专业格式的剧本，而且两家软件公司都提供很好的技术支持。两款软件的售价大约都是 200 多美元，相对于它们会为你节省的时间和麻烦，绝对物有所值。

实际上，关于电脑技术，我还有第二点想说：先存档！当你打开一个空白文档，起了一个名字，然后就把这个空白文件保存下来。接着，在写作过程中，你最好经常键入 Ctrl + S 保存文档。在这点上我有过非常惨痛的教训。让人懊恼的是我犯了不止一次错误才学会这一点，实在惨痛。记住要经常存档，没有任何理由不这样做。

好了，关于技术我就说这些。①

---

① 我必须承认，在电脑方面我经常遇到挑战，而在遇到挑战时我总是采取最简单的方法——向我的丈夫求助。但是对于那些决心省钱或喜欢自己捣鼓电脑却搞不定的人，我让同居技术男（也就是说我的丈夫彼得·巴希）写了一篇更加详细的技术帖，讨论如何最大化地使用编剧软件。你可以去访问我的网站 www.sandlerink.com，并在"工具"这个条目下找到这篇文章。

26 电视剧需要多少位制片人

只要剧组能负担得起,制片人越多越好;因为在电视剧中,大部分制片人都是编剧。

✏️ 署名头衔的定义

电视行当中的署名是至关重要的。你的上一份署名工作就是下一份工作酬金的谈判基础,而如果荧幕上没有你的署名,你就没有真正得到这份工作。

编剧署名取决于编剧工会的规定,在系列剧集中,"编剧"(written by)的署名是给提出原创故事概念并且完成剧本初稿写作的编剧或编剧团队的。

出品方的签约编剧要改写所有剧本(可能要排除掉掌剧人写的那些),这是一项标准流程。然而,原创编剧也常常同时是签约编剧之一，那么他就可以保留"编剧"署名①，并由此决定他的稿酬以及追加稿费。在系列剧集中，凡有编剧署名的作者都将获得不少于编剧工会规定的最低标准稿酬。

与此同时就出现了制片人署名，这样经纪人们就能为资深编剧谈判争取提高稿费标准，并为连续数周的剧本修改和制作工作申请补助。

当你受雇作为签约编剧时，你的署名权在谈交易时就已定好，并在开始创作前就写进合同里了。根据不同的资历级别，你可能被署名为不同类别的制片人，这里面的头衔五花八门，接下来给你介绍一下。

行政制片人

行政制片人（executive producer）即掌剧人，大多数情况下也是首席编剧（head writer）②。通常他就是该剧的创剧人，有一种例外是他已经离开该剧组开启了另一部新剧集，在这种情况下制片公司就会另外请一位资深编剧来代替他。掌剧人要负责剧集的方方面面：具体到剧本里的每一个字，参演的每一位演员，每一次剪辑，每一分预算等。当然，有整个制作团队来做这些事情，但掌剧人有责任监督一切。有些掌剧人的权力会比很多同职位的

---

① 在系列剧集里，传统做法是即使剧本终稿大部分是由签约编剧修改完成的，原创编剧依然会被保留署名权。现在有一种趋势，虽然在道德上也许会引起争议，但是有些制片人会争取获得更多署名权。在这种情况下，原创编剧就有权要求编剧工会仲裁决定合适的编剧署名。如果遇到这种情况，请联系编剧工会获取信息、帮助和建议。
② 在60分钟时长的剧情类作品里，有时候会有一位不参与编剧的行政制片人，比如《犯罪现场》和《寻人密探组》的杰里·布鲁克海默（Jerry Bruckheimer）。但这种情况在30分钟时长的情景喜剧中并不常见。

人更大。他们的薪金一般会从几十万美元起步，如果剧被卖给辛迪加[①]，则可以一直升至顶级薪酬。

有时候可能有好几个人可以署名为行政制片人，比如导演也可以署名为行政制片人，尤其是当他执导了试播剧的时候。明星的经理人被署名为行政制片人的情况也很常见，明星自己也会争取这一署名，这样他们就可以对整部剧掌握部分控制权。而如果该剧被卖给了辛迪加，他们也能获得更大的蛋糕。甚至为一部剧连续几季编写剧本的某些签约编剧，也能获得行政制片人署名。所有这些行政制片人都可以对制作施加影响，并且如果该剧获得了艾美奖，他们每个人都能捧回一个刻着自己名字的奖杯，但是他们都不是掌剧人。

联合行政制片人

署名为联合行政制片人（co-executive producer）的都是有着多年以制片人或更高阶身份写作电视剧的资深编剧。联合行政制片人的主要责任就是担任专职编剧。在每一季剧集中他都要亲自写几集原创剧本，并且获得"编剧"署名，同时还要修改其他原创编剧的剧本，在那些集里就没有编剧署名了。联合行政制片人的任务是辅助行政制片人，他可能要参与的工作包括审读提交的投销剧本、接受故事推介、参加演员面试和剪辑会议，当然还要修改剧本，但他没有最终决定权。如果一位联合行政制片人以此

[①] 辛迪加（syndicate）是一种垄断组织。在美国电视行业中，卖给辛迪加（syndication）意味着你为广播电视网（Broadcast Network）写的剧可以在多家地方电视台播放，你也可以从中拿到后继报酬。——编注

身份成功地完成了几季工作，那么他的署名可能会被升级为行政制片人。不过很有可能他的实际分内工作并没有因为署名而改变。

顾问制片人

担任顾问制片人（consulting producer）的都是些非常有经验的资深编剧，通常至少写过一部热播剧。他可能已经签下了巨额的一揽子交易①，而制片厂希望从这一大笔钱中拿出一部分作为这部剧的制作预算。也可能他是行政制片人非常信任的一位编剧，需要把他留在身边随时与他咨询、商量。他是签约编剧团队中的一员，但不用每天来上班。或许只需要来一两个晚上参与剧本修改工作。他可能会写几集，也可能不写。

督导制片人、制片人、联合制片人

获得督导制片人（supervising producer）、制片人（producer）、联合制片人（co-producer）这些署名的都是签约编剧，根据其资历深浅对应不同署名。他们得每天写剧本，伏案改剧本，参与演员排戏，以及完成掌剧人给他们安排的各种工作，很多时候与联合行政制片人做的工作一样。

所有电视网黄金时段电视剧中制片人级别的编剧的薪金通常在50万美元上下，并且是由经纪人根据他们过去剧集中的署名争取到的。

---

① 请参见"美剧圈行话"。

故事编辑或有时为执行故事编辑

故事编辑（story editor）、执行故事编辑（executive story editor）是初级编剧。早些年确实有人专门负责编辑自由投稿的剧本。而现在，每一季剧集中最多有两集来自投稿剧本，其他剧本都是由签约编剧完成的，所以现在的"故事编辑"是给经验不多的编剧安排的署名。他要能提出故事，但只负责编辑修改他自己写的那部分剧本。如果剧集赢得了艾美奖最佳喜剧或最佳剧情片奖，故事编辑是没有资格上台领奖的。他甚至都不会有机会参加颁奖晚会，能获得邀请的通常只有制片人以及更高级别的人。故事编辑的薪酬大约十几或二十几万美元。

不署名的签约编剧

不署名的签约编剧（uncredited staff writer）这个头衔准确描述了这类编剧的工作：作为受雇的签约编剧，每天要去上班，何时能下班要听老板的，没有荧幕上的署名权。如果你写了一部很好的投销剧本，参加了一次不错的会议，并且当需要时明星同盟们帮你说话了，那么这可能就是你的第一份工作。

对于你原创的任何剧本，你都将获得"编剧"的署名，而剧本二稿将被上面列出的其他编剧、制片人完全重写。是的，你的报酬是按周薪发放的，它是依据你写第一集剧本的剧本费计算出来的。换言之，你不能像其他制片人级别的编剧一样拿到额外的剧本费。有些时候，甚至你的第二集剧本费也以周薪计。这取决于你的资历以及经纪人在谈合约时能帮你争取到的利益。

这是一个试用阶段，看看初为编剧的你能否胜任这份工作。在一季剧集完成大约一半的时候，你可能会面临续约的选择；如果你被选中了，会被提拔为故事编辑并获得荧幕署名。到那时候，就会有很多你认识的以及你从未见过的人来联系你，请你把他们带入影视圈。这时你就可以告诉他们来买我这本书！

还有一类制片人，他们负责文书、发布会、聘用剧组成员，以及为顺利拍摄一部剧而做各种组织工作。换句话说，他们不是编剧。他们被称为"执行制片人"（line producer）。在荧幕上他们的署名是"制片"（produced by）。其中"by"是关键字。看看滚动的演职员表，你会是少数知道 producer 和 produced by 二者差别的人。

很多人在看荧幕上快速滚动的演职员表时都会提出的疑问："为什么一部电视剧需要这么多制片人？"现在你知道答案了。

27 服务与保护

如何保护你的工作成果？必须为你写的剧本申请著作权，有两种办法可供选择。你可以把作品寄到国会图书馆（Library of Congress，具体操作流程可以在网站 www.copyright.gov 找到），或者可以通过美国编剧工会进行剧本注册。这可以通过网站 www.wga.org 在线完成，并且无须为了获得更完整的权益和保护而成为工会成员。我觉得这是到目前为止保护电视剧剧本更简单的途径，注册费用也较低。

✎ 诉 讼

拥有著作权真的就可以保护你吗？好吧，它的确可以保护你写下的文字，但是你没办法保护创意（甚至是关于一个人物或一段情节的创意）或为其申请版权。

起诉制片厂或制片人剽窃你的创意很昂贵，并且很难"打赢"。好的娱乐法律师会告诉你剽窃是在法庭上最难被证明的棘手情况之一。不仅如此，就算你"打赢"了官司，又能得到什么？如果官司得到解决，你得支付一大笔律师费，并且会为你在好莱坞的发展带来严重的负面影响。这真是你想要的结果吗？

我知道三起编剧尝试起诉的案例，要我说的话，起诉（sue）在某种程度上是和自杀（suicide）有一定联系的。三位原告编剧通过打官司没有得到任何东西，而且只有一位重新找到了职业编剧的工作，其余两位在这个圈子从此销声匿迹了。

你是自己最好的保护

会有人偷走你的创意吗？是的，当然有可能。每个编剧都可能遭遇不止一次，这确实是件令人不快的事，但是你绝不应该只是一个会想点子的人。作为一名编剧，你是创意的实现者，这才是你对自己最有效的保护。

创意如果只是创意，没有太大的价值。人人都可以有一个不错的创意，事实上他们可能会有一堆呢，可是几乎没有人能够把创意变成好故事，并且通过戏剧化动作、富有情感和幽默的方式写下来。你的技艺，你的独特声音，它们是对你作品的终极保护。这样那些付钱给编剧写剧本的人就不会偷你的创意了，他们会付钱让你写；因为他们写不出来，只有你能行。这才是你能拥有的最佳创作保护方法。

那如果他们请别的编剧来写呢？是的，那些编剧确实可以用你的创意来写，但他们不是你，同样的创意他们只能用完全不同的方式来写。你的剧本存在的意义就在于它独一无二。

我并不是说你的创意不会被别人偷走，我的意思是没必要在这个问题上纠结。专注于你的剧本吧，你会好起来的。

还有一些注意事项

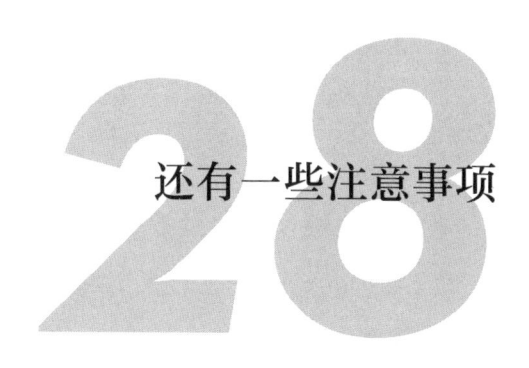

✏️ 任何情况下都绝对不能违反的规则

- ▶ 任何剧本、大纲、写作计划甚至你发出的电子邮件,都必须是行文干净、用词准确并且符合业内标准的。语法[1]、标点、拼写以及格式必须毫无瑕疵,没有例外。
- ▶ 举止有礼貌——对任何人都要如此:无论是停车场服务员、前台接待、服务生,还是行政助理。对每一个人都要有礼貌,没有例外。你永远不知道在电梯里谁会观察你或听你说话。你也永远不知道会再遇见谁,以及你遇到的这个人会有一个什么样的朋友。不仅如此,与人为善总会有善报。
- ▶ 编剧工会的规则——即便你不是会员,也要遵守它。编剧工会是唯一站在想彻底剥削你的甲方和你之间的机构。

---

[1] 唯一例外就是对白没有语法正确的要求。

依靠它编剧才能在好莱坞获得节目复播版权费，拥有健康保险，甚至赢得作品署名，所以一定要尊重工会。

✎ 不必完全遵守但尽量不要违反的规则

- ▶ 为别人写的笑话发笑——对情景喜剧是这样，对剧情类也是如此。它会给你打上团队精神的烙印，这一点十分重要。
- ▶ 按期交稿——在电视剧行业这一点是重中之重。拖稿会带来多米诺效应，通常你还会为此付出金钱代价。制片厂痛恨这一点。他们宁愿要一个不完美但能按时交上来的剧本。而如果你能写得又好又快，你会赢得天才的名声，或许你就是天才。
- ▶ 尊重给你签支票的人——别在背后说公司或者项目的坏话。
- ▶ 不要顺手拿走办公室的物品。
- ▶ 要为收到公司发放的圣诞礼物回感谢信。这么做会被注意到的。
- ▶ 不要祈祷你的竞争对手倒霉——我试过，没什么用。
- ▶ 不要事事我行我素——就我所知，这是被解雇的捷径。

✎ 现在做什么

你已经有了一部上乘的投销剧本。这花了你将近半年时间，或许更长，但现在你终于完成它了。你为此投入了大量时间和精力，假如你还请了剧本顾问或上了编剧班，为此投入了一笔资金。你从家人、朋友那里得到了支持和鼓励，从你的老师们和其他编剧那里得到了反馈，他们告诉你故事很流畅，对白挺新颖并且符合人物个性，剧本很有趣、很感人而且十分可信，除此之外，剧本的篇幅也合适……而最激动人心的是，有一位经纪人很喜欢它！那么现在做什么？

✎ 你还有其他剧本吗

好莱坞的人总会为将来留有余地，所以他们有时候说喜欢你的剧本，其实是以一种不伤害感情的方式婉拒。如果一位经纪人真的很喜欢你的作品，你能判断出来，他会在说"我喜欢这个剧本"之后接着问"你还有其他剧本吗"。

你最好还有其他作品。

每个经纪人都很清楚这一点，当他把编剧写的东西送给制片人看过后，如果制片人喜欢所读到的作品，他接下来要问的第一件事就是"这个编剧还有其他剧本吗？"

为什么一部你呕心沥血创作了半年又很棒的剧本还不足以征服制片人呢？因为在电视行业，经纪人或制片人寻找的并不是一部了不起的投销剧本，而是一位有潜力的编剧。

经纪人必须能够向制片人供应人才，而电视制片人寻找的是能够不断创作并且有很多故事可讲的编剧。如果你能拿出不止一部剧本，就能证明自己对写作的认真态度，以及证明你可以胜任职业编剧的工作。

经纪人没法单单卖出一集剧本，因为没人只买一集剧本，买方想要的是雇用编剧。系列电视剧主要由受雇用的职业编剧写作，所以经纪人希望代理的是那些能够被聘为剧组成员的编剧。

你的投销剧本是用来投石问路的。当演员试镜后，如果雇主真的对他感兴趣，也不会立刻选用他，而是会打电话让他再来复试。他们想让他再表演一遍，以确认他能胜任这个角色。对于编剧来说也是如此。

> 专业人士就是可以把某件事重复再做一遍的人。
> ——爵士大师莱昂内·汉普顿（Lionel Hampton）

你的潜在雇主想知道你涉猎广泛并且能写出不止一部作品；想知道你精力十足并且能大量创作出又快又好的剧本，因为如果你要为电视写作的话，就必须做到这些。

那么下一个剧本该写什么？我有一个建议，去写一部原创试播集剧本。这将是一种完全不同的写作，需要更多努力和提升。具体来说，得再写一本书。但好消息是，没有比学习写一部优秀的投销剧本更好的为写试播集剧本做准备的方法了。

你是不是感觉一阵眼花？你不仅要写出一部优秀的投销剧本，而且还要写更多，甚至是成捆地写。好吧，你不是必须这么做，你可以说我做不了了。但是如果要在好莱坞做编剧，你就必须很能写。

要有足够勇气面对自己一开始写得不好。要有充分的规律训练，能够回头看自己写的东西，然后修改完善。尽可能多地重复修改，直到它变得更好。接下来你知道会发生什么吗？会有人付钱请你写更多东西！

29 最后的话

如果你已经通过书中的各种练习写出了自己的本子，那么你将学到一种实用并适用任何剧本的写作流程，包括写电影长片（我甚至用这个流程写出了这本书）。你将在实践中掌握它，这种能力会成为你的一部分。你将培养出编剧直觉。

✏ 矛 盾

在本书的开头我就说过，我的目的是要告诉你为电视写作的真相。我相信自己已经做到了，但并不是说认为某些东西是对的就意味着它的反面是错的。这是影视行业，矛盾无所不在，很难说究竟谁对谁错。对某些编剧而言很奏效的方法，也许对另一些编剧来说完全是帮倒忙。

所以还要去读别的书，去和别的编剧交谈。你可能几乎全盘接受了我在书中说的全部内容，但发现别的编剧会告诉你恰恰相反的情况。也许谁都没有错。一种说法在某些情况下是对的，而在其他情况下可能另一种说法才是对的。

但矛盾中也存在价值。别人的观点可以让你更清楚地审视自己已经形成的观点。矛盾可能或微妙或剧烈地阐释它，或改变它。去拥抱矛盾，在你的脑海里反复琢磨它们，看它们能如何拓展你的边界。没有人能够做所有事永远正确，几乎人人都在某刻有可取之处，所以保持开放的心态，说一句"是的，并且"……但更主要的还是去做，去弄清楚对自己而言什么才是对的。

✎ 不要相信一夜成名

这件事从来就没出现过。如果真有什么奇迹发生，你知道该怎么做：打电话给你的律师。

同时，要为自己建立一套支持体系以保持士气昂扬。建立一个短期目标，并且始终如一为之工作。要学会从小的成就中获得激励，这会给予你继续写下去的动力。努力工作，保持对自己写作项目的信心，不要过于关注现实，它只会让你在追梦过程中感到沮丧。

> 如果我过去面对现实裹足不前,我现在还待在马萨诸塞州的昆西呢。
>
> ——鲁思·戈登(Ruth Gordon,1915—1988[①])
>
> 奥斯卡影后(《罗丝玛丽的婴儿》《哈洛与慕德》)
>
> 兼拥有70年职业生涯的编剧

[①] 疑为作者笔误,应为1896—1985。——译注

美剧圈行话

后继报酬（Back End）——这是一笔承诺在后续某个时间点支付给你的报酬，与之相对的是你在签订完合同后立刻就可以拿到的"预付金"（up front）。后继报酬通常适用于原创剧本或大纲，比如试播集剧本。只有当你写的剧被辛迪加收购或印有该剧标志的旅行杯和 T 恤衫面市后，你才能拿到这笔钱。你获得的收益比例取决于你的经纪人和律师的谈判。它会在你卖出创意的时候就被写进合同，可能会为你带来滚滚红利，也可能让你在法律面前丝毫占不到便宜，这取决于你的剧为制片公司带来巨大利润后他们如何解释与你签订的合同，这时他们就会因为之前在合同里与你约定分享红利条款而后悔不迭了。

有力收场（Blow）[①]——结束一场戏的一个笑话。这个词的词源模糊不清，但有人说它来自 20 世纪 80 年代，那时候吸食可卡

[①] 直译为"吹一口"。——译注

因很常见。

收场按键（Button）——和"有力收场"一样，都是一场戏结尾设置的方式。这个说法现在仍在使用，但不如"有力收场"更常见。

老梗①（Clam）——过时的笑话。如果一个段子已经被用烂了，我们就把它叫作"老梗"。伟哥（Viagra）是一个老梗。出版商信息交换所（Publishers Clearing House）也是一个老梗，并且当"老梗"成为一个术语前它就已经是老梗了。使用老梗会被认为是非常可悲又蹩脚的事，当众抛出这样一个过时的笑话势必会导致一阵尴尬的沉默或残忍的嘲弄。"老梗"这个词据说来自系列剧《罗斯安家庭生活》（Roseanne）的编剧团队。其中有一集是关于吃蛤蜊的，所以编剧们就围绕蛤蜊编了一箩筐笑料，从此"蛤蜊"就成了被过度使用的老梗的代称，这集故事也会让你有同感。

非主流（Edgy）——指那些在传统边缘施加压力的项目。这些非主流项目中常会蕴含一种不友善的腔调。非主流剧往往是业界宠儿，它们非常有话题性，并常获艾美奖提名；不过公众并不太喜欢它们，所以容易遭到腰斩。《发展受阻》（Arrested Development）就是一部被慢慢砍掉的非主流剧集。而另一方面，《南方公园》（South Park）作为一部更极端的非主流剧却长映不衰，成为传奇。不过它也是一部在有线台播出的剧，有线台对热门剧的定义比较广泛。

喜爱（Love）——一个在好莱坞被过度使用的词，它的意义

---

① 直译为"蛤蜊"。——译注

涵盖了从"我真的真的好喜欢你／你的剧本"到"我绝对恨透了你／你的剧本"。当你在好莱坞遇到一个人说"喜爱"你的投销剧本，那通常代表着他在保留意见，直到他发现某个更有权势的人垂青它。

新（New）——电视界的圣杯①。其实一直以来它就和旧的东西并无二致。

数字（The Numbers）——和骗钱营生不一样，但可能像一场大赌博。在电视界，数字就是收视率。收视率可以转换成另一种数字，好吧，那就是钞票数。如果收视率不高，不管你是谁，也不管多少人"喜爱"你的剧，它都要遭腰斩。

一揽子交易（Overalls）——在影视行业，这个词不是指它的原意"工装裤"，而是指制片厂与顶级成功的编剧或制片人签订的创作一个新系列作品的大买卖，他们希望把完成的作品卖给电视网。制片厂将为该计划斥资数百万美元，因此独享合同签订期间内编剧创作的任何成果。制片厂在进行一次豪赌，因为编剧曾创造过一部重量级作品，或很多情况不只是服务于一部大热剧，制片厂就认为他能创作出第二个、第三个或更多大作。比起过去，这种一揽子交易现在已经越来越少了，不过对于金字塔尖的商业编剧而言，这种交易形式还是存在的。

重写第一页（Page One Rewrite）——就是字面的意思。打开剧本的第一页，然后开始逐字修改重写。

看下一个（Pass）——就是"不"的意思，在电视剧行当中

---

① 意为无法实现的美好目标。——译注

"不"（no）就是这个四字母的单词。即使是最粗鲁的经纪人或最严厉的高管，也不会在公开场合直截了当地大声说"不"，他们会说："我们看下一个。"他们几乎总是会用"我们"来拒绝而从不用"我"拒绝，这样的话，当遭到"看下一个"而拒之门外的作品最后成了《黑道家族》，就无须某个人来承担责任了。

试播集（Pilot）——一部新剧的第一集。试播集要建立起形形色色的角色以及他们之间的关系，还要为后续剧集建立起故事样板。主创人员总希望至少能拍100集。100是个神奇的数字，它会令这部剧受到辛迪加的垂青。辛迪加就是彩虹尽头的大金罐，它甚至比艾美奖更有吸引力，当然，能得艾美奖也是一件非常非常美好的事。

锤炼（Punch Up）——为剧本增加一些笑料，或者改进已有的笑话。

创作室（The Room）——这里是编剧们每天上班写剧本的地方。在这里一天工作14个小时并不罕见。这也是一个内部的圣地，除了编剧和他们的助理外，其他人几乎都会被拒之门外。像演员、亲属和电视网高管都不会被请进这间屋子。当然，送比萨饼的小哥还是受欢迎的。

单集场景（Swing Set）——指在一集中出现的新场景。情景喜剧是在大型摄影棚中拍摄的。固定场景（regular set）会在整个拍摄季都被保留在棚内。通常棚内还有一些空间，是为每集中的一两个额外场景保留的，它们可能是任何环境——一顿晚宴、一个公园游乐场、一间商店或医生办公室。无论是什么，它们都被称为"单集场景"，用以与"固定场景"进行区分。

单机拍摄的电视剧,尤其是每集一小时长的剧集,往往在有声摄影棚内搭固定场景,同时会外出拍摄一些外景戏。多机拍摄的电视剧则几乎从来不出外景,几乎所有内容都是在摄影棚内拍摄的。

行业小故事

在拍摄《妈咪们》时,我们有一个场景是在一个屋子的后院,那里有一个小孩的秋千架。所以,那一周我们拍摄的"单集场景"真的是一个"秋千场景"①。

工作台(The Table)——编剧们在创作室里围坐的地方。这是一张非常实用的长桌,桌上通常零散地放着平板电脑、铅笔、纸质剧本、MM牌巧克力豆、红酒②,如果是写喜剧剧集的话,还少不了几个蠢萌的玩具。掌剧人会坐在长桌的一头③。编剧助理会坐在附近某处并用电脑记下所有发言,至少是掌剧人所说的每一句话。

页末孤行(Widow)和页首孤行(Orphan)——页末孤行是指剧本某一页底端单独的一行,比如这一页的最后一行是某个角色的名字,而他的台词写在了下一页,你要做的就是把这一页的

---

① "单集场景"(swing set)的"swing"有"秋千"之意。——译注
② 编剧离不开红酒,就像警察离不开甜甜圈。我参与的所有电视剧全都提供充足的红酒。
③ 在创作《人人都爱雷蒙德》的时候,菲尔·罗森塔尔习惯坐在桌子长边一侧的中间位置,但它依然是桌子的首位,因为不管掌剧人坐在哪儿,那儿都是全场的焦点。

页末孤行去掉，并移到下一页的开头。页首孤行是指几乎空白的一页上只有一场戏的最后一两行字（我听说过人们把"Widow"和"Orphan"这两个词互换使用）。修改的方法有两种，一种是看看哪里可以删除一些文字，这样可以缩减掉多余的一页；另一种是在前面几页的底端添加空行，以使最后一页的文字至少占页面的 1/4。

附录 I　一部情景喜剧剧本的蜕变

常有人问我情景喜剧的一周常规制作是如何进行的。下面是玛莎·斯卡伯勒的一篇文章。该文发表于美国编剧工会杂志，是关于我写的《人人都爱雷蒙德》中《减肥计划》这集剧本的，她在文章中梳理了创作过程。

创作《减肥计划》的 15 个步骤

作者：玛莎·斯卡伯勒

《人人都爱雷蒙德》之

《减肥计划》

编剧：埃伦·桑德勒 & 苏珊·范艾伦

步骤 1：

在《人人都爱雷蒙德》这一季播出之初，编剧埃伦·桑德勒提出了让玛丽（雷蒙德的母亲）节食减肥的故事创意。鉴于玛丽是通过食物与家人保持关系的，那么改变她和食物的关系势必会引起家庭冲突。

步骤2：

行政制片人菲尔·罗森塔尔肯定了关于食物的想法是一个好点子，但不希望玛丽节食是为了减肥。他建议玛丽和弗兰克（雷蒙德的父亲）改变食谱，为了避免高胆固醇。

步骤3：

当这个点子在创作室提案会上讨论时，编剧史蒂夫·斯克罗万讲述了一个他自己家经历过的感恩节健康晚餐的痛苦故事。这个点子开始发展成一家人的感恩节受到威胁的故事。为了增加戏剧张力，感恩节被设置为雷蒙德最喜欢的节日，因为母亲玛丽做的大餐是他从小到大的最爱。

步骤4：

一份描述了所有要素的节拍表初稿，这些要素最终会出现在终稿剧本中……还有一些被删去了。

步骤5：

通过简要叙述确定故事骨架的"两页纸"大纲。在进入创作室讨论并分发给所有编剧前，根据罗森塔尔的建议又重写了一版。故事框架是：玛丽和弗兰克得知自己胆固醇偏高后，玛丽决定为健康节食。黛布拉（雷蒙德的妻子）支持玛丽并教她如何做低脂烹饪。雷蒙德得知主妇们为感恩节准备豆腐时非常沮丧、失望。黛布拉坚持说他们不该只想着自己，而应该支持玛丽。全家人聚到一起共度感恩节，当大家都礼貌地准备享用这份难以下咽的晚餐时，一份传统的感恩节大餐外卖却送到了。玛丽责怪弗兰克，以为是他干的，最后才发现罪魁祸首是雷蒙德。黛布拉吓坏了，赶忙趁大家吃玛丽做的大餐时把外卖拿回自己家。

夜里，雷蒙德听到厨房里传来奇怪的声音，发现是玛丽在偷吃火鸡腿。最终一家人都聚在厨房里享用午夜节日大餐。在片尾，玛丽在医生办公室坦白她做不到坚持节食。医生建议她根除生活中的压力。玛丽理解为那就意味着她必须管住弗兰克。

当这份"两页纸"的大纲修订完成后，它会被送到电视网、制片厂和主演罗马诺（Romano）处听取意见。同时，罗森塔尔建议桑德勒和苏珊·范艾伦合作，开始写作初稿。

步骤6：

桑德勒和范艾伦合写剧本，有些戏是二人坐在电脑前一起一句句共同讨论完成的，有些戏则是二人各自独立写完后再相互交换修改。完成第一稿后，她们私下征求了其他签约编剧的意见然后修改了一稿。这一稿被送给罗森塔尔审阅，罗森塔尔在剧本空白处修改批示、加入笑料，然后再送回桑德勒和范艾伦处。其中，罗森塔尔对雷蒙德和黛布拉在卧室听到厨房传来怪声那场戏是否有必要存在提出质疑。桑德勒和范艾伦参照罗森塔尔的批示意见进行改写，完成"编剧版第一稿"。

步骤7：

"编剧版第一稿"被提交到创作室进行讨论。经过一小时以上对完整剧本的大致讨论后，签约编剧会从片头开始逐行推敲剧本。一位编剧助理会将正在修订的内容输入一台共享电脑。这个讨论与修订过程大约要花费两到三天时间，最后形成一个内容更有趣、节奏更明快、结构更紧凑的剧本。在这版剧本中，玛丽很自责，因为没有准备传统感恩节大餐而让全家人失望了，这也促使雷发声支持母亲照顾好自己。这版剧本还新增了玛丽和弗兰克是通过一次老年人健康博览会得知自己胆固醇偏高的，原剧本那场医生办公室的戏被删了，片尾是在药店里举行老年人健康博览会。而精简版雷蒙德和黛布拉的卧室戏仍被保留在剧本中。

步骤8：

这版剧本被送给主演罗马诺看。他只有不在摄影棚排戏的时候才能来创作室审阅剧本。读完这版"会议修改稿"后，罗马诺会花上一顿午餐的时间逐页在剧本上写上他的意见。这种情况改动不会很大。他会加上一些笑料并且删去另外一些。剧中的糖尿病被改成了"过甜的血"，因为根据罗森塔尔的建议，真实的病症名称并不有趣。这时候剧本就算"被雷审批过"了，接下来要进摄影棚准备拍摄了。

步骤9：

星期三早上，演员、导演、编剧、制片人、电视网行政制片人、制片厂代表和指定剧组人员聚集在华纳片场的"人人都爱雷蒙德"5号棚内。在一场制作会议结束后,演员围坐在会议桌前,像戏剧排演一样分角色试读剧本。现场引来阵阵笑声,看得出来这时候主演罗马诺已经将剧本烂熟于心了。试读会后,电视网和制片厂工作人员与行政制片人罗森塔尔以及签约编剧们简要交换意见;当编剧们回到创作室进行微调时,演员们开始在棚内排演。因为棚内空间有限,没有办法同时搭药店和卧室两个场景,所以卧室场景被删掉了,改成雷蒙德从客厅楼梯上听到厨房传来奇怪的动静。此外,采取电视网提出的"提高筹码"的建议,玛丽的胆固醇指标被提升到"濒临危险区"的程度。

步骤10:

星期四早上,一版新的剧本已经在摄影棚内等候演员们了。演员们一直排演到下午3点,直到罗森塔尔和签约编剧(他们整个上午都在创作室里工作)来摄影棚进行"制片人排演"(producer's run-through)。行政制片人和签约编剧们观看演员在场景中把剧本"演活"。完整排演后,罗森塔尔直接向演员和导演提出表演和调度方面的建议。之后,演员们暂时解散,罗森塔尔和签约编剧们回到创作室里根据刚才看到的排演再次修改剧本。在这一稿中,一些戏会精简,一些笑料会再打磨。

步骤11:

星期五早上,当演员们来到现场时,又一稿新剧本已经在等着他们了。他们还是排戏到午后，这时候电视网高管同罗森塔尔和编剧们一起来到现场，进行"电视网排演"（network run-through）。在观看了演员们带着关键道具排演完剧本后，电视网高管向罗森塔尔和编剧们表示祝贺、提出建议，并表达了一些对豆腐火鸡外观的担忧。罗森塔尔与演员们一起对表演进行了细微调整后，这一集的主题也变得更加清晰了。在玛丽的主场景中，在她与雷蒙德在一起时，她的台词"我忘了最重要的是……为我的家人烹饪"成为关键的情感时刻。罗森塔尔还与导演讨论了摄影机调度问题，主要是建议拍摄帕特里夏·希顿（Patricia Heaton，黛布拉的扮演者）时只用肩部以上的近景，以遮掩她非常明显的怀孕身形。演员们再次收工，而罗森塔尔和编剧们回到创作室再次微调剧本。

步骤12：

星期一早上，最新版剧本被送到演员和剧组所有技术人员手中。整整一天导演、演员及摄制组都在设计摄影机调度。罗森塔尔和编剧们在创作室里通过监视器观看棚内的摄影机机位，并为接下来的剧本做准备。罗森塔尔通过电话把他对摄影机调度的意见传达到楼下的摄影棚里。

步骤13：

星期二是拍摄日！早上，演员们在带摄影机的棚内排演，罗森塔尔和编剧们在创作室工作。12点30分，他们来到现场观看最后一次完整排演。下午3点30分,制片人、编剧、演员和剧组其他成员一起享用准备好的晚饭。到了5点,观众进场完毕,拍摄即将开始。在拍摄过程中,编剧们始终与罗森塔尔和导演一起在现场盯着。编剧们向罗森塔尔提供关于表演的建议,罗森塔尔在他觉得合适的时候会向导演和演员提出。桑德勒还是罗森塔尔和"导播"("switcher")之间的联络人,后者负责现场剪辑,令观众可以在监视器上看到表演。这是一项关键的工作,因为"导播"对镜头的选择会决定性地影响笑声音轨①。汤姆·卡尔塔比亚诺(Tom Caltabiano)站在看台上与观众互动,他抛出的问题和笑话,是几个编剧花22分钟写出来的。他同时还要和主演罗马诺商量出一批"第二条笑话"("take twos"),也就是罗马诺拍摄第二条时能让观众感到惊喜的备用笑话,让他们会发出即使不是更热烈但和拍第一条时差不多的笑声。尽管这些"第二条笑话"都是事先准备好的,但在拍摄时是由罗森塔尔和罗马诺选择的,所以对于观众来说,看起来像演员的即兴发挥。

膳食服务部会为演员和剧组人员准备自助餐。到了晚上8点,也会向观众发放比萨饼和苏打水,以让他们保持愉快的心情。感恩节大餐场景拍完以后,作为道具的豆腐火鸡就被加进自助餐,任何有勇气的人都可以尝尝它。录完后,大家大约在晚上11点回家。罗森塔尔宣布拍摄很成功,令他十分满意。桑德勒也评价说:"比我最初设想的版本内容丰富多了,完美体现了我最核心的原创想法,并且比我想象的好多了。"

---

① 即"罐头笑声"。——译注

步骤 14:

　　剪辑师根据罗森塔尔在拍摄期间口授的意见进行素材剪接。之后,罗森塔尔会抽时间和剪辑师一起对终版进行精修,打磨成完美的效果。在此过程中,片尾那场老年人健康博览会的戏最终因时长考虑而被剪掉了。

步骤 15:

　　《减肥计划》在感恩节期间在电视上向观众放送。[1]

---

[1] 转引自 1999 年 5 月版的《编剧》杂志,该杂志为美国编剧工会刊物。

附录 II　投销剧本大赛

有一些比赛、工作坊和奖金会接收新编剧的剧本,其中很多都在不遗余力地挖掘、推介有潜力的编剧新人。在本附录最后列出了一组有口碑的剧本比赛名单,并附有网址,可在上面查阅最新的参赛规则和截止日期。新的比赛总是层出不穷,并且一些电影编剧比赛也逐渐扩展到电视投销剧本领域。可以通过网络或者其他编剧之口寻找这些比赛信息。下面我列出了两个网站链接,可以帮助你搜索近期比赛:

www.hollywooditsales.com

www.screenwritersutopia.com

关于比赛

我有很多学生和编剧客户都参加过类似的比赛,其中一些人载誉而归!① 这太令人兴奋了!

以下的见解和建议就是基于他们的反馈提出的。

大多数大赛官网都会公布往届获奖者和剧本名单,你可以研究一下哪些剧曾经获过奖。如果你发现历届获奖者中从来没有动画片或有线电视剧,而你打算投稿的正是这些类型,那就需要先咨询一下组委会是否接受这样的剧本。假如不行,你就该另谋出路。

有些竞赛方会刊登描述获奖者经历和成果的感言,包括他们对参加比赛的感受以及获奖后的打算。你还可以去了解一下其他网站或出版物对某一比赛的评价。

知名比赛会比那些新设的或小规模比赛更具业界认可度,所以当你决定参加某比赛时务必要考虑这一点。

比赛的奖品可能是现金、编剧软件、某编剧工作坊的名额,或一次业界专业审读的机会,但真正的奖品是你作为编剧赢得的一份关注和认证。你不必一定要拿到冠军。这些比赛通常都会有数百名参赛者,因此获得第二、第三或入围决赛、半决赛这样的成绩都值得你写进简历中。

有些比赛还会给你投稿的剧本提供反馈意见。这些来自评审们的评语会对你很有帮助,但如何解读评语还需要点技巧。事实上并非所有评委都是编剧,有些可能是经纪人或高管,他们的助理甚至有可能会为他们代写评语,所以就像对待所有并非来自你

---

① 最近我的一个学生凭借《实习医生风云》的投销剧本赢得了"奥斯汀电影节与剧本大赛"(Austin Film Festival & Competition),又获得了一项迪士尼奖金。现在她得到了编剧职业生涯的第一份工作——为新一季剧集写作。

的雇主的意见一样，去发现大家都觉得有问题的地方就好了，而不是从他们那里寻求解决方案。你的职责是判断为何某些场景的戏令人困惑，而现在既然已经掌握了一些技巧，你就可以靠自己来修改这些戏了，这比听别人支招儿更好。

尽管赢得比赛显然是一份了不起的成就，但即使夺冠，也不意味着你能自动获得编剧工作的邀约。有意义的是你将因此而获得业界某种程度上的关注，你的剧本也会被一些重要人物读到。

我曾和那些认为比赛没有给他们带来什么好处的获奖者们聊过。我的祝贺常常换来这样的回答："是的，但获奖真的没有给我带来任何好处。"好吧，他们说的并没有错。获奖并不会给你带来任何好处，除非你好好利用它去做些什么。

首先，当然要把获奖经历写进你的简历和求职信里。其次，可以用已获得的奖项成就作为理由来说服别人去读你的剧本。现在你可以联系某位经纪人或掌剧人，告诉他们你刚赢得了哪些剧本大赛，如果他们愿意读一读你的剧本，你就会有更多事业腾飞的机会。

调查一下过往获胜者在比赛后有哪些成就，这有助于你发现哪些经纪公司或其他专业机构对该比赛的获奖者青睐有加。某剧本大赛负责人一直在不遗余力地推介他们的获奖者，每年他都会要求获奖者们提供一份希望自己的剧本被哪些业界人物读到的联系人名单。有些获奖者只是草率地列出他们最喜欢看的电视剧，并完全指望剧本大赛负责人去说服那些电视剧制片人来看他们的剧本。而真正会被这些制片人大佬读了剧本的人，是那些会自己去做功课调研甚至动用私人关系寻找推荐的获奖者。

📝 多元化或少数派编剧资助

有些制片厂会设立旨在发掘、培养多元化或少数派[1]编剧的资助选拔计划,他们的目标是为自己制作的剧集培养编剧新人。

我有不少编剧客户都很担心被选进多元化编剧培养计划,因为害怕从此被定型,或者因为他们听说这类编剧都不会被重视。这种担心不无道理,但即便如此,我还是鼓励他们去参加。当你还是门外汉时,不要放过任何一个挤进圈子的机会。竞争如此激烈,所以哪怕是边缘位置你都要尽力抓住。有些时候签约编剧团队的唯一一个新人编剧就是多元化编剧培养计划的编剧。如果你恰好符合条件,那为什么不利用这一优势去试试?这些职位很抢手,每年都会有成千上万的申请者。你的少数派身份不会成为你职业起点的影响因素。再强调一遍,你最大的优势是你的作品而不是其他。

没有人愿意仅被定位为"少数派编剧",但你要在有选择之后再表明立场。如果你担心陷入某种窠臼并且想向外拓展,那么拒绝任何想拒绝的工作,但不是在你需要帮助的现在。

我曾经因为是女性而被聘用,我也曾被告知:"我们签约编剧有太多女性了,现在缺的是一位男同性恋编剧。"这可以成为歧视诉讼的理由吗?也许可以,但是赔上时间和金钱真是不值得。甚至可能在你走上法庭之前,这部剧都下播了,制片人们也不干这一行了。

---

[1] 电视编剧界的多元化或少数派概念与其他领域不同,比如女编剧或者40岁以上的编剧都是电视编剧界的少数派。

有时候，你的身份对编剧工作而言是有利的，有时候却恰恰相反。你没法改变自己（即使可以，我也不赞成你这么做），所以当你的身份适合某个工作的时候就好好利用它，不适合就寻找下一个机会。

制片厂工作坊

华纳公司有一个特殊的比赛，获胜者可以得到进入公司编剧工作坊的机会。和编剧大奖赛不同的是，这不是一个全职的工作职位，并且需要缴纳学费才能参加。工作坊包含一周的专业培训课以及课外写作练习。

入选这个工作坊是非常难能可贵的机会，因为他们在寻找能够招募到公司编剧队伍中的新的编剧人才。但进入工作坊并不代表你一定会被选中或被安排进一个电视剧项目中，能否进入下一阶段取决于你在培训中所做的努力——你的学习态度、成长和提升。

假如你被选入这个工作坊，得做好充足的时间准备。如果你也像大多数被选中的编剧一样，可能同时还有另一份工作，但如果能为这次培训而放下其他事情，这绝对是值得的。我听过好几位参加工作坊的编剧说，要是能再多花一点时间投入培训就好了，而相反的话我从来没有听过。

✍ 有得有失

同一个剧本投稿参加各种比赛是很常见的,很可能在某个比赛中获奖的剧本,在另一个比赛中连入围资格都没获得。别为此费心。没有人能写出所有人都喜欢的剧本,而企图讨好每一个人只能扼杀你自己独特的声音。

> 我不知道成功的诀窍是什么,但我知道失败的诀窍就是企图讨好每一个人。
>
> ——比尔·考斯比[①]

向同一个比赛投送好几个剧本是否是明智之举?(首先得研究一下是否允许同一个编剧同时提交多个剧本参赛。需要缴纳参赛费的比赛通常会允许。)查阅一下获奖名单,可能会发现同一个编剧的名字出现两次或以上。如果你认为多投更有利,那何乐而不为?但另一方面,千万别为了增加获奖概率而盲目送上一堆剧本。如果投送的剧本还没有做好充足的准备,那么你的策略很可能适得其反。只投送一部优秀的剧本远胜于投送三个不好不坏的剧本。

从投稿到公布结果可能是一个漫长的过程。不要干坐着等结果,永远不要干坐着等待。开始着手下一个剧本吧,无论结果如何,你都需要新的剧本。如果你赢了,大家都想看到你更多的新

---

① 比尔·考斯比(Bill Cosby),美国著名喜剧演员、作家、电视制片人、音乐家和社会活动家。代表作有《考斯比一家》(The Cosby Show,1984—1992)。——译注

作。如果输了,那么已经投入新的剧本写作也能减轻你失意的苦恼。在令人沮丧的落选之后再开始写新剧本是很艰难的,而如果你已经投身其中,就不会那么痛苦了。

在这些剧本比赛中胜出可令你信心大增,但如果没能脱颖而出,你也可以把它看作一次测试自己抗挫折能力的有益经历。挫败与失望是所有电视人职业生涯的一部分。哪个行当都不会一帆风顺,而在电视节目制作领域,不成功率更高。一个成功的电视人与失败者的最大区别,不在于他赢得了多少或者有多常获得成功,而是他能多快从失败中重新站起来。

比 赛

赞誉电视剧本大赛(Acclaim TV Script Competition):
www.acclaimtv.netfirms.com

美国荣誉(American Accolades):
www.americanaccolades.com

奥斯汀电影节与剧本大赛:
www.austinfilmfestival.com

卡尔·索特纪念电视拓展项目(Carl Sautter Memorial Television Outreach Program):
www.scriptwritersnetwork.org/tvrech.asp

其他电视网剧本大赛:
www.uncabaret.com

阿帕卢萨剧本大赛(Scriptapalooza):
www.scriptapaloozatv.com

阿库拉投销剧本大赛（Spec Scriptacular Competition）：www.tvwriter.com

天才发现管理电视剧本大赛（TalentScout Management TV Writing Contest）：www.atalentscout.com

制片厂工作坊

华纳兄弟电视编剧工作坊（Warner Bros. Television Writers Workshop）：www.warnerbros.com/writersworkshop

多元编剧和选拔项目

美国广播公司娱乐（ABC Entertainment）和迪士尼制片厂编剧大奖赛项目（The Walt Disney Studios Writing Fellowship Program）：www.abctalentdevelopment.com

哥伦比亚公司多元化研究所编剧辅导项目（CBS Diversity Institute Writers Mentoring Program）：www.cbsdiversity.com

美国国家广播公司多元编剧培训（Diverse City NBC Writers on the Verse）：www.diversitynbc.com

福斯多元编剧计划（Fox Diversity）：www.fox.com/diversity/programs.htm（他们只关注原创试播集。）

尼克编剧大奖赛（Nick Writing Fellowship）：www.nickwriting.com

美国编剧工会编剧培训项目：
www.wga.org/subpage_writingtools.aspx? id=933
或 www.wgaeast.org/wtp/

你先注册完美国编剧工会潜在会员后，接下来就可以去联系掌剧人并说服他们雇用你了。这个项目并不能立刻为你打开职业编剧之门，但如果你的某个剧本被一位掌剧人看中，并且他喜欢你写的内容，那么这将是一种低风险的参与方式。你可以试一试，因为美国编剧工会将要求他们按照低于签约编剧的官方实习生标准支付佣金。

附录 III　相关资源

娱乐书店

Samuel French Bookstores

    7623 Sunset Blvd.

    Hollywood，CA 90046

    （323）876–0570

    45 West 25th Street

    New York，NY 10010

    （212）206–8990

    11963 Ventura Blvd.

    Studio City，CA 91604

    （818）762–0535

    samuelfrench.com/store

    100 Lombard Street

Toronto, Ont., Canada M5C 1M3

(416) 363-3536

Larry Edmunds Bookshop, Inc.

6644 Hollywood Blvd.

Los Angeles, CA 90028

(323) 463-3273

www.larryedmunds.com

Book Castle's Movie World

212 N. San Fernando Blvd.

Burbank, CA 91502

(818) 845-1563 www.bookcastlesmovieworld.com

Book City Script Shop

8913 Lankershim Blvd.

Sun Valley, CA 91352

(818) 767-5194

www.bookcity.net

Book Soup

8818 Sunset Blvd.

West Hollywood, CA 90069

(310) 659-3110 or 1-800-764-BOOK

www.booksoup.com

Drama Book Shop

250 W. 40th Street

New York，NY 10018

（212）944–0595

www.dramabookshop.com

The Writers Store

2040 Westwood Blvd.

Los Angeles，CA 90025

（866）229–7483

www.writersstore.com

图书馆

Writers Guild Foundation Shavelson-Webb Library

7000 W. Third Street

Los Angeles，CA 90048

（323）782–4544

www.wgfoundation.org/library.htm

Margaret Herrick Library（Academy of Motion Pictures Library）

333 S. La Cienega Blvd.

Beverly Hills，CA 90211

（310）247–3000

www.oscars.org/mhl/index.html

Louis B. Mayer Library American Film Institute

2021 N. Western Avenue

Los Angeles，CA 90027

（323）856–7654

www.afi.com/about/library.aspx

UCLA Young Research Library Special Arts Library

（310）825-7253（必须提前打电话申请借阅或进行其他预约）

www.library.ucla.edu/yrl

Museum of Television and Radio

465 N. Beverly Drive

Beverly Hills，CA 90210

（310）786-1025 www.mtr.org

25 West 52nd Street

New York，NY 10019

（212）621-6800 www.mtr.org

获得剧本的途径

你可以尝试直接从电视剧制作部门获取剧本。通过线上版《综艺》（Variety）杂志在线注册一个14天的免费会员，然后在图表数据中选择电视制作选项，你将获得一份正在制作的电视剧清单，并附有制作部门的联系电话。不保证通过这种方式一定能索要到剧本，但不妨试试运气。

你也可以去粉丝网站寻找想要的任何电视剧，找到该剧的分集梗概和剧本。不过大多数情况下，这里的剧本并非你所需要的"制作剧本"（production script），而是用处有限的"记录性剧本"（transcript）[1]。最佳的剧本来源是通过其他编剧获得，他们有能力

---

[1] 记录性剧本是根据播出/上映的影视剧逐场记录下来的剧本。——译注

通过经纪人或在剧组工作的朋友处获得剧本副本。

以下是一些能够获得制作用剧本的资源，你可以从这里购买许多当下热播剧和绝大多数经典老剧的剧本。

www.planetmegamall.com

www.dailyscript.com/tv.html

www.simplyscripts.com/tv.html

www.script-o-rama.com/snazzy/dircut.html

www.scriptcity.net

www.bookcity.net

编剧工会图书馆里也有大量电视剧剧本可供查阅，但你只能在那里读。那儿不允许外借和复印。

编剧们特别感兴趣的出版物

《创意编剧》（*Creative Screenwriting*）——《创意编剧周报》（*CS Weekly*）每周都会发送到你的电子邮箱里。它其实是《创意编剧》杂志的精要版。你可以在以下网站订阅《创意编剧》: www.creativescreenwriting.com/csdaily.html。

《编剧》——编剧工会主办的杂志。非会员可以通过订阅或获取者在洛杉矶为数不多的几家报摊亭购买。过刊可以在编剧工会的官网查阅: http://www.wga.org/writtenby/writtenby.aspx。

《全美电视节目专业协会每日要闻》(*NATPE DailyLead*)——提供在线要闻服务。内容聚焦电视新闻并且每日更新。网址: natpe@dailylead.com。

newsfeed@mediabistro.com——另一个每日更新的在线新闻，聚焦期刊与出版。

《辛西娅·特纳简报》(*Cynthia Turner Synopsis*)——华纳兄弟公司提供的每日要闻在线服务，重点推广华纳兄弟公司的影视产品；内容以电视新闻为主，常重复《全美电视节目专业协会每日要闻》的报道。网址：cynthia@cynopsis.com。

行业报

《好莱坞报道》(*Hollywood Reporter*)
网址：www.hollywoodreporter.com
《综艺》www.variety.com

《综艺》和《好莱坞报道》被称为"行业报"，都可以通过在线阅读和订阅两种方式获取。因为它们大多是关于正在制作的影视剧的新闻，所以不完全是深度报道。在这里你可以看到新试播剧集的公告和行业评分，了解哪些剧被取消了，哪些演员又签约了试播剧集合同。如果你想深入了解好莱坞，我向你推荐《纽约时报》(*New York Times*)商业版，上面经常有关于电视网和制作公司合作内容的文章，当然也绝不会错过任何演艺圈最新的行政诉讼。

很多人认为必须每天阅读行业报，才能跟得上行业趋势和交易的潮流。但我觉得也不必那么事事消息灵通，虽然我们都会对了解明星进入哪个剧组、签了多少片酬而感到刺激和兴奋（当然也可能会为每天都读到别人签下六位数片约的消息而沮丧）。我当然百分百赞同你应该了解业界动态,知道哪些剧在交易以及市场如何运作,但我提醒你最好还是把重心放在最该做的事情上:写作。

有用的网站

www.wga.org——美国编剧工会(西海岸)。

www.mediabistro.com——业务信息网站,提供每日邮件新闻,内容包括培训课程、出版信息、娱乐要闻,以及很多主要面向入门级助理和实习生职位的招聘信息。

www.hcdonline.com——好莱坞创意产业联络簿(Hollywood Creative Directory)。

www.imdb.com——互联网电影数据库(Internet Movie Database)。

www.unex.ucla.edu/writers——加州大学洛杉矶分校成人编剧项目(UCLA Extension Writers' Program)。

www.showbizjobs.com——影视业招聘网站,随机点开网站可以看到三个经纪人助理职位和一个小成本电影带薪制作助理职位招聘。

www.nielsenmedia.com——尼尔森收视率网站。

www.tvtracker.com——对当下电视节目收视率和其他信息的深度分析。

www.tv.co——主要面向粉丝而非专业人士的电视娱乐新闻网站。

www.tvtickets.com——获取电视节目录制现场观众票的途径。

www.whorepresents.com——业内联络网站。

www.janeespenson.com——一位专职编剧的有趣博客。

www.scriptwritersnetwork.com——编剧们的交流网站和互助组,每月组织发言者聚会。

www.emmys.org——电视艺术与科学学院(Academy of Television Arts & Sciences)。

www.copyright.gov——美国国家版权局(U.S. Copyright Office)。地址与联络方式:101 Independence Ave. SE,Washington,DC 20559-6000,(202)707-3000。

✎ 编剧书单推荐

关于写作有很多优质图书,如果你还没有,可以从书店与互联网上找到不少推荐。下面给大家介绍一些我个人喜欢的几本,可能并不属于被惯常推荐的"编剧十佳"书单里。其中不少并不专门指导剧本写作,但我觉得它们特别有用,所以很乐意分享给你们,既想帮到你们,也想为曾经给我灵感和指引的作者表示感谢。

你必须有

一本词典——不是你电脑上的单词拼写检查工具,或者电脑上的电子词典,而是一本真正的纸质词典,一本包含单词的词源、同义词和原始用法的大部头书，里面不仅有你要找的那个词，还有大量其他相关内容供你浏览。你就是吃文字这碗饭的。

苏珊·比弗斯（Susan Beavers）是我曾经工作过的电视剧《达德利》（*Dudley*）的掌剧人，她曾经给编剧团队的每个人发了一本《兰登书屋英文词典》（*Random House Dictionary of the English Language*），这是超过 2400 页的未删节版。这部剧在拍完 6 集后就完结了，但词典还在我的写字台上，几乎每天我都会用到它。有些日子里举起这本大部头是我最大的锻炼。

一本辞书——同样必须是一本真正的纸质书，理由同上。

这些是你基本的写作工具书。它们应该放在你的写字台上，这样你就可以随时翻看它们。

你应该有

若干剧本——电影剧本和电视剧剧本。多多益善，并且一定要好好研读它们。

戏剧剧本——独幕剧和多幕剧都需要。

日报——除了行业信息以外的日报。你需要与鲜活的世界保持联系，而不只是了解行业信息——还应包括潮流、时尚、公众意见、集体焦虑和热点事件。如果不这样的话，你就只能写从电视上看到的那些东西了，你已经看得过多了。

一本剧本格式指南日报——比如科尔（Cole）和哈格（Haag）合著的《标准剧本格式完全指南》（*The Complete Guide to Standard Script Formats*），或大卫·特罗蒂尔（David Trottier）写的

《编剧圣经》(*The Screenwriter's Bible*)①。这两本书都在我的写字台上,就放在大词典边上。

你最好还有

《风格的要素》[*The Elements of Style*,威廉·斯特伦克(William Strunk)、E. B. 怀特(E. B. White)著]——这本小册子恐怕是任何学习英文写作者的宝典。

《成为作家》[*Becoming a Writer*,多罗西娅·布朗德(Dorothea Brande)著]——一本既实用又有启发性的书。这本书写于1934年,当时电视这东西还没有被发明,但今天看来它的参考价值依然不减。

《写作法宝》[*On Writing Well*,威廉·津瑟(William Zinsser)著]——一本写给新闻记者但对所有从事写作的人都大有裨益的指南书;尤其值得研读的是第二章"如何简化"(Simplicity)。

《尊重表演艺术》[*Respect for Acting*,乌塔·哈根(Uta Hagen)著]②——哈根女士是我开启戏剧作家职业时的表演老师,从她那里学到的东西让我在很多方面都十分受益。她的这本书主要是写给演员的,但对于所有为演员写作的编剧来说也是同样无价的指导。你还可以在视频节目《乌塔·哈根的表演课》(*Uta Hagen's Acting Class*)中看见她本人亲授课。可以在网络上寻找有效资源。

《喜剧圣经》[*The Comedy Bible*,朱迪·卡特(Judy Carter)

---

① 《编剧圣经》简体中文版将由后浪出版公司策划出版。——编注
② 《尊重表演艺术》简体中文版由后浪出版公司策划,北京联合出版公司2018年出版。——编注

著］——涵盖了各种喜剧写作类型。无论你在写喜剧还是剧情类，都能从中汲取丰富养料。

《喜剧人物八种》[*The Eight Characters of Comedy*，斯科特·塞迪塔（Scott Sedita）著］——一本讲述如何通过各色人物来搭建喜剧剧作的大作，不仅有很多精彩案例，还有详细的写作指导。

> 怀着信心迈出第一步。你不必仰望整个阶梯，只要先迈出第一步。
>
> ——马丁·路德·金

致　谢

在这本书的第 20 章，我说在这行干没有人单枪匹马就能成功。不是说说而已，我愿意把这句话刻在石板上。可以说，我的整个职业生涯都验证了此言不虚，对于这本书来说也同样如此。虽然我的名字署在了书的封面上，但如果没有许多其他人的帮助和贡献，这本书根本不可能成形。我不是一个足够优秀的写作者，能够以寥寥数语表达对他们的感激，但我希望能够用文字记录下他们的名字，以对他们的贡献与支持表示衷心的谢意。

感谢我创作的剧本的掌剧人们（包括那些辞退我的人），感谢我的编剧搭档们（包括那些抛下我的人），感谢我的工作伙伴们（尤其是那些使我发笑的人），从他们身上我更深刻地学习到了什么是工作必需的规定和决心，以及如何讲好一个故事。

感谢我多年的经纪人——"创新艺术家"（Innovative Artists）机构的布鲁斯·布朗（Bruce Brown），是他引导了我的职业生涯并帮我获得为电视写作的机会。本书"经纪人和经理人"一章的内容也得到了他的确认，证明所述无虚。布鲁斯是一个极优秀的人和不可多得的好朋友，他拥有那些被认为好莱坞经纪人不具备的高素质。我答应过他别把这句话写出来,但别人告诉我没人会读致谢语,所以我确信仍然替他保守了这个秘密。

感谢杰西卡·魏纳(Jessica Weiner),是她首先提议我写本书,并且让我觉得自己可以胜任。感谢玛丽·朗格莱(Mary Lengle),是她令我动笔写作。感谢凯茜·芳·米田审读了我的写作计划并确认我言之有物。感谢埃琳·克莱蒙(Erin Clermont)帮我在困境和不安中通过了第一稿。

感谢丹(Dan)和米歇尔(Michele)提供这间看得见哈德逊河的房间,让我在此享受可爱的孤独,并且完成本书的写作。感谢我前后几任理疗师们——他们不喜欢被感谢,所以我在这里就不具名了(为自己的行为负责,这也是理疗的内容之一)。

感谢"同步经理公司"(Synchronicity Management)的亚当·佩克(Adam Peck)和"大都会经纪公司"(Metropolitan Agency)高级经纪人珍·古德(Jen Good),他们为本书"经纪人和经理人"一章提供了宝贵的补充建议。

感谢"家庭影院频道"(HBO)授权我在本书中可以引用《人人都爱雷蒙德》中《减肥计划》一集的剧本,感谢迈克尔·赖特(Michael Wright)和他乐于助人的同事帮忙促成此事。感谢《编剧》(Written By)杂志和作者玛莎·斯卡伯勒(Marsha Scarborough)授权我在本书中可以引用她那篇有关《减肥计划》写作的漂亮文章。感谢"费舍与理查森"机构(Fish & Richardson)的帕特里夏·纳尔逊(Patricia Nelson)提供的版权信息。

感谢朱迪·卡特(Judy Carter),她曾邀请我为她的喜剧会议(Comedy Conference)创建一个"提案工作坊"(pitching workshop），令我成了老师。感谢拉里·科恩（Larry Kohn）使我成长为写作指导者。

感谢琳达·温尼斯（Linda Venis）在加州大学洛杉矶分校（UCLA Extension）的写作课上给我教学的机会，其中很多内容都收录在了这本书中。感谢苏珊·戈朗（Susan Golant）在加州大学洛杉矶分校讲授关于"如何写作一本书的计划书"的课程，令我学习到开启写作本书项目的必备知识。

感谢香农·贾米森·巴斯克斯（Shannon Jamieson Vazquez），是她读了我的写作计划书后告诉我已经预见到本书定会成形。

感谢这本书的编辑——班腾出版社（Bantam）的菲利普·拉帕波特（Philip Rappaport），是他耐心地让我完成了整个写作，并耐心地等待我（险些）过了期限（才）交稿。

感谢斯皮德·威德（Speed Weed）介绍他的妹妹伊丽莎白·威德（Elisabeth Weed）作为我卓越的图书代理，她证明了一个拥有一双大长腿和天生金发的大美女也能成为相当厉害的交易人。她对这本书的热情和鼓励永无止境。

感谢我的助理埃莱安娜·厄斯特勒姆（Ealeana Ostrem），她甚至在必要的时候愿意为了帮我而冷落她家的"汪星人"。假如神真的存在于细节中，那么她一定是神使，因为她把所有细节都搞定了。如果没有她的话，太多细节根本无法付诸实施，并且这本书也会变得更加冗长而条理混乱。

感谢我的学生和客户们给我提供了许多用于本书的实例。他们不断写作的激情和勇气激励并教育了我，这比我教给他们的东西更多。

最重要的是，感谢我的家人——

感谢我的女儿莫莉·丹齐格（Molly Danziger），是她建议我搬到华盛顿的塔科马（Tacoma）。她在这里读大学，而我在这里完成了本书的写作。她的建议绝对明智，因为我在洛杉矶的家里永远忙忙碌碌，没法集中精力和时间写作。除此之外，搬到这里可以期盼着每个晚上都能与她共进晚餐，这让我每天12个小时的工作有了甜蜜的补偿。

感谢我的儿子马克斯·丹齐格（Max Danziger），13年前他8岁的时候就曾对我说："要是总力求完美的话，你可能连好都做不到。"这句话成了我写作（其实是做任何事）时的最佳箴言。他还跟我说一定要把这本书写出来，因为他至少有20个小伙伴等着买这本书呢。

感谢我的丈夫彼得·巴施（Peter Basch），他总是在我畏缩动摇的时候力挺我，当然并不总是这样，但我想不会有人比他更支持我。我做什么事他都支持，时时刻刻。他给了我情感和技术上的帮助，并且从无怨言。

感谢所有人。重要的话说三遍，感谢，感谢，感谢！

出版后记

这是一本传授剧集写作技巧的实用手册。本书的一大亮点是，作者埃伦·桑德勒既是一线编剧中的佼佼者，又擅长传道解惑，并将自己的独家方法总结成书，殊为可贵。她从自身闯荡美剧圈20余年的经验出发，细致分解电视剧编剧工作流程，并将过程中可能出现的问题（如"如何了解剧本的形式""新手写电视剧本应该避免什么元素""如何写前提概要和故事梗概""如何让人物主导情节""如何写作与修改大纲""有效的故事结构是什么""中心人物的结局要发生哪些变化""如何为电视剧挑选合适的场景""如何规避废话剧情"等）一一解答。这些方法同样适用于国内的青年编剧们，以及所有希望成为职业编剧的新人、编剧助理、编剧实习生与影视专业的学生们。掌握这套方法并坚持不懈地练习和写作，你可以逐渐培养出创作直觉，将心中的故事讲述得更加动人。

同时，本书还可以成为读者在职业迷茫时期的安心陪伴读物。比如创作方面，如果你觉得所有故事主题都被开发得差不多了，那么可以尝试作者建议的"回到自己内心"的方法，寻找故事与自己生活的联系，从最耻辱的经历、最深层的恐惧、最尴尬的渴望中寻找角色的暴露时刻，从而写出既专业又个性化的故事。在职场技巧方面，作者分享了自己如何鼓起勇气走出"社恐"舒适圈，参加剧本提案会、行业社交活动的经历，以及打败"拖延症"的方法。相信有共鸣的读者也可以从这些分享中找到适合自己的建议，建立属于自己的工作习惯。

在如今的全球化背景下，流媒体平台对传统电视媒介和内容产生了巨大冲击，也带来了新的机遇，而这本为新人提供坚实基础的行业入门手册始终是剧集创作领域最受欢迎的案头参考，有其无可替代的价值。为了帮助读者更好地理解书中案例与内容，译者对正文中出现的国内读者可能感到陌生的诸多电视人及作品进行了细致查证，在文后，我们仍保留了原书提供的附录资源，希冀对读者起到参考与启发作用。

有关剧集创作的书籍，后浪电影学院已经出版针对国内影视行业需求的《电视剧编剧教程》、侧重传授不同时长剧本写作的《职业编剧手册》，以及优秀剧集创作参考范本《我们与恶的距离》《黑镜：创作内幕》。更多相关书籍正在译介之中，即将陆续推出，敬请关注。

服务热线：133-6631-2326 188-1142-1266

读者信箱：reader@hinabook.com

后浪电影学院
2023 年 6 月

图书在版编目（CIP）数据

美剧编剧入行手册/(英)埃伦·桑德勒
(Ellen Sandler)著；洪帆译. -- 北京：中国友谊出版公司, 2023.8
　　ISBN 978-7-5057-5562-8

Ⅰ.①美… Ⅱ.①埃…②洪… Ⅲ.①电视文学剧本—编剧—研究—美国 Ⅳ.①I712.073

中国版本图书馆 CIP 数据核字 (2022) 第 161318 号

著作权合同登记号 图字：01-2023-0207

The TV Writer's Workbook: A Creative Approach To Television Scripts
by Ellen Sandler
Copyright © 2007 by Ellen Sandler
This translation published by arrangement with Delta, an imprint of Random House, a division of Penguin Random House LLC through Big Apple Agency, Inc, Labuan, Malaysia.
Simplified Chinese edition copyright © 2023 Ginkgo (Shanghai) Book Co., Ltd.
All rights reserved.
本书中文简体版权归属于银杏树下（上海）图书有限责任公司

书名	美剧编剧入行手册
作者	［英］埃伦·桑德勒
译者	洪　帆
出版	中国友谊出版公司
发行	中国友谊出版公司
经销	新华书店
印刷	天津中印联印务有限公司
规格	1194×880 毫米　32 开 10.75 印张　232 千字
版次	2023 年 8 月第 1 版
印次	2023 年 8 月第 1 次印刷
书号	ISBN 978-7-5057-5562-8
定价	59.80 元
地址	北京市朝阳区西坝河南里 17 号楼
邮编	100028
电话	（010）64678009

电视剧编剧教程

北京电影学院名师打造金牌教程
来自一线编剧的创作全流程教学
影视剧作专业人士必读

- 结合电视剧、网剧热门案例，如《女医·明妃传》《无证之罪》《最好的我们》，提供精准有效的实战指导
- 特别收录剧本节选，深入解读各类型作品
- 直面国内行业现状，解锁编剧生存技能
- 特邀柠萌影业高管、爱奇艺资深制片人、《法医秦明》编剧等业内人士分享宝贵经验：从入行途径、制片方需求到集体创作、IP 改编……
- 内附完整合同样本及重点条款分析

编著者：洪帆 张巍
书号：ISBN 978-7-5596-6474-7
出版时间：2022 年 11 月
定价：68.00 元

内容简介 | 这是一本面向当下电视剧、网剧创作的实战教程。全书分为基础知识、全流程指南和编剧生存技能三个部分，紧扣国内行业现状和平台需求，带领读者从每一步细节入手，大到长篇故事的结构布局，小到字体标点规范、分集分场技术要领……逐项击破，直至通关完整流程。

本书特色在于聚焦国产剧创作，精心选取来自成熟编剧的一手案例，收录《无证之罪》《最好的我们》《女医·明妃传》等优质剧集的拍摄前定稿剧本（节选），读者从中可以直观地了解梗概、大纲、人物小传、剧本的样式与标准。另附业内人士访谈实录，介绍制片方的真实需求、集体创作模式、IP 改编方法等从业经验，为新人入行提供助力和参考。